文春文庫

凍る炎

アナザーフェイス5

堂場瞬一

文藝春秋

凍る炎

アナザーフェイス5◎目次

凍る炎

アナザーフェイス5

第一部　発端

1

　中原孝文《なかはらたかふみ》は、痛みで朦朧としながら焦っていた。急げ……一刻も早くここから脱出しないといけないのに、傷を負った足が言うことを聞かなかった。二重三重のセキュリティが、今は逆に足かせになっている。中へ入る時はともかく、どうして外へ出るのにIDカードが必要なのだ？　息が上がり、目の前の光景が揺らいでくる。意識が薄れ、体に震えがきた。足の怪我は……考えていたよりも重傷かもしれない。負傷した左足は、腿から下の感覚が完全に失せている。壁に手をつき、何とか呼吸を整えようとした。できない……吐き気がこみ上げる。恐る恐る後ろを振り返ると、血の跡が不規則な模様を作っていた。それを見ただけで、また意識が遠のく。こんなに出血していたら、絶対に助からない。

　駄目だ。俺は死ぬ。

首からぶら下げたIDカードに、震える指で触れた。最初の関門までの距離は、十メートルもない。ICチップつきのカードと指紋認証でロックを解除する……それだけではないか。頑張れ。生き延びろ。あのドアの外へ出れば、ひとまず安全は確保されるはずだ。後は誰かが見つけてくれるのを待てばいい。警察が来たら間違いなく面倒なことになるが、死んでしまったら全てが終わりだ。

中原は壁に手をついたまま、何とか次の一歩を踏み出した。壁に血の跡がついているのを見てぎょっとする。だがこれは、傷口から出た血そのものではない。太腿の傷を押さえた時に手についただけだ。大丈夫、何とかなる。十メートルぐらい、這ってでも辿り着けるはずだ。頑張れ、頑張れ……こんなところで死んでたまるか。

だが中原は、既に歩く力を失っていた。二歩目で、がっくりと膝から崩れ落ちてしまう。辛うじて両手をついて、顔面が廊下にぶつかるのは防いだが、四つんばいになったまま動けなくなった。清潔で明るい照明が頭上から降り注ぎ、後頭部を焼くように感じられる……中原はまだ諦めなかった。四つんばいで、なおも前進を続ける。ドアまで五メートル……四メートル……もうすぐだ。あそこまで辿り着いたら、壁を使って立ち上がり、IDカードを使う。そのドアを抜けさえすれば、後は何とか逃げられるのだ。

あと一メートル。中原は左手を壁に当てた。吸いつけ……手に吸盤があれば、と願った。そうすれば、無事な腕の力で体を引っ張り上げられるのに……手についた血のせいで、ずるずると滑ってしまう。怪我を負った左足には感覚がなく、右足一本で立ち上ががるのは無理だった。クソ、ここまで来て……涙が溢れ出て視界が霞む。こんな状況を招いた自分の愚かさに腹が立った。

中原は、背後からとどめの一撃が振り下ろされるのに気づかなかった。

2

明日は授業参観なんだよな、と考えて、大友鉄《おおともてつ》は憂鬱になった。優斗《ゆうと》の通う小学校では、年間五回の授業参観日がある。何かと仕事に追われて顔を出せないのだが、明日は行くつもりでいた。優斗は「もう来ないでいいよ」と言っているのだが、大友は何としても顔を出したい。確かに優斗は、もう親が授業参観に来て喜ぶ年ではないのだが、親の側の気持ちもあるではないか。

というわけで、明日は非番にしてある。そしてありがちなことだが、非番の前にイレギュラーな仕事が入ってしまった——犯行が予定されている現場での張り込みという、奇妙な仕事。犯人を一網打尽にする狙いなのだが、どうしてこういう荒っぽい仕事に自分が駆り出されるのか、さっぱり分からなかった。「書斎派」とは言わないが、自分の本領は取り調べで発揮されると思う。四十近くになってこういう経験をしたからといって、キャリアが豊かになるわけでもない。

それにしても、奇妙な張り込みだった。だいたい今まで、こんな張り込みを経験したことがあったかどうか……ない。事前に犯行を抑止する機会など、まずないのだ。普通は発生してしまった事件を捜査するのであり、こういうのは機動隊の仕事に近いのでは、とも思う。大規模なデモの現場などで、トラブルを防ぐために警戒するようなものだ。ずっと膝立ちの姿勢を続けているので、さすがに疲れてきた。足を組み替え、体重を右膝から左膝に移す。

「疲れたか？」横で待機する同期の柴克志《しばかつし》が、からかうように言った。

「まあね」

「年だね、お前も」

「そうかもしれない」これは認めざるを得ない。

「子どもの相手をしてると、いつまでも若いような気がするけど」

「子どもが成長するのに合わせて、親も年を取るさ」

「そりゃそうだ」柴が肩をすくめる。

会話はささやき声で交わされたが、二人しかいない部屋の中では、やけに大きく反響して聞こえる。

それにしても、ここは待ち伏せするにはひど過ぎないか、と大友は心の中で愚痴を零《こぼ》した。ビルの空き室なのだが、当然暖房をつけるわけにもいかず、体は芯から冷え切っている。コートを着ていると、いざという時に動きが鈍くなるので、近くに停めた覆面パトカーの中に置いたままだった。背広一枚では辛い気温で、吐く息はかすかに白い。

窓から街の灯りがかすかに入ってくるだけで、部屋の中が薄暗いのも、寒さに拍車をかけているようだった。

大友は足下のモニターを覗きこんだ。ビルの外壁——隣のビルとのわずかな隙間——と、この部屋の隣にある宝石店の内部を監視するカメラの映像が、常時映し出されている。壁を映している映像は、慌ててカメラを取りつけたせいか、不自然に斜めに傾いでいる。もちろんそれでも、誰かが近づいてくれば分かるのだが、自分が歪んだ世界にいるような気分になっていた。そんなことをしても無駄なのに、つい曲がった角度に合わせて首を傾げてしまう。

「本当に来るのかな」大友は、何回となく胸の中で繰り返した疑問をとうとう口にした。

「来るさ」

柴が断言する。この男はどうしてこんなに自信たっぷりなのだろう。情報提供者を信じていいのか——僕が懐疑的なだけかもしれないが。

「おい、少し体を動かしておけよ」

「そうだな」

柴に言われて立ち上がる。ストレッチ……というか、膝の屈伸。寒さと、ずっと同じような姿勢を取り続けていたせいで、体が固まっている。いざという時にこれでは、出遅れてしまうだろう。どうせなら思い切っていくか。大友は上着を脱ぎ、床に座りこんだ。両足を大きく広げて両手でつま先を摑み、そのままぐっと体を前に倒す。体の芯がみしみしと軋《きし》んだが、別に痛みは感じない。その気になれば床に胸がつくし、ほぼ百八十度の開脚もできるのだが、体にぴったりしたスーツのズボンでは無理だった。

「お前、そんなに体柔らかかったか？」柴が驚いたように言った。

「昔からストレッチはよくやってたから」

「芝居で？」

「舞台に上がるのは、運動みたいなものだからね」

「ああ、そりゃそうだろうな」

立ち上がり、体を捻って両手をぶらぶらさせる。腕が振れる遠心力で、体がさらに捻れていくようだった。やはりストレッチはいい……体がすぐに解《ほぐ》れ、芯が暖まってくる。優斗にも時々やらせるのだが、自分に似ず体は硬い。

ストレッチ、終了。上着を着こみ、また床で膝立ちになった。モニターには動きなし。粗い画質で、ビルの壁と宝石店の内部が映し出されているだけだった。腕時計をちらりと見る。午前零時四十分。既に終電も行ってしまい、街が眠りにつく時間だ。

「その情報では、正確な時間までは分からないんだよな」大友は柴に念押しした。

「そう聞いてる」

「情報自体、信用できるのか？」

「俺が直接聞いたわけじゃないから」柴が肩をすくめた。「ただ、内容がやけに詳しかったから、ガセとは思えないんだよ」

「そうか……」

　この仕事も、例によっていきなり舞いこんできたものだった。今日の――正確には昨日の午後、刑事総務課で普通に仕事をしていた時に突然携帯が鳴って、刑事部参事官の後山《あとやま》から呼び出されたのだ。大友は仕事中は携帯電話をマナーモードにしていて、優斗か義母の聖子《せいこ》以外からの電話は基本的に無視している。例外の一人が後山だった。

　後山は……何というか、組織の本来の指揮命令系統から外れ、大友に直結した上司のようなものである。自分とさほど年齢の変わらないキャリア官僚なのだが、時々大友に電話をかけてきて、普段の仕事とは関係のない捜査に駆り出す。とはいっても命令口調ではなく、いつも「申し訳ありませんが」と遠慮がちに切り出すのだ。

　後山は、かつて大友が仕えた刑事部指導官・福原《ふくはら》の後釜である。そもそも福原は、大友が本庁捜査一課に上がってきた時の課長だったのだが、大友が妻を亡くして、子育てのために刑事総務課に異動した後も、しばしば捜査に引っ張り出した。「リハビリ」「刑事の感覚を忘れないために」という理由で。福原が異動した後、その座を引き継いだのが後山である。

　今日も後山は、いかにも言いにくそうに任務を切り出してきた。

「今夜、赤坂のビルに窃盗団が突入する、という情報があります」

「三課のサポートですか」捜査三課の仕事だ。しばらく前に、老スリ犯を捕まえるために捜査三課を手伝ったことがあるのだが、あの仕事にはあまりいい記憶がない。

「いえ、一課です」

「だったら窃盗ではなく、強盗ですね？」同じ「盗む」犯罪が対象でも、担当が違うのだ。三課の場合、いわゆる「忍びこみ盗」を捜査する。仮に忍びこんだ先に人がいて犯人が怪我でもさせたら、「強盗傷害」として一課の担当になる。人に対する「暴力」があるかどうかがポイントになるわけだ。

「最近都内で、また中国人らしい窃盗団が跋扈《ばっこ》しているのはご存じですね」

「ええ」非常に荒っぽい手口が特徴だ。窓を爆破したり、トラックを突っこませて壁を破壊したりとか。しばらく鳴りを潜めていたのだが、この二か月ほど、都内で何件か同じような手口による事件が起きているのを大友は知っていた。刑事総務課は情報の交差点のようなものであり、都内でどんな事件が起きているのか、ここにいると自然に知ることになる。

「その窃盗団らしき連中が、赤坂の宝石店に押し入る、という情報が入っています」

「確実なんですか？」こういう裏情報は、犯罪者側からもたらされることが多い。中国人の跳梁跋扈に手を焼いた暴力団関係者とか……往々にして「為にする」情報が多く、誇張されていて、鵜呑みにすると痛い目に遭うことも少なくない。

「百パーセント確実ということは、世の中にはありませんけどね……確度は高いと思います。とにかく今夜、現場をお願いします」

「はあ」今夜、か。いったいいつまでかかるのだろう。明日は優斗の授業参観なのに。

「柴さんが行きますから、現場で合流していただければ」

「分かりました」文句はあるが逆らえない。大友自身、人がいいせいもあるのだが、はるかに立場が上のキャリア官僚からの指示である。「命令」でなくとも、拒否はできない。それに後山の背後には福原がいる。

というわけで、日付が変わった今も、大友はビルの一室で泥棒たちを待っている。もしも来なかったらどうするのだろう？　明日の夜も続けるのか、それとも今夜だけにするのか。

あれこれ考えても仕方ないので、ひたすら画面に集中する。しかしともすれば、優斗の授業参観の方に意識が向いてしまうのだった。最近、優斗は微妙に大友を避けている。もちろん、そういう年齢だということは分かっていた。小学校の高学年にもなれば自立心も芽生えてくるだろうし、親を鬱陶しく感じることもある。反抗期というわけではないが、最近は少しだけ距離ができているのは間違いない。

数日前に、「引っ越さないの？」と突然言われた時にはぎくりとした。実際、そろそろ引っ越さないといけないのだが……二人が住むマンションは１ＬＤＫで、優斗の「部屋」はリビングルームの一角を区切っただけである。当然ドアもなく、プライバシーは皆無に等しい。いい加減、ちゃんとした部屋を作ってやらなくてはならないわけで、新しい家を探すのはしばらく前からの課題になっていたのだが、優斗本人からそれを言われて驚いた。まあ、落ち着いたら不動産屋回りをしないといけないだろうな……条件は厳しい。優斗の部屋を確保することを考えると2LDK以上で、しかも町田市内の限られた場所になる。大友はできるだけ——むしろできる以上に家事をやっているつもりだが、仕事でどうにもならなくなることは少なくない。そういう時は、近くに住む義母の聖子に頼ることになるのだ。なので、聖子の家から歩いて五分……どんなに遠くても十分以内という条件を考えると、途端に選択肢は少なくなる。何しろ町田のあの辺りは、一戸建ての民家ばかりで集合住宅が少ないのだ。いっそのこと、一戸建ての家を買ってしまおうか、とも考える。自分の給料ならローンを組んでも問題なく払えるし、同年代の家族持ちの同僚は、大抵既に家を買っている。警察官はさっさと結婚して家を買い、できるだけ早くローンの返済を終えるべきだ、というのは警察内における暗黙の了解である。要するに、一刻も早く私生活を安定させろ、というわけだ。

僕の私生活は大揺れだけど。

妻がいないことが、こんなに大変だとは思わなかった。子どもはどんどん大きくなり、状況も日々変わる。中学生、高校生になった時、どんな風に優斗と距離感を保ち、どうやって育てていったらいいのか、まったく想像もつかない。聖子は何くれと援助してくれるのだが、いつも二言目には「父親がちゃんとしなさい」だ。ちゃんとしているつもりでも、義母の目からはそうは見えないらしい。反論すると必ず打ち負かされるので、いつも曖昧に笑って誤魔化している。

「来たぞ」柴が突然鋭く低い声を上げた。

意識が別の方へ行ってしまっていたのに気づき、大友は慌ててモニターを確認した。いた。二人組。ビルの隙間に入りこんでくる。この時点では、外部で張っている他の刑事たちもまだ声をかけないということか……職質で、何か持っているのが分かれば逮捕できるのに。少し慎重になり過ぎでは、と大友は訝《いぶか》った。

二人とも野球帽を被り、マスクで顔の下半分を隠している。監視カメラは、近づいて来た人間が絶対に気づかないような場所に設置してあるのだが、そのせいで監視している方としてもやや見辛い。上から見下ろす感じになり、二人の様子ははっきりとは分からなかった。それでも大友は、何とか二人の容貌を頭に叩きこもうとした。

二人とも黒いダウンジャケット姿。一人——背の高い方が明かり取りの小さな窓に近づき、凝視する。振り返って、もう一人の男に何事かつぶやき、二人並んで窓の前に立った。さらに、合図したように同時に上を見て首を回す。監視カメラの存在を確かめているのかもしれないが、あれでは絶対に分からない。しかし、そもそもそれほど本気では探していなかったようで、すぐに窓に向き直る。

『二人組、着手』他の場所で監視している刑事の報告がイヤフォンに流れこむ。

始まったか……大友はじりじりと焦りが募るのを感じた。窓を破ろうとしているようだ。これは事前に知らされた手口と同一である。窓が壊されれば、当然アラームが鳴って警備会社にも連絡がいくのだが、この連中は異常に素早いようだ。二分、ないし三分でめぼしい物を見つけ出し、さっさと逃げて行く。かなり入念に下調べしているのは間違いない。

宝石店は当然表通りに面しているのだが、こじ開けようとしている窓はバックヤードに通じている。夜になると、表のショーウインドウにある宝石類のうち特に高価なものは、全てバックヤードの金庫に保管されるから、そちらを狙うのは自然だ。しかし、それはどのタイミングで踏み出すか……二人が具体的に侵入を企ててからだ。しかし、それは非常に危険でもある。

「やってるぞ」柴が低い声でささやく。

「だったらもう、抑えた方がいい。何かあったら危険だ」

「窓が壊れるぐらいじゃ、大したことはないさ。もう少し待とうぜ」

しかし、嫌な予感がする。簡単に窓を壊すぐらいで済むだろうか。

柴が立ち上がって、窓際の壁――二人組はそこから数メートルの場所にいるはずだ――に背中を押しつける。大友はドア側に位置し、飛び出しに備えた。何かあったらここから廊下に出て、すぐ隣の宝石店のバックヤードに飛びこむ。

大友は急速に緊張感が高まるのを感じながら、イヤフォンに意識を集中した。既にドアノブに手をかけている。今、このビルの内外で張り込んでいる刑事は十人。直線距離で宝石店に一番近いのは大友たちだ。助っ人とはいえ、どうせなら真っ先に犯人の身柄を確保したい。

思わず拳銃に手をかけた。これを使うようなことにならなければいいのだが……と願いながら、唾を飲む。

『十秒後に包囲作戦開始。五秒前からカウントダウン』

イヤフォンから指示が流れ出た。柴と目を合わせる。こんな状況なのに、柴は嬉しそうな笑みを浮かべていた。興奮と緊張で、首に筋が浮き上がる。

『五秒前……四、三、二、一』

柴が窓から飛び出すために、ロックに手をかけた。その瞬間、いきなり外で――それもすぐ近くで爆発音が鳴り響く。かなり大きな音で、大友はその場で思わずしゃがみこんでしまった。外から、野太い悲鳴と「待て！」という叫びが聞こえる。

窓は吹き飛ばされ、柴は呆然としたまま、腰から床に落ちている。彼の周囲には、粉々になった窓ガラスが散らばっていた。

「大丈夫か！」

柴がこちらを向いたが、顔には戸惑いが浮かんでいる。怪我はないようだが……。

「柴！」

柴が蒼い顔で、耳を指差した。爆音で耳をやられた？

「聞こえないのか？」

大友は自分の耳を引っ張って見せた。質問の意味を理解して柴がうなずく。やっと顔を上げると、「聞こえない」と小声で言った。いつも強気な柴にしては珍しく、弱々しい口調だった。

何なんだ、いったい……こちらが過去の手口を分析して予想したよりも、用意周到な犯人だったということか。

「ここで待っててくれ」

聞こえているのかいないのか、柴がうなずいたのを見て大友は腰の高さの窓枠を乗り越えて外へ出た。ひんやりとした十二月の夜気が体を包みこみ、緊張が走る。どこへ行く……イヤフォンからは現場の混乱ぶりが伝わってきて、大友もまた、混乱の中に突き落とされた。どこへ行けばいい？　取り敢えず、ビルの正面入り口か？

「犯人は？」他の刑事に訊ねる。

「何も盗らずに逃げたみたいだ」

被害はなかったか……ほっとした瞬間、犯人と出くわした。

先ほど監視カメラの映像で見た通りの、黒いダウンジャケットに野球帽の二人組。大友は反射的に「待て！」と叫んだが、それは逆に二人を勢いづかせてしまったようだった。二人は弾かれたように同時にダッシュし、大通りの方へ逃げて行く。他の刑事は……と考える暇もなく、大友は二人の後を追った。

二人は、エンジンをかけたまま停まっていた黒いミニヴァンに飛び乗った。スライド式のドアが閉まり切らないうちに、車が発進する。大友はすぐに車道に飛び出してナンバーを確認しようとしたが、ナンバーは隠されていた。クソ……車種は日産のエルグランド、色は黒ないし濃紺。おそらく現行ではなく先代モデルだ。これだけでは何の手がかりにもならない。エルグランドは一時、街中に溢れるほどたくさん走っていたモデルである。

　さらにもう一人、怪しい姿を見かけた。毛糸の帽子を目深に被った大柄な男で、うつむいたまま足早に姿を消す。日本人ではない……ちらりと見えた横顔は彫りが深く、ヨーロッパ系の白人なのは間違いない。一瞬、後を追おうかとも思ったが、「逃げた」感じではないので無視する。今は被害を確認するのが先決だ。ビルの正面近くを張っていた刑事たちにその場を任せ、大友は爆発現場に戻った。周辺にはまだ、白煙がかすかに漂っている。ハンカチを口に押し当て、慎重に建物の中に入った。廊下は薄っすらと白く染まっており、視界が悪い。しかし火災に特有の、肌を焼く熱さや粘膜を突き刺す煙の刺激は感じられなかった。壁を爆破したものの、火事にはならなかったということか……ほっとして、懐中電灯の灯りを頼りに、二人組が突破を図った壁に向かう。

　窓は完全に吹き飛び、被害は壁にも及んでいた。コンクリート製の頑丈な壁に穴を開ける爆発……大友は身震いしながら周囲の状況を確認した。建物の中に、ガラスや壁の破片が積もり、爆撃でも受けたような有様になっている。向かいの壁は黒く染まり、細かいコンクリートや金属の破片が床に散乱していた。本当は現場保存しなければならないのだが、大友は取り敢えずバックヤードに入った。

　宝石店といっても、裏側はこんなものか……コンビニエンスストアのバックヤードを彷彿させる素っ気なさだったが、一つだけ違うのは、巨大な金庫が存在感を主張していることだ。扉は無事。爆発の直後、刑事が何人も押しかけてきたので、中には入れなかったのだろう。逃げ出したタイミングと、自分が外へ出たタイミング……もう少しで、少なくとも一人は捕まえられたのでは、と悔いる。

他の刑事たちも、爆発現場に近づいて来た。無線に怒鳴る者、状況を確認するために喧嘩腰で話す者……いつもの現場の光景だ。誰かが、所轄に応援を要請していた。この現場は捜査一課だけに任されていたのだが、爆発が起きたとなったら、現場の警戒を厳重にする必要がある。制服警官の助けが必要だ。

外で待機している指揮車へ連絡しないと。耳から外れてしまったイヤフォンを突っこんだ瞬間、錯綜する情報の嵐の中に叩きこまれる。

『爆発で負傷者あり！』

『救急車の要請を！』

この混乱の中に入ってしまったら、ますます情報が入り乱れてしまう。直接指揮車へ行こう——大友は壊れた壁の穴を通って、ビルの外へ出た。冷たく澄んだ空気を思い切り肺に吸いこむ。視界がはっきりし、意識も澄んできた。指揮車は……大通りだ。先ほど、二人組を乗せたエルグランドが停まっていたのと同じ側。異変に気づいていただろうか。

指揮車は今や、赤色灯を回していた。周囲に毒々しい赤が振りまかれ、いやでも緊張感が高まる。大友はスライドドアを引き開け、車内に乗りこんだ。

「どうした！」現場の指揮を執っている班長の八十島《やそじま》が怒鳴る。

「爆発です」

「それは分かってる！」八十島の声は怒りで震えていた。「バックヤードは？」

「侵入した形跡がありますが、金庫は無事のようです。二人組はもう逃げています」

大友は車の特徴を説明した。八十島は目をまじまじと開いて大友の説明を聞いていたが、話し終えると露骨に舌打ちをした。

「他の連中は何をやってるんだ」

「負傷者が出てるんですよ？　まともに動ける状況じゃないんです」さすがに大友も怒りを感じた。こうやって呑気に車の中に座って……現場指揮官なら、すぐに飛び出して来るべきではないか。

「クソ」八十島が糸のように目を細め、周囲を見回す。「救急車を要請しろ。それと所轄へも応援要請」

無線で怒鳴っていたことである。何を今さら。どうして自分でさっさと連絡しないのかと、大友は怒りが膨れ上がってくるのを意識した。

「クソ、冗談じゃないぞ」八十島が車から飛び出した。小柄な男で、頭頂部が大友の顎の辺りまでしかない。だが今は、怒りで全身が膨れあがっている感じがした。「俺は現場を偵察する。お前は連絡を頼む」

「分かりました」

大友は一つ深呼吸して、気持ちを落ち着けた。大した話ではない。一一九番通報して、所轄に連絡を入れて……しかし、犯人を待ち伏せするだけの仕事だったのが、仲間を助ける羽目になるとは。

こんな経験は初めてだった。

柴はやはり耳が聞こえなくなっていて、病院へ直行。他にも、爆発のショックで頭痛を訴える刑事がいて、結局三人が病院送りになった。八十島は現場に踏みとどまって捜査の陣頭指揮を執っていたが、その顔がずっと蒼褪めたままなのに、大友は気づいていた。八十島こそ治療が必要な感じだったので、遠慮がちに申し出てみたら思い切り怒鳴られた。

「俺が現場を離れてどうする！」それから、大友をねめつけた。まるで大友が疫病神で、今回の捜査に参加したためにこんなことになってしまった、とでも言いたげに。

まあ、こういうことには慣れている。現場では、大友が投入されるのを喜んでいない人間がほとんどなのだ。子育てのために希望して捜査一課から刑事総務課へ異動した人間など、警視庁の中では異質の存在である。そんな奴が現場にのこのこ出て来るのは許せない、ということだろう。男にも子育ての責任があるのは当然なのに、というのが大多数の声だった。警察は依然として男社会なのだ。女手がないなら再婚しろ、再婚しろ……そんなに簡単なものならとうに再婚しているよ……と愚痴の一つも零したくなる。

　大友はしばらく、現場で雑務に追われた。刑事たちの救出に立ち会い、鑑識の手伝いをし、被害に遭った——実質的な被害はなかったが——宝石店の関係者に事情を聴く。そういうあれこれが一段落したのは、午前五時過ぎだった。現場はまだ制服警官で封鎖されており、その中で鑑識の作業が行われている。この辺の警察官の密度は異常に高いな……と皮肉に考えた。

　大友はほぼ徹夜で、スタミナは完全に切れていた。ビルの前にある植え込みのコンクリートブロックに腰かけ、足を伸ばした途端に携帯が鳴る。

「怪我はないですか」後山だった。

「参事官……」大友は額を揉んだ。怪我はないが、文句は山ほどある。最大の文句は、どうして僕をこんな捜査に引きこんだのか、だ。

「無事ですね？」後山が念押しした。

「精神的ダメージを除いては」

「あなたは、これぐらいでダメージを受ける人ではないはずですよ」

「冗談じゃない。僕はセンシティブな人間です」

　後山が短く笑った。普段は馬鹿丁寧な言い方が気にかかるだけで害のない人間なのだが、さすがに今は笑って欲しくない。状況が状況なのだ。

「とにかく、現場はまだ混乱しています。それにしても、いつもこんな荒っぽいことをやる連中なんですか？」

「ここまで極端な爆発というのは、初めてですね。普通はもう少しコントロールされた、限定的な爆発です。今回は非常に乱暴でしたね」

「プラスティック爆弾か何かだと思うんですが、あんな物、日本で簡単に手に入るんですか」

「プラスティック爆弾というのは、戦場ではごく一般的なものです。一般的ということは、入手できる経路がどこかにあるんですよ」

「しかし……」日本にも武器商人がいるというのだろうか。まさか。しかし実際、目の前で爆弾が使われたのは間違いない。

「それは、これからの捜査によります。とにかく今回はご苦労様でした」

「……いえ」慰労の言葉も空しく響くだけだった。相手が気心の知れた福原だったらもっとダイレクトに文句を言ってやるのだが、後山はそういう相手ではない。どこまで怒らせると蓋が吹き飛ぶのか、分からなかった。そもそも大友自身、人を怒らせるのが好きではなかったが。できれば争い事などなく、穏やかに生きていきたい。

「そこは引き上げて下さい」

「いいんですか？」

「実は、別の事件が起きているんです」

「ええ？」思わず聞き直す。冗談じゃない。これでは働かせ過ぎだ。徹夜明けで別の現場に向かわせる——それも本来自分の職掌とは関係ないことである。「それは……私がやらないといけない仕事なんでしょうか」

「今のところ、あなたの能力が必要とされているわけではないと思います」

「だったら……」解放して欲しい。明日——いや、既に今日か——は授業参観なのだ。それに、これ以上動く元気もない。

「あなたが捜査一課の刑事としての血を失っていないとしたら、取り組みがいのある事件なんですよ」

「参事官、回りくどい話は抜きにしてもらえませんか？　こっちは徹夜なんです」眠いだけではなく、肉体的に疲れ切っている。つい無礼な口調で言ってしまった。

「失礼」後山が咳払いした。「殺人です。しかも一種の密室殺人」

「何ですか、それ」クソみたいな推理小説のようなものか？　大友は経験上、「密室殺人」など世の中に存在しないことを知っている。犯人は、犯行を隠蔽するために、わざわざ密室を作り出したりしないのだ。そんなことをしている暇があったら、一メートルでも現場から遠ざかろうとする。

「とにかく、そこから現場に転進して下さい」

「転進っていっても……」始発電車が動き始めたばかりだろう。

「タクシーを使っていただいて結構ですよ。もちろん、経費で精算して下さい。文句を言う人間がいたら、私の名前を出していただいて構いません」

「えらく急な話ですね」

「殺人事件はいつでも急に起きるものです」

「参事官は、こんな無茶なことを言う人じゃないと思ってました」

「いやいや、決して無茶ではありませんよ。あなたの知恵が必要な事件、というだけです」

「そうですか？」

「リハビリには、難しい事件の方がいいでしょう。簡単な問題だけを解いていても、本当の学力はつかないものです」

この人は……やっぱり僕には、後山参事官がどういう人なのか分からない。しかし、やはり断るわけにはいかないだろう。自分の中にはまだ、猟犬の感覚が残っているのだ。「取り組みがいがある」と言われて受け流してしまえるほど、普通の人間になってしまったわけではない。最近は特に、一課時代の感覚を懐かしく思い出すことが多かった。福原のお陰なのだが、難しい事件の捜査に何度も加えてもらった結果、一課の刑事独特の「狩り」の快感からは離れられないのだと強く意識するようになっている。優斗の手がかからなくなったら、一課に復帰して、と本気で考えるようになった。ただ、そのタイミングは自分でも分からない。

3

殺人事件の現場はお台場だった。

大友にはあまり縁がない街である。優斗を遊びに連れて行こうと思ったこともあるのだが、何しろ自宅のある町田からは遠い。小田急線で下北沢まで、そこで井の頭線に乗り換えて渋谷に出て、りんかい線で東京テレポートへ——と考えただけでうんざりしてしまう。特に渋谷駅での乗り換えは、一駅分かと思えるほど歩かなければならないのだ。

強盗事件のあった赤坂から車を使うと、首都高の環状線、一号線経由でレインボーブリッジを渡っていくことになる。早朝なので道路は空いていたが、ひどく遠いという感覚に変わりはなかった。それにしてもレインボーブリッジというのは、どうしてこんなに高い所を走っているのだろう。船の運航を邪魔しないようにということなのか、水面ははるか下の方で黒く見えるだけだった。高所恐怖症気味の大友は、なるべく下を見ないようにしてやり過ごした。

事件が発生したベンチャー企業「新エネルギー研究開発」は、十三号埋立地の南部、倉庫街に研究施設を構えていた。本社機能は丸の内にあるらしい。

企業の研究所内で殺人事件……聞いたことがない。僕が聞いたことがないだけで、日本でそんな事件が一度もなかったかといえば、そんなことはないかもしれないが。例えば口論が発展して刃傷沙汰に……という事件は、場所や時間を問わずいくらでもあるはずだ。

だが今回は、状況が異様だ。大友は、後山から教えられた現場の様子を頭の中で反芻し続けた。

新エネルギー研究開発は、文字通り既存エネルギー以外の研究・開発を行うベンチャー企業である。最近は、海洋資源の採掘に力を入れている、ということだった。日本近海だけではなく、世界各国で試掘や実験を繰り返しているため、夜中でも早朝でも誰かがいることが多い。

今回も、メキシコシティの出張所との連絡のために午前三時過ぎに出勤した社員が、遺体を発見したのだった。発見場所は、建物内の「セクションB」と呼ばれるスペース。自分の研究室から十メートルほど離れた廊下で倒れて死んでいたのは、同社研究員の中原孝文、三十七歳だった。発見者は腰を抜かすほど動転し、一一〇番通報は発見から二十分も経ってからだった。

傷は二か所。左太腿に大きな切創、そしてこれが致命傷と見られているが、頭頂部に頭蓋骨が陥没するほどの傷を負っていた。簡単な検死で、凶器は鈍器ではなく大きな刃物——鉈《なた》か何か——ではないかと推定されていた。鉈？　農村で、激情に駆られた人が隣人に襲いかかるような事件でもない限り、鉈が凶器になるようなケースはないだろう。

後山の「密室」という説明は大袈裟だ、と思った。社内には二重三重のセキュリティシステムが設置され、部外者は簡単に出入りできないようになっている。出入のログを調べてみると、誰かが強引にセキュリティを突破した形跡はなかった。ということは、犯人は社員が持っているのと同じＩＣチップ入りの社員証を持っていた可能性がある。

密室というより、内部犯行ではないか。それに、セキュリティには必ず穴がある。最先端の研究施設と銃。

合わない。絶対に合わない。大友はタクシーのシートの上で、力なく首を振った。

刑事は誰でも、事件に「パターン」があるのを知っている。だから発生の状況を聞いただけで、最後まで筋書きが読めてしまう事件もあるのだが、そこから外れた事件が発生すると、捜査は行き詰まりがちになる。しかし逆に、気合いが入ることもある。難しい事件の方がやりがいがあるのだ。大友の場合、そういうことが多い。それを後山に読まれている――何となく悔しい。手玉に取られているというか、掌の上で踊らされているというか。

移動の時間は休息のチャンスだったが、結局一睡もしないまま現場に着いてしまった。ようやく夜が明けかけているが、街はまだ薄闇に沈んでいる。

「新エネルギー研究開発」の研究所は、会社というより倉庫のようだった。周辺の倉庫街に溶けこんでしまうような巨大な平屋建て。パトカーが何台か停まって、パトランプの赤い色を周囲にまき散らしている。あの辺りが入り口か……もう少しそちらに寄せて停めてもらえばよかった。きつい一夜を過ごした後で、歩くのさえ面倒臭い。

三分ほど歩く間に、携帯電話を取り出す。六時……いくら何でも、優斗に電話するには早い。優斗にというか、聖子の自宅に。急遽現場に駆り出されることが決まって、夕べは聖子の家に泊まらせたのだ。七時まで待つべきだが、おそらくこれからの時間は、現場の状況を把握することで潰れてしまうだろう。七時に電話できるかどうかは分からない。

仕方ない、今のうちに……聖子は毎朝、五時半には起きているはずだ。ここは低姿勢に出て——いつものことだが——優斗に伝言を伝えてもらおう。

呼び出し音が五回鳴った後で、聖子が電話に出た。やはり起きてはいたようだが、疑り深そうな声だった。普段は、こんな時間に電話してくる人間などいないのだろう。大友だと分かると、さらに疑り深そうな声で「どうかしたの?」と訊ねる。ろくな話ではないと、本能的に分かっているのだ。

「実は、夕べから仕事に巻きこまれていまして……」

「巻きこまれてるって、被害者みたいな言い方だけど」一々突っかかるような話し方だ。

「いや、もちろん仕事ですよ。刑事としての仕事。それが長引きまして、今日は家に戻れないと思います」

「今日、授業参観って言ってたでしょう?」

「そうなんですよ」聖子は記憶力がいい。こちらが忘れているような話題を持ち出して、後からねちねちと責めることもよくある。だがここは我慢して、あくまで頭を下げ続けないと。「ちょっと行けそうにないので、優斗に伝えてもらえますか?」

「いいわよ」意外にあっさりと言った。「優斗もほっとすると思うわ」

「どういうことです?」

「夕べ、嫌がってたのよ。あの学校の授業参観、毎回親が集まるわけじゃないでしょう？」

というより、親が集まらないから、年に何回も行うのだ。共働きの家庭が増え、授業参観は、昔のように専業主婦の母親が行く、という感じではなくなっている。親の都合のいい時に来られるように、という学校側の配慮なのだ。

「そうですけど、嫌がってるって……」

「もう、そういうのが恥ずかしい年頃なのよ」

「そうですかねえ」自分でも分かってはいるのだが、他人に指摘されると胸が痛む。

「それにあなたが行くと、他のお母さんたちが騒ぐから」

「まさか」声を出して笑ってしまった。

「そういう自覚がないのが、あなたの悪いところよねえ。だいたい……」

聖子の愚痴が長引きそうなので、大友は慌てて「仕事に戻らないと」と言い訳して電話を切った。吐息を吐き、何だかさらに重くなってしまった足を研究所へ運ぶ。こういうことがある度に、仕事の方がよほど簡単だと思う。子どもは日々変わっていくものだし、聖子を含めた家族との関係も難しい。

気づくと苦笑していた。こういうのは、毎度のやり取りではないか。一々苛立っていては、あの義母とはつき合えない。

電話をポケットに突っこみ、黄色い規制線に近づく。制服警官に挨拶し、敷地の中へ入った。後山も、指示するならもう少しはっきり言えばいいのに……自分はあくまで、特別に現場に派遣されている立場である。その時々で、誰の指揮下に入るかは分からない。まず誰に挨拶すればいいのか分からないと、さすがに戸惑ってしまう。それでなくても、煙たがられているのに。

正面入口の自動ドアは開きっ放しになっていた。鑑識課員たちがひっきりなしに出入りし、携帯電話に向かって怒鳴っている刑事たちが何人もいる。中へ入らず、固まって何事か相談しているコート姿の男たちは、新エネルギー研究開発の社員たちだろうか。入りにくい。大友は殺人事件の現場は嫌というほど経験しているが、ここには今までにない緊張感が漂っていた。しかしいつまでも突っ立っているわけにはいかない……歩き出した瞬間、見知った顔を見つけて安堵の吐息を漏らした。

同期の高畑敦美《たかはたあつみ》が、手帳に視線を落としたまま、建物から出て来る。震えがくるほどの寒さなのに、コートも着ていない。一歩を踏み出す度に、顔の回りで白い息が弾んだ。大友はすっと彼女に近づき、進路に立ちはだかった。敦美が「ちょっと」と文句を言いながら顔を上げる。険しい表情が少しだけ崩れた。

「あら、テツ」

「おはよう」

「遅かったわね」

「来ることは知ってたのか?」

　敦美が首を横に振った。そのまま歩き出す。大友は彼女の横に並んで、歩調を合わせた。今日はアルコールの臭いはしない。酒豪の敦美は一人酒が好きで、一晩中呑み続けてそのまま出勤することも珍しくない――なかった。捜査共助課時代にはそれが日常だったが、さすがに捜査一課に異動してからは控えている様子である。いずれにせよ、一緒に呑みたい相手ではなかった。敦美のペースに合わせていると、大変なことになるのだ。

　敦美は無人の覆面パトカーの運転席に乗りこみ、室内灯を点けた。無言で手帳に何事か書きつけていたが、最後にボールペンでピリオドを打つと、ようやく顔を上げる。

「知ってたというか、来ると思ってた。こういう面倒な事件だったら、後山さんが絶対SOSを出すはずだから」

「僕じゃ助けにならないかもしれない」大友はゆっくりと首を振った。

「そう言えば、何だか疲れてるけど……叩き起こされたから？」

「いや、別の現場にいたんだ。それも後山さんの命令で。人使いが荒過ぎるよ、あの人は」

「キャリアっていうのはねえ……」敦美が苦笑を浮かべる。「私たちを機械か何かだと思ってる？」

「そうかもしれない」

「で、一晩で二度目の現場ってわけね」敦美が形のいい顎を撫でた。「それじゃ、さすがのテツもばてるわね」

「元々体育会系じゃないしね」君とは違って――大友は言葉を呑みこんだ。敦美は大学時代に女子ラグビーで活躍し、今でも女性らしからぬがっしりした体型を維持している。顔が可愛いので、そのアンバランスさから「アイドル系女子レスラー」と揶揄《やゆ》する人間もいる。しかし、体格から想像される通りの体力を誇っているのは間違いなかった。一晩中呑んでいても、翌日けろりとして職場に顔を出すのがその証拠である。

「それより、柴が病院に運びこまれた」

「え？」敦美の顔が蒼褪める。「現場で一緒だったの？」

「ああ」

「何やってたの、あんたたち」敦美が責めるような口調で言った。

大友は、何だか自分が悪いような気持ちになりながら、未明に赤坂で起きた強盗未遂事件の状況を説明した。まだ柴の容態は分からないが、大したことはないという前提で話を進める。

「耳が聞こえないって、一時的な話でしょう？」

「たぶん、そうだと思う。耳以外は元気だし……ところで、この現場を仕切ってるのは？」大友は話題を変えた。

「もちろん、うちの係長」

「永橋《ながはし》さんか」

「いい人よ、警察には珍しく」

人物評定が厳しい彼女にすれば、最大限の褒め言葉だろう。敦美は捜査一課に異動してしばらく柴と同じ班にいたのだが、一年後の今春に永橋の下の班に横滑りしている。

「後で挨拶に行かないと」

「後山参事官がちゃんと話を通してるんでしょう？」

「それでも、直接挨拶しないとね」

「相変わらず律儀ねえ」敦美が苦笑する。

「性分なんだ……それより、状況を教えてくれ。被害者はどんな人なんだ？」

「ここの社員で、主任研究員。普通の会社とは、役職の仕組みがちょっと違うみたいね」

「だいたいここは、どういう研究所なんだ？」

「いろいろやってるけど、今一番力を入れているのが、メタンハイドレートみたい」

「ああ、日本近海に大量に埋蔵されてるっていう、あれのこと？」

「そう。この研究所は、採掘技術の最先端をいってるそうよ。技術的な詳しい話は、まだ聴いてないけどね」

「僕たちには馴染みのない話みたいだな」

「直接はね……で、被害者はここでメタンハイドレート採掘技術の研究をしていた。実質的に責任者だったみたい」

「事件の発生時刻……いつもこんな遅くまで会社にいるのか」思わず腕時計に視線を落とす。

「それは別に、珍しくなかったみたい」敦美がボールペンにキャップを被せた。「研究者って、私たちとは違う世界に生きてるみたいな感じだから。徹夜や昼夜逆転も当たり前ってことね」

「なるほど」

「研究者以外の職員も、海外とのやり取りがあるから、だいたい二十四時間、誰かがいるみたいね」敦美がさらりと言った。

「で、現場の様子は」

「こういうこと」

敦美がもう一度ボールペンのキャップを外して、手帳にさらさらと書きつけた。それを大友に差し出す。敦美は豪快な性格の割に字は丁寧で、読みやすい。大友は助手席側の室内灯を点けて、図を検《あらた》めた。

現場の見取り図である。中原は、自分の研究室を出たところで襲われたらしい――ドアのすぐ外で血痕が発見されていた。そこを出てからメーンエントランスまで、計三か所のセキュリティロックがある。中原は、最初の一つの前で力尽き、さらに襲われて致命傷を受けたと見られている。

「内部犯行かな」大友は手帳を返して訊ねた。

「その可能性も否定できないわね」

「社内で、被害者に恨みを持っている人間は？」

「それはこれから調べるわ。でも基本的に、あまり濃い人間関係はない仕事だったみたい。それぞれの研究員が勝手に自分の研究をやっている、という感じのようよ」

「そんなものかな」今時、個人ベースで研究活動などできないのではないか。特にメタンハイドレートの採掘などは、巨大なシステムを作り上げるもののはずで、研究↓実験↓実用化の流れには、大人数の関与が必要になってくるはずだ。それこそ、会社を挙げて、という感じではないだろうか。

「そんなものみたい。調べればまた、別の話が出てくるかもしれないけど……それにしても、やり方が乱暴というか残酷よね」

「凶器は何なんだろう？　鉈とか、そういう刃物のついた鈍器のような感じがするけど」

「鉈じゃなければ、鍬《くわ》とかね。要するに、頭を叩き割ったわけだから」

どちらにしても農作業のイメージがついてくるわけだ、と大友は思った。

「この研究所にそんな物があるのかな」

「車に乗せて持ってくれば、簡単でしょう」敦美が肩をすくめる。「この研究所、車通勤が許可されているみたいだし。裏に、馬鹿でかい駐車場があるわよ」

「確かに車がないと、通勤も不便だろうな」最寄駅はゆりかもめのテレコムセンター駅になるのだろうが、そこからだと歩いて二十分ぐらいかかるはずである。

「そういうこと」疲れた顔つきで敦美がうなずく。

「社員は？」

「ここに百五十人、丸の内の本社に四十人……あと、千葉にも二十人ぐらい常駐しているそうよ」

「千葉？」

「実証実験のための小さな研究施設が、いすみ市にあるって」

「なるほど……で、中原さんの人となりは？」

「まだそこまで摑んでいない」敦美が首を横に振った。

「トラブルがあったかどうかは……」

「それもこれから。で、テツはどんな仕事をするわけ？」

「永橋さんの指示に従うよ」言ってから、思わず溜息をついてしまった。

「何よ、朝からしけた顔して」

「今日、本当は優斗の授業参観だったんだ」

「それは行けないわね。お父さん、がっかりなわけだ」敦美が薄い笑みを浮かべる。

「それもそうなんだけど、優斗があまり来て欲しくないみたいでさ」

「それはそうよ」敦美が声を上げて笑った。「小学校の高学年になったら、もう授業参観なんか、鬱陶しいだけでしょう」

「そうかなあ……最近の子どもは、いつまでも子どもみたいな感じだけど。僕たちが小学生の頃とはずいぶん違うよ」

「でも、順調に親離れしてるってことじゃない」

「僕の子離れはまだだけどね」

「しっかりしなさいよ、パパ」敦美が大友の肩を小突いた。「そんなことじゃ、これから先、やっていけないでしょう。いい加減、再婚したらいいのに」

「そんな気はないよ」

「そう？　お嫁さん候補が、またうろうろしてたわよ」敦美が素早く周囲を見回した。

「まさか、それは……」嫌な予感を覚えて、大友は両手で顔を拭った。

「そのまさか。東日の沢登《さわと》有香《ゆか》」

「何で彼女がここに？」

「知らないわよ。事件好きの記者としては、放っておけない一件じゃないの？」

それにしても情報が伝わるのが早過ぎる。事件の発覚が午前三時過ぎで、今が六時半……警視庁の広報部は常に迅速な情報提供を心がけているし、記者クラブには三百六十五日記者たちが泊まりこんでいるが、それにしてもあまりにも出足が速い。現場がある程度落ち着くまでは、広報部も情報提供を控えるはずだ――あの連中に荒らされたらたまらないから。

「まさか、どこかで警察無線を盗聴してたんじゃないだろうな」

「デジタル化されてる無線の盗聴なんて、そう簡単にはできないわよ」

「そうか……」もしかしたら有香は、警察内にいい情報源を持っているのかもしれない。だがそれは、警察にとっても彼女が勤める新聞社にとっても、いい迷惑だ。警察は捜査を妨害される恐れがあるし、新聞社の方だって、警視庁の担当でもない遊軍記者の彼女が、自分の好みで事件に首を突っこむのを好まないだろう。

「お嫁さん候補じゃないんだったら、会わないように気をつけてね。彼女、相当しつこいから」

「それはよく分かってる」

これは不安材料になるかもしれない。今まで何度も彼女にはつきまとわれ、厄介なことになってきたのだ。上手く利用して捜査のバネにしたこともあるが、大抵は鬱陶しい思いをするだけだった。

後山の曖昧な態度も気になる。彼より上の立場の人間からの指示でもあったのか……部長か総監、あるいは警察庁内の誰かか。

もしも彼が、自分の立場を守るためにこんな捜査を押しつけてきたとしたら、とんでもない話である——そう思いながら、事件に惹かれ始めている自分に気づいた。難しい事件であるのは間違いなく、刑事としての本能が激しく刺激されている。

4

大友は永橋係長に挨拶をして——敦美が言う通り常識人だった——指示を受けた。

「午前九時から、社員に一斉に事情聴取を始める」

「出勤時間ですか？」

「ああ。フレックスタイムなんだが、その時間にはほとんどの社員が出社して来るそうだ。会社にも協力してもらって、システマティックに進めたい。人手が足りないから、そちらの手伝いを頼む」

「分かりました……すみませんね、また勝手に首を突っこんで」

「別に、あんたが自分で手を挙げたわけじゃないだろう？」永橋が苦笑する。

「いつも通り、後山参事官の指示です」

「いい加減、一課に戻ったらどうだ？　そうすれば、人に鬱陶しがられずに仕事できるぞ」

「やっぱり、鬱陶しく思っている人は多いんですね」

大友の台詞に、永橋がまた苦笑した。煙草を取り出し、掌で転がしながら次の言葉を探ったが、特に言うべき台詞は浮かんでこないようだった。

「九時まで、少し休んでくれ。あんた、徹夜だったんだろう？」

「ええ」

「朝飯でも食って、少しゆっくりしてろよ。九時に正面玄関前に集合でいいから」

「分かりました。お言葉に甘えます」

飯と言ってもな……この辺に、朝食を摂れるファミリーレストランなど、あっただろうか。あるにしても、かなり歩かないといけないだろう。仕方ない。コンビニエンスストアでも探して、サンドウィッチか何かで誤魔化すか。優斗と一緒の朝食なら、きちんとした物を食べさせなければならないが、一人だと途端にどうでもよくなってしまう。大友は元来、生活に関してはものぐさな性格なのだ。

敦美を誘おうかと思ったが、近くには見当たらない。何か仕事をしているかもしれないので、電話するのも憚られた。仕方なく、冷たい海風が吹きつける中、テレコムセンター駅方面へ向かって一人で歩き出す。そう言えばこの近くに、大江戸温泉物語があったな……あの巨大な温泉テーマパークは、何時から開いているのだろう。風呂に入りたいな、と切実に思った。疲れを取るのと、体を温めるために。

それにしても、何とも侘しい街である。巨大な倉庫ばかりが建ち並び、この時間だと道行く人も車もほとんど見当たらないので、特に寂しさが際立つ。寒さを防ぐのにトレンチコートはほとんど役にたたず、背中がつい丸まってしまう。どこまで行っても同じような光景が続くのにも気が滅入った。もしかしたら自分はいつの間にか東京を離れ、別の街に来てしまったのか……まさか。

徹夜明けなので、頭がぼうっとしている。それだけだ。

やっと、箱を伏せたような倉庫以外の建物が見えてきた。鳥居のような造りで、全面がガラス張りになっている。ちょっと洒落たデザインだが、どこかの会社だろうか。

それにしても、「街」らしい雰囲気がない。ようやく左手の方にゆりかもめのレールが見えてきて、ほっとした。とにかく駅の近くまで行けば、何かあるだろう。空腹は我慢できないレベルになっており、早急にエネルギーを補給する必要があった。手っ取り早い朝食として、サンドウィッチではなく肉まんが頭に浮かぶ。何より温かさが必要だった。大口を開けてかぶりついた時の、口中を火傷しそうな感覚が、妙に懐かしく思い出された。

コンビニエンスストアを見つけてほっとしたが、次の瞬間、同じ建物に食堂が併設されているのに気づいた。どうやら昔ながらの大衆食堂らしい。しかもこんな早い時間から開いている。

昨日、張り込みの応援を要請されてから、初めてほっとした気分になり、大友は迷わず店に入った。朝からきちんと食事ができるのが、何とありがたいことか……おそらく、この辺で働く人向けに、早朝から開いているのだろう。

中は、大衆食堂のグレードアップ版、という感じだった。料理が並んでいて、そこから自由に取っていくスタイルは大衆食堂然としているが、店内は小綺麗で明るい雰囲気だった。明るい色のテーブルに、背もたれに楕円形の穴が空いた、少し洒落たデザインの椅子。窓が大きく開けているので陽光がたっぷり入るのもありがたい。

ほっとして、大友は料理を選んだ。今日はこの先、昼食を摂っている時間があるか分からないから、しっかり食べておこう。サンマの塩焼きと野菜サラダ、ひじき。これにご飯とみそ汁をつけて定食にした。栄養バランスも問題なし。少なくとも食事の面では、今日はいい一日のスタートを切れた。一課時代、特捜本部に入っている時などは、本当に悲惨な食生活だったのだが……見かねた妻の菜緒《なお》が、「お弁当作ろうか」と言ってくれたこともあったが、それに甘えることはできなかった。何しろ特捜本部に入っている時は、大抵外回りをしているわけで、公園で一人弁当を広げるわけにはいかなかったから。夜もどこかで適当に済ませて、というパターンが多かった。こういう食生活が続くから、定年後の刑事が長生きできないのも当然だよな、と当時は思っていた。

その頃に比べれば、今はまだましだろう。優斗に食べさせるためにきちんと料理の勉強もして、朝はできるだけ和食を作るようにしている。昼もきちんと決まった時間に食べられるし、夜は優斗と一緒だ。

店内は空いていたので、窓際の席に陣取った。開店してからまだあまり時間が経っていないようで、暖房が効いておらず、冷え冷えとしている。窓が大きいせいもあるだろう。みそ汁からゆらゆらと立ち上がる湯気が、いかにも温かそうだった。

そうだ、この時間なら優斗ももう起きているだろう。電話すると、聖子はまた疑わしげな声で応じた。短時間に二度も電話してきて……とうんざりしているだろう。

「優斗をお願いします」

「忙しいわよ、すぐ学校だから」

「ちょっとだけでも」

「はいはい」かすかに溜息が聞こえたような気がした。

少し待たされた。顔でも洗っていたのか、食事の後片づけ――聖子は必ず自分で片づけさせる――をしていたのか。電話に出た優斗は少しだけ不機嫌だった。

「あー、ごめんな。今日、授業参観に行けないみたいだ」

「別にいいけど」素っ気ない口調。

「今度、何かで埋め合わせするよ」

「だったら、塾の話……」

「ああ」少し前、優斗は唐突に「塾に行きたい」と言い出した。近所の小学生向けの進学塾で、クラスの友だちが何人も通っているからという理由だったが、大友としてはあまり乗り気になれなかった。何も小学生の時から、そんなに必死になって勉強をしなくても……田舎育ちの大友は、進学塾の類に通ったことがない。それに優斗は既に、小学校のサッカーのチームにも参加している。放課後をやたらと忙しくしなくてもいいのではないか。小学生は小学生らしく、遊んでいれば……しかし考えてみれば、今や「フリー」の子どもなどほとんどいない。どうせ自分は夜まで帰れないのだし、夕方の暇な時間を友だちと過ごすのもいいかもしれない。

「考えておくよ」

「一月から、塾も新学期が始まるから」

「よく知ってるな」

「友だちに聞いたんだ」

「分かった。後でゆっくり話を聞くよ。今度の休みに、パンフレットでも貰いにいこうか？」

「うん」優斗の声に明るさが戻った。少し前――ほんの一、二年前は、いつもこういう明るい声を出していたのだが。

「じゃあ、パパは今夜も遅くなるかもしれないから。聖子さんの家に行っていてくれないかな」

「分かった。それじゃ」優斗はあっさり電話を切ってしまった。

何だかな……確かに「子離れ」は、今後僕の大きなテーマになる――既になっているかもしれない。いつまでも子どもだと思っていると、自分だけが取り残されてしまうのだ。

さて、とにもかくにも朝食だ。箸を手にした瞬間、目の前に影が落ちる。相席？　席は十分空いているじゃないか。嫌な予感がして顔を上げると、有香だった。大友は思わず天を仰いだ。

「どうも」有香がやけに明るい声で言った。料理の乗ったトレイを置くと、コートを脱いで隣の椅子に引っかける。下は明るい黄色のセーターだった。セーターにコートだけでは、明らかに辛い気温なのだが。

「何でまた」大友は思わず声に出してしまった。

「私の家、この近くなんですよ」

「ああ」それで合点がいった。独身の女性記者、お台場のタワー型マンションで優雅に暮らす、か。「で、現場にいたそうですけど」

「近くでパトカーのサイレンが聞こえたら、何があったか確かめるのが普通でしょう」

「夜中ですよ？」

「時間は関係ないです」しれっとして有香が言った。「こっちは二十四時間営業なんで」

「あり得ないな」大友は首をゆっくりと横に振った。

「どうしてですか？」有香が不思議そうな表情を浮かべた。

「そんなに仕事熱心な人がいるはずがない」

「いるんですよ、世の中には」

　有香がにこやかに笑った。こうやって笑顔を浮かべていると、どこに出しても恥ずかしくない美人だけど、性格がね……何にでも首を突っこんでくる図々しさは、同僚にも好かれていないはずだ。

「で、どうですか」みそ汁のお椀を取り上げながら有香が言った。

「どうですかって、何が」

「事件に決まってるじゃないですか。これって、一種の密室殺人でしょう?」

「そんなに大変なものではないでしょう」大友は既に、犯人の動きをある程度予想していた。

「そうなんですか?」

「それ以上はノーコメント」大友はサンマに箸を入れた。ほろりと身がはがれる。口に運ぶと、確かに美味い。焦げた皮の香ばしさ、脂の乗った身と、絶妙のバランスである。家で魚を焼くと、なかなかこう上手くはいかないのだが……しかし、美味さを味わう余裕はなかった。目の前には苦手な有香。味は環境で決まる。

「ノーコメントが好きですよね、大友さん」有香が皮肉をぶつけてきた。

「あなたが、コメントしにくい質問ばかりするからですよ」基本的には、どんな質問でも「ノーコメント」だが。平の刑事は、記者との接触を禁じられている。そして今の自分は、刑事でさえない。

「うーん、じゃあ、仕事以外の話でもしますか?　せっかく一緒にご飯食べてるんだし。もしかしたら、こういうの初めてじゃないですか?」

「そうだったかな」だとしても、とてもロマンティックとは言い難い。初めて二人だけで一緒に食事をする店が、お台場の定食屋とは。

「優斗君、元気ですか?」

「塾に行きたがっててね」仕事の話だと警戒して、のらりくらりで誤魔化すのだが、優斗のことになるとつい話してしまう。明らかに僕にとってはアキレス腱だな、と思った。

「いいじゃないですか。自分から勉強する気になるなんて、立派ですよ。もうすぐ中学生でしょう？」

「ああ」

「後々のこと……大学受験なんかも大変だし。小さい頃から競争に慣れておいた方がいいですよ」

「それも味気ないと思うけど」

「でも、やっぱり上は目指さないと。今は大学も二分化してますから」

「二分化？」

「上と下で」有香が顔の前で右手を水平に動かした。「少子化の時代だから、入るだけなら誰でも入れるけど、それじゃ意味ないでしょう？　受験で苦労するのもいい人生経験だし、どうせなら上を目指さないと……そのためには、早く動いた方がいいですよ」

「アドバイス、どうも」聞き流して、大友は食事に集中しようとした。ひじきを食べる。やはり美味い。じっとりと味が染みていて、塩気は強くないのにご飯が進む味だ。この味つけはどうやっているのだろう。出汁《だし》を濃くするのか……ハンバーグやカレーの方が、作るのはよほど簡単だ。むしろひじきやおからのような、昔ながらの総菜を作るのに難儀している。結局僕は料理に——家事全体に向いていないのだ、としばしば思う。

「で、密室殺人のことなんですけど」有香がさらりと繰り返した。「二重三重のセキュリティチェックがあって、簡単には中に入れないんですよね」

「その話、やめませんか」

大友はやんわりと忠告したが、有香にはまったく影響がなかった。熱の入った口調で続ける。

「一番可能性が高いのは、内部犯行でしょうね。社員が被害者を殺して逃走した——それなら、自動的にドアがロックされるから、密室になるのも当然です」

「容疑者はまだいません——いないみたいですよ」

「時間の問題じゃないですか」やけに自信たっぷりに有香が言い放った。「内部の人間が犯人だとしたら、すぐ捕まりますよ。でも、動機が気になりますよね」

「殺人なら、どんな事件でも動機は気になるでしょう」

「今回は特に……メタンハイドレートですからね」

「だから?」

「大友さん、恍《とぼ》けてます?」

「いや、別に」食事に集中させてくれ、と泣き言を言いたくなってきた。「その辺の話、詳しくないんだ」

「最近の海底調査で、日本が急に資源大国になりつつある話ぐらいは知ってるでしょう?」

「レアメタルとか?」

「メタンハイドレートもそうです。埋蔵量は、日本国内で使う天然ガスの百年分ぐらいあるそうだから」

大友は思わず顔を上げた。百年分？　いや、だからといって、これで日本のエネルギー問題が全て解決するわけではあるまい。全消費エネルギーを天然ガスに頼るわけにはいかないだろうし。

「だけど、日本で使われるエネルギー資源では、天然ガスの割合はそんなに多くないでしょう？」

大友が指摘すると、有香がにやりと笑った。箸を指揮棒のように振って説明を続ける。

「百年分の埋蔵量なんて聞いて勘違いする人が多いんですよね。発電量で、天然ガスの割合は三十パーセント以上になっています。資源別に見ると、上手く分散しているんです」

「へえ」

「だから、メタンハイドレートで国内のガス需要を全部まかなうわけにはいかないでしょうけどね。採掘コストの問題もありますから……むしろ、海外の産出国への圧力になるのが大事なんですよ」

「というと？」

「日本は、天然ガスも輸入に頼ってるんですけど、とにかくコストがかかるんですよ。産出国に近い場所なら、パイプラインを引っ張って持ってこられますから、初期コストがかかるだけでランニングコストはそれほど高くないんです。でも日本だと、船で輸送するしかないから、一度液化天然ガスにしないといけないわけですよ。その分、当然コストがかかって割高になります。価格に関しては産出国の言いなり、というのが現状みたいですね」

「日本で天然ガスが大量に採掘できるとなれば、そっちから買わなくてもいいと、強気の交渉ができる」

「ご名答です。それで値下げさせられれば、コストは下がりますよね。だからメタンハイドレートは、資源そのものとしての価値よりも、資源外交の切り札になるんじゃないかっていうことです」

「なるほど」

「実際には、採掘はそれほど簡単じゃないみたいですよ。採掘実験には成功しているけど、商業ベースを考えるとまだまだコストが高いんですね。コストカットを研究している人はたくさんいます。日本の将来がかかってますから。それに、他の国にも影響がありますよ。日本近海だけじゃなくて、ロシアなんかでもメタンハイドレートは有望な資源として注目されているんです。相当の埋蔵量がありそうですから」

「で、新エネルギー研究開発は、その分野で最先端を行っていた」

「そうです。何か、ややこしい問題がありそうじゃないですか?」いかにも嬉しそうに有香が言った。

「そうかもしれない……しかしあなたも、エネルギー問題に関してはずいぶん詳しいですね」

「そんなこと、ないですよ」有香が声を上げて笑った。「これぐらいは常識って言うか、大震災の後、新聞社の社内では、誰でもエネルギー問題を勉強しましたから。今は何をやるにしても、そこを分かってないとどうしようもないんですよ。政治も経済も社会も、結局はエネルギー問題を軸に回っているんだから。電気のない生活なんか、考えられないでしょう」

有香の目が急に真剣になった。ともすれば地震の被害を忘れてしまいそうになるが、震災直後のエネルギー危機で感じた恐怖は、今も時折胸に蘇ってくる。「世のため人のため」とこの仕事を選び、「今は子育てに人生のすべてを捧げている」などと偉そうなことを言っていても、電気がなければ何もできないと思い知ったのだ。彼女も同じだろう。

「なるほど。じゃあ、そちらはそちらで頑張って調べて下さい」

「あの会社のことなら、うちの社内データにいろいろあると思いますよ。最近、何回か記事になったこともあるし」

「被害者は？」取り引きか、と思いながら大友は訊ねた。この取り引きは自分に不利だ。有香は、警察でも調べられる新聞記事を素材として差し出そうとしているだけなのだから。それに対してこちらは、捜査情報を渡す――無理だ。

「被害者個人が記事になったことはないと思いますけどね。それだけの人材だったら、検索すればいろいろ引っかかってきますよ」

「実際に検索してみた?」

「ええ。でも、役にたちそうな情報はなかったですね」

「なるほど」今の段階では何とも判断できない。

「関連記事、送りましょうか?」

「いや、結構です」大友はきっぱりと断った。「あなたに借りは作りたくないので」

「あら、大友さんの方では、もういろいろ借りがあると思いますけど。気づいてないだけですか?」有香がさらりと言ったが、実際にはひどく押しつけがましい台詞だった。

大友は、有香を利用したことがある。そして確かにその借りは返せていないのだが……あくまでしらを切り通すつもりだった。こういうのは、簡単にプラスマイナスで計算できるものではない。まあ「貸しがある」と感じた方は、簡単にはそれを忘れないものだが。

貸し借りだけを考える人生は侘しいものだ。だが、多くの人は、頭の片隅で必ず計算をしている。

5

刑事の仕事は多岐に及ぶ。書類仕事以外にも、監視、尾行、聞き込み――犯人逮捕の時には、格闘技術が求められることもある。大友はその中でも、「取り調べ」「事情聴取」が一番得意だと自負していた。

今回、まず事情を聴かなければならないのは中原の同僚たちである。会社サイドは非常に協力的であり――スキャンダルを恐れて頑《かたく》なになってもおかしくはなかった――複数の会議室を事情聴取用の部屋として提供してくれた。受付から入ってすぐの、長い廊下の両側に並んだ小部屋は、普段は来客との面談用に使われているらしい。装飾の類いはほとんどなく、素っ気ないとも言える作りだった。六人が座れるデスク、部屋の片隅に置かれた電話、ホワイトボード……取調室の雰囲気に近いな、と大友は思った。

ここからは、流れ作業のようなものかもしれない。事情聴取は、被害者の中原に近い立場の人間から順番に行うことになっていた。同僚、直接の上司、部下……時間制限なし。できるだけ粘って話を引き出せ、というのが永橋の指示だった。二人一組で事情聴取に当たることになり、大友は敦美と組んだ。気心の知れた相手が一緒なので心強い。

相手はとても、心強い様子ではなかった。中原の同期だという須藤浩輔《すどうこうすけ》、三十七歳。デスクの向こうにいる須藤を見て、大友は「雑な男」という第一印象を抱いた。ワイシャツはくしゃくしゃで、ネクタイは緩んでいる。わざとなのか寝癖なのか、髪はぐしゃぐしゃだった。ジャケットはすっかり型崩れし、サイズも合っていない。

「早朝に呼び出されたんですか」大友は切り出した。

「あ、いや、その……呼び出されたというか」須藤がしどろもどろになった。まるで質問を受けるのをまったく予期していなかったようである。「夜中に電話はかかってきました」

「呼び出されたのではなく、単なる連絡でしたか」

「社内の連絡網があって」須藤が両手を宙でこねくり回した。「とにかく、そういうことです」言い終えると、ぱたりと手を下ろしてテーブルに置く。これだけ喋って、もうエネルギーを使い果たしてしまったようだった。

「今日、出社は何時頃でした？」

「七時には来ました。慌てて……」

「普段は？」

「研究部門はフレックスなので……昨日は十一時出社で、夜中までいました」

「日付は変わっていましたか？」

「ええ、あの、はい……」須藤がすっと体を引き、顔を強張らせる。ちらりと腕時計を見て告げた。「十二時まではいなかったです」

横を見ると、敦美が手帳にペンを走らせている。数時間前——午前三時頃に社内に誰がいたかは重要なポイントだ。中にいた人間なら、簡単に中原を殺せる。少なくとも殺す機会は得られる。須藤が本当に十二時に会社を出たかどうかは、出入記録で明らかにできるだろう。

そう考えると、今一斉に行われている事情聴取が無駄に思えてきた。まず、午前三時頃に社内にいたのが誰か、調べる方が早い。須藤との話が終わったら、永橋に進言しよう。

「会社を出る時、何か変わったことはありませんでしたか？」

「特に気がつきませんでした」

「中原さんは、普段はどんなお仕事を？」

「メタンハイドレート採掘の実用的な検証実験を……ここと千葉の研究所を行ったり来たりしていました」

「大変そうですね」

「まあ、彼の下にもスタッフはついてますし」

「かなり大掛かりな研究かと思いますけど」

「そうでもないです」須藤が首を振った。喋り方は安定し、少しは落ち着いたようだった。「あのですね、メタンハイドレートの採掘技術そのものは、既にあるんです。問題は、そのコストをどうやってカットしていくかということで……」ここでも「コスト」。問題有香が言っていたのと同じ問題だ。

「具体的には？」

「メタンハイドレートのことは、ご存じですか？」

「言葉だけですね」大友は笑みを浮かべ、下手に出た。実際には、ほとんど何も知らないのが実情なのだ。先ほど有香から聞いた話が全てと言っていい。「簡単に説明してもらえますか？　文系の我々にも分かる範囲で」

「言葉は特殊ですけど、要は単なるメタンガスです。ただし、ガスの形ではなく固体で存在しているのが違うだけで」

「ガスが固まっているんですか？」

「固まっている、というのとはちょっと違います。ガスの分子が、水分子の中に閉じ込められているんですよ」

「はあ」そう言えば化学は苦手だったな、と大友は思い出した。

「水分子が水素結合して、五角十二面体の籠のような物ができます。その隙間にメタンガスの分子が入りこんで、かなり強固な結晶になるんですよ。メタンガスの分子の大きさが、水素結合でできた籠の隙間にうまく合うんです。で、低温高圧の状態になると、安定した物質として存在している——つまり、海底や永久凍土の地下などです」

「燃えるんですか？」

「そこから放出されたガスが燃えます。見た目は氷そっくりですから、氷が燃えているように見えますよ。問題は、どうやってガスだけを採取するかです。海の底、さらにその地下だと低温高圧の状態で安定して存在していますけど、引き上げると分解してしまう。当然メタンガスは放出されて、採取不能になります」

「だったら、どうやって採取するんですか」

「地中にあるまま、です」須藤が右手の先を下へ向けた。「簡単に言いますと、海底油田なんかと似たイメージです。ボーリングして、メタンハイドレートが集積している場所からガスを採取するんですが、この際、地中にある状態のまま、ガスだけを取り出してやる必要があります。そのための方法はいくつかあるんですが、要はメタンハイドレートが存在する『条件』を変えてやればいい。温度か圧力を変えれば、ガスだけが出てきますから。一番簡単なのは、圧力を変えてやることですね。減圧法と呼びますが……」須藤が立ち上がった。最初の元気のなさはどこへやら、口調には熱が籠っている。

ホワイトボードの前に立つと、油性ペンでさらさらと図を描いた。横線が海底、そこに突き刺さるように描かれた縦の二本のラインがボーリング用のパイプだろうと判断する。須藤が説明を始めると、大友は自分の想像が当たっていたことが分かった。文系も捨てたもんじゃないな、と密かに自画自賛する。

「このパイプの中を減圧します。すると、周辺の『低温高圧』という状況が変化して、メタンガスが解放される。後はガスを回収して海上まで上げればいいだけの話です。理屈は簡単なんですよ、理屈は……」

「問題はコストですね？」

「そうなんです。この方法で採掘できるのは、既に実験で証明されていますけど、大事なのはいかに連続的に、安定して減圧を続けられるかなんですね。連続してガスが出てこないと、資源としては意味がないでしょう？」

「中原さんは、その技術を開発した？」

「そうです。弊社では『ＮＳシステム』と呼んでいました。このシステムがあれば、海中だけではなく、シベリアなんかの永久凍土でも採掘が効率的になることです。詳しいことは言えないんですが……企業秘密がありますんで」須藤が顎を引き締める。

「それは構いません。教えて欲しいのは、中原さんの開発していた技術――その『ＮＳシステム』が画期的なものだったかどうか、です」

「そう言っていいと思います。中原は秘密主義者だから、私も詳しいことは分かりませんが……社内で回ってくる公式文書のことしか知りませんけど、実用化に向けて、大きな踏み台になるのは間違いないでしょうね。生産レベルにまでコストを下げることができると思います」

「そうなれば、日本は資源大国、ということですか」

「まあ、そう簡単にはいかないでしょうが」

須藤が腰を下ろした。両手を擦り合わせ、大友の顔をじっと見る。こちらの知識や考えを試しているようだ、と大友は思った。

「と言いますと？」

「陸上と海上では、コストがまったく違いますからね。油田の場合だと、海上油田のコストは、状況によっても違いますが、陸上のそれよりも二倍から十倍高いと言われています。メタンハイドレートも、安定して採掘できるようになっても、海底油田並みのコストがかかるはずですよ。少なくとも初期コストは、相当巨額になります。海底油田のように巨大なプラットフォームも必要ですし、そこから陸上までどうやってメタンガスを持っていくかという問題もある。最近、メタンハイドレートのおかげで日本が資源大国になるというような話を聞きますけど、ことはそんなに簡単じゃありません」

さて、ここからが本題だ。大友は両手を握り合わせ、拳に力を入れた。専門のことだから須藤はすらすら喋ったのだろうが、事件に関したことだとどうなるか……。

「中原さんは、誰かに恨まれていませんでしたか？」

「まさか」須藤の顔色がすっと蒼くなり、声も小さくなっていた。

「断言できますか？」

「いや、断言は……でも、考えられない」

「どうしてですか」

「研究だけの男ですよ？　あいつは研究オタクなんです。私生活なんて、ないに等しいんだから」

「独身でしたね」

「いや、離婚したんです……あれじゃ、結婚生活だって破綻しますよ」須藤の顔に薄ら笑いが浮かんだ。「一週間のうち、二回はここへ泊まりこんでるんじゃないかな。あいつが使ってる部屋には、ソファベッドが置いてあります。自腹で買ったんだけど」

「この研究所の仕組みはどうなってるんですか？　普通の会社のように、大部屋で仕事

研究部門は……

「営業や総務部門は、普通の会社と同じようなものだと思いますけど、研究部門は……そうですね、大学の研究室をイメージしてもらえばいいんじゃないかな」

「一人一室があてがわれている？」

「主任研究員以上は。ちなみに下から、ただの研究員、上級研究員、主任研究員で、その上は統括研究員です。統括研究員が部長みたいなものだと考えてもらえればいいけど、一番やりがいがあるのは主任研究員ですね。予算も結構自由に使えるし、下っ端の研究員を助手として使えますから」

「なるほど。で、主任研究員の中原さんは、自分の研究室を使っていた」

大友はちらりと横を見た。敦美が素早くうなずく。中原の研究室の前——そこが最初の襲撃現場なのだ。大友も、この事情聴取を始める前に、簡単に現場を見てきた。ドアの前が血だらけ。飛び散る、というほどではないが、血だまりの大きさを見れば、彼が負傷したショックでしばらくその場にへたりこんでいたのが想像できる。最初に足を怪我させられた時に、相当量の出血があったと見られる。致命傷になった頭への一撃がなくとも、発見が遅れれば出血多量で死んでいたかもしれない。

中原は部屋を出たところで襲われたものの、何とか最初の関門へ向かって歩き出した。床に長く血の跡がついていたことから、ずっと出血が続いていたのが分かっている。詳細は解剖の結果待ちだが、大動脈を損傷していた可能性もある。そして関門——研究室が集まる「セクションB」のドアの前で後ろから脳天を一撃され、倒れていた。おそらく研究室から追いかけて来た人間に、再度襲われたのだろう。しかし、この研究所のあらゆるドアは、入る時だけではなく、出る時にもICカードの認証が必要だ。犯人の動きはどうなっていた？　残念ながら、中原の部屋は監視カメラの死角になっていて、状況が分からない。

携帯——研究室に残されていた——や研究室の固定電話で助けを呼ばなかったのは何故だろう。おそらく犯人に「背後」を取られていたからだ。部屋の奥に犯人がいたとすれば、電話に近づけなかったのも不思議ではない。だったら犯人は、そのまま中原を追いかけて行ったのか？　監視カメラの解析を待たねばならないが、期待薄かもしれない。監視カメラに全てが映っているとは限らないのだ。

「中原さんの研究室は、人の出入りは頻繁でしたか」

「それほどでもないでしょう。あいつは、邪魔されるのが嫌いな男だから」

「集中するタイプなんですか？」

「それは、もちろん。飯を食べに行く時以外は、だいたい部屋に籠ってましたし、俺もふらっと訪ねて行くことはなかったな。あいつの場合、同僚が会いに行く時でも、ちゃんと事前にアポを取ってくれ、という感じです。いきなり行くと、嫌な顔をするから」

「だったら、他の人の研究室に遊びに行くようなこともないですか？」もしそうだったら警視庁とは大違いだな、と大友は思った。警視庁では「庁内外交」という言葉がまかり通っている。特に用もないのに、他の課や部にいる同僚や先輩を訪ねたりするのだ。お茶を飲みながら無駄話をして、人事の情報などを探るのは、極めて日常的に行われていることである。大友の場合は、刑事総務課にいるせいで、座っていても自然に情報が入ってくるのだが。あそこは噂話の交差点のようなものである。

「ないですね。基本的には、いつも一人でいるタイプでした。そう言えば、最近同僚と一緒に飯も食いに行ってないな」須藤が悔しそうに唇を結ぶ。

「この辺、食事する場所もないから不便でしょう」まさか毎日、駅前の例の食堂に通うわけにもいかないだろうし。

「いや、うちは社食が充実してますから。その辺のレストランなんかより、よほど美味いですよ。安いですしね……試してみたらどうですか？」

「そんな暇はないと思います」

少し場を和ませるための言葉だったのだろうが、大友があっさり否定したせいか、須藤が渋い表情を浮かべた。少し申し訳なかったかなと思い、笑みを浮かべてやる。

「いずれ、仕事じゃない時にお邪魔します……それより中原さんは、社内に敵はいなかったですか？」

「まさか」須藤が大慌てで首を振る。「あり得ません」

「どうして？　どんな組織でも、全員仲良くという具合にはいかないでしょう」

「あいつは、うちの会社にとっては大事な頭脳……金づるですよ」

「金づる？」大友は眉をひそめた。

「いや、だって、あいつの研究が完成すれば、うちの会社は世界中に技術供与で大儲けですよ。会社は大事にするに決まってるじゃないですか」

だからこそ、恨まれることもあるのだが。優秀で、会社が頼りにしている社員は、往々にして他の社員のやっかみを受ける。しばしば傲慢になりがちだから——そして本人は、人から恨まれていることに気づかない。

しかし須藤は、社内でそういう軋みがあったことを認めようとしなかった。少なくとも自分は知らない、と言い張った。その言葉使い、態度に嘘はないと判断する。

須藤は最後に「でも俺、あいつのことはよく分かってなかったんですよね」とぽつりと言った。

会社のエースとも言える研究者は、ひどく孤立していたのではないか、と大友は想像した。


午後に入って、一通りの事情聴取終了。その後刑事たちは所轄の台場署に集められ、第一回の捜査会議が開かれることになった。台場署は警視庁の中でも新しい所轄で、会議室も清潔で広々としている。大きな窓からは青海客船ターミナル、その向こうの東京港が見える。景色はいいが、寒いのが応える。既に陽は西に傾きかけ、暖房もあまり効果を発揮していない。そうでなくても気持ちは沈みがちだった。疲労はピークを突き抜け、全身に力が入らない感じで、柴の容態がよくないのも気になる。署へ向かう途中、覆面パトカーの中から刑事総務課に電話して確認したのだが、柴の聴力は戻っていないという。念のため、しばらく入院することになったようだ。署についてからそのことを敦美に告げると、彼女は眉根を寄せた。

「どうせなら、口をやられればよかったのにね。あいつのお喋りは鬱陶しいから」

「心配の裏返しで憎まれ口を叩かなくてもいいんじゃないかな」大友はやんわりと忠告した。

敦美は何も言い返さず、拳を唇に押し当てた。あまり気が合う二人とは言えないのだが、そこはやはり同期である。このまま柴が聴力をなくしたら……と心配するのは当然だ。一時のショックによる症状だ、と大友も思いたかった。あいつは僕よりずっと窓の近くにいたから、爆音をまともに受けてしまっていたはずである。それだけのことであって欲しい……。

捜査会議は午後四時過ぎから開かれた。壇上に永橋係長、強行班を束ねる篠田《しのだ》管理官、捜査一課長、それに台場署長が揃った。篠田がその場を仕切って、捜査会議を進めていく。

まず、一課長の権藤《ごんどう》が挨拶に立った。今年の春から猛者たちのまとめ役になった男で、基本的に所轄から捜査一課に上がって以来、鑑識課長を務めた時以外は他で勤務していない。まさに一課叩き上げなのだが、見た目はとても、そういうキャリアを感じさせる男ではなかった。中肉中背、顔にも厳つさはなく、やや猫背のせいでむしろ弱気に見えるぐらいだった。ただし、声がいい。それほど大きな声で話さなくても、何故か朗々と響くのだ。今もマイクを使っていない。舞台向きの男だな、とふと思った。

「ご苦労様」ねぎらいから始まるのはいつものパターンだ。ただし、前置きはこれだけですぐに本題に入る。「今回は、非常に特異な事件と考えている。内部犯行の可能性があるが、初動段階ではそこにとらわれず、網を広く広げて可能性を探って欲しい。取りこぼしは許されない。できるだけ早期の解決を期待する」一度言葉を切り、少しだけ声を低くして続ける。「……というのも、あの会社は経産省と深い関係がある。ベンチャー企業とはいっても、資源開発という国家レベルの重要な仕事をしているからな。実際、副社長は経産省からの天下りだ」

　なるほど……後山が、奥歯に物の挟まったような言い方をしていた理由が想像できた。警察内部の話だけならともかく、他の官庁がからんでくると厄介になるのは当然である。キャリアである後山には、自分たちが想像もできないような圧力がかかっているのではないだろうか。解決を急かされるだけならいいが、会社の厄介な問題の封じこめまで依頼されたら……そんな羽目にはならないでくれ、と大友は密かに祈った。

「これ以上、言う必要はないと思う。賢明な諸君らのことだから、事情は察してもらえるな？　いつにも増して、捜査に傾注してもらいたい。私からは以上だ」

　ずいぶん露骨に言う人だ、と大友は苦笑した。まあ、変に忖度《そんたく》して動きが鈍くなるより、最初にこういう風に言ってもらった方が気持ちは楽ではあるが。

続いて管理官の篠田が立った。永橋は手元のパソコンを操作し、情報をスクリーンに映し出す。ブラインドが下りていないのでぼやけていたが、それでも辛うじて文字は読み取れた。大友は手帳を広げ、素早くデータを書き取った。

刑事たちが書き写すのを待つ間、篠田は沈黙を貫いていた。かさかさとペン先が手帳のページを引っかく音が、増幅されたように響く。篠田が一同の顔を見渡してから、さらに続けた。

「犯行時刻の午前三時前後、会社に残っていた社員は五人いた。当面、この五人に対する事情聴取を最優先して進めていきたい。では、一人ずつ説明する」

大友は自分の手帳に視線を落としながら、篠田の説明を聞いた。

高村研児《たかむらけんじ》、二十九歳。海外事業部勤務。ロンドン駐在の社員と直接連絡を取るために居残っていた。実際にテレビ電話で会話を交わしたことは、ロンドン駐在の社員が証言した。

新居裕《あらいひろし》、四十八歳。同じく海外事業部勤務。こちらはロサンゼルス駐在社員との打ち合わせのため居残っていた。高村と新居は同じ部屋で勤務しており、互いの存在を確認している。

荒垣達司《あらがきたつじ》、三十九歳。上級研究員。担当は太陽光発電。自分の研究で居残っていた。本人は、普段はあまり泊まりこみはしないが、年末が近いので仕事を早めに進めていた。

午後九時に社食で食事をした以降、部屋を出ていない旨証言。ＩＣカードの記録はこれを裏づけている。

脇屋拓《わきやたく》、二十六歳。研究員。被害者の中原の下で手伝いをしていた。この日は中原に指示された実験が終わらず、会社に泊まりこみになった。実験室に籠っていたが、犯行時間帯には居眠りをしていたという。

瀧本美羽《たきもとみう》、三十二歳。上級研究員。この女性だけは仕事で居残っていたわけではない。同僚と宴会をした後、会社に忘れ物をしたのに気づき、一時的に戻って、そのまま自席で眠りこんでいるうちに時間が経ってしまった。

社員証のＩＣカードのログから、五人とも犯行時刻に社内にいたのは間違いない。そのうちアリバイが確実そうなのは、海外の社員と話していた高村と新居。他の三人についても、犯行時刻には研究室内にいたと思われる。ＩＣカードの細工ができれば話は別だが……今のところ五人とも、強く犯行を疑うだけの動機は持っていないようだ。

「この五人については、簡単にアリバイを確認しただけで、詳しい事情聴取はまだ行っていない」篠田が続けた。「今後、この五人に対する事情聴取を徹底して行う。あとは被害者の周辺捜査。怨恨の線を中心に考えたい」

同意できる方針だ、と大友は思った。強盗がついやり過ぎて被害者を殺してしまうというのはよくあるが、それは一般民家がターゲットになった場合がほとんどだ。セキュリティのしっかりした会社へ盗みに入ろうとする人間はほとんどいない。もちろん盗むべき物があれば、セキュリティなど突破してやろうと考えるのが犯罪者というものだが――昨夜狙われた宝石店のように。

「では、捜査の担当を割り振る」

大友は自分の名前が呼ばれるのを聴いた。瀧本美羽に対する事情聴取担当。敦美も同じく瀧本美羽の担当になった。また女性が相手か……大友は唇を嚙んだ。上の人間は、何か勘違いしているのではないだろうか。横を見ると、敦美が笑いを嚙み殺している。

「何だよ」小声で訊ねる。

「さすが女性担当、大友鉄」

「何で僕が？」

「相変わらず鈍いわね。いい加減にしなさいよ」

「鈍いって……」つい声を張り上げそうになり、大友は咳払いして口をつぐんだ。敦美にはよくこうやってからかわれるのだが、意味が分からない。

捜査会議が終わると、大友は永橋に呼ばれた。

「瀧本美羽の事情聴取はかなり面倒になりそうだ。だからお前に任せた」

「はあ」

「厄介な女だ」

「そうなんですか？」

「ああ。ひどい二日酔いだ。話を聴ける状況じゃない」永橋が敦美をちらりと見た。

「私に何か?」敦美が冷たく言い放った。

「お前もよく呑むよな?」

「私生活のことに関しては、係長の指導を受けるいわれはないと思いますが」敦美がむきになって反論した。「だいたい私は、酔っ払って居眠りしたことなんか、ありませんよ」

「ああ、ああ、分かってる。その通りだな」

永橋が面倒臭そうに顔の前で手を振った。彼も敦美と呑んで潰された口ではないか、と大友は想像した。それも敦美流の処世術なのだが……女性と呑んで潰されたとなれば、男としてはその後大きな顔はできない。趣味と実用の両立、ということか。

「今日から始めますか」二人の間の緊張感が高まらないうちに、と大友は割って入った。

「いや、それは二人に任せる。今日は……どうかな。一度話を聴いているし、それで大変だったわけだから、明日にした方がいいかもしれない。向こうも明日になれば落ち着くだろう」

「二日酔いが抜けるまで、ですか?」敦美が意地悪そうに確認した。

「そういうことだ」

「迎え酒をやって、明日は三日酔いになってるかもしれませんよ」

「そこまで責任は持てない」永橋が首を振った。「今夜は監視するなり何なり、任せる。お前らなら問題なくやれるだろう」

永橋が一つ溜息をついて、大友の肩を叩いた。疲れている……人が疲れているのを見ると、こちらもまた疲労を意識させられる。

「で、どうする?」大友は判断を敦美に委ねた。

「明日でいいんじゃない? 私は、二日酔いの相手は嫌いだから」

「そうだね」何しろ敦美は、酒が強過ぎて二日酔いを知らない女である。「じゃあ、当たりだけつけておこう。明日の朝、どこで摑まえるか……」

「家、ね」敦美がすぐに断じた。「準備する暇を与えないでいきましょう」

「分かった」一抹の不安を感じながら大友は言った。瀧本美羽が犯人なら、明日の朝まで待つことで、言い訳するチャンスを与えてしまう。だが大友の勘は、「彼女は関係ない」と告げていた。

「あなた、今日はさっさと帰った方がいいわよ」敦美が忠告した。

「どうして?」

「死にそうな顔してるから」敦美がにやりと笑って大友の肩に軽くパンチをくれた。本人は軽くのつもりだったかもしれないが、大友はわずかによろけてしまった。

「君はどうする」

「私も適当に帰るわ。それより、東日の記者、どうだった?」

「いや、別に」まさか朝食を一緒にしたとは言えない。

「それならいいけど、気をつけなさいね。ああいうタイプはしつこいから」

忠告を受けるまでもなく、その件ならよく知っている。

6

仕事から解放されてもすぐに帰宅する気になれず、大友は柴が入院した病院へ向かった。聖子に電話をかけ、夕飯まで優斗の世話を頼む。例によってぶつぶつ文句を言われた。いつまで経っても、こういうことには慣れない。

柴は、赤坂の現場近くの病院に入院していた。ベッドの上で胡坐をかいて、憮然とした表情でテレビを眺めている。消音状態で見ているようなものだろうが、どんな感じなのか。当然、大友が引き戸を開けた音も聞こえない……と思ったら、さっとこちらを向き、右手を上げて見せた。廊下から吹きこむ風で気配に気づいたのだろう。

「調子は？」言ってからしまった、と思った。聞こえないのに声をかけてしまうとは……柴が悲しそうに首を傾げる。この男のこんな表情を見るのは初めてだった。

大友は椅子を引き、手帳を取り出した。

『無事か？』と書きつけ、掲げて見せる。

「無事じゃねえよ」柴の声は普段にも増して大きい。自分の声が聞こえないので、コントロールできないようだ。

『治りそうか』

「しばらくかかる。でも、今も少しは聞こえてるんだぜ。音が籠ってるだけで。他は何でもない」

『だったら退院しろ』

「馬鹿言うな。音がちゃんと聞こえないと、危なくてしょうがないんだよ」

お前の場合は、そうでなくても危ないだろう、と大友は皮肉に思った。あちこちぶつかりながら歩いているような男なので、気をつけないとトラブルに陥りがちだ。刑事でなかったら、今頃何か問題を起こして、取り調べを受ける側に回っていたかもしれない。

片や手帳、片や喋る会話は、ひどくもどかしい。大友は、別の事件の帳場に呼び出されたことは書いたが、詳しい説明は避けた。とても書き切れない。

『詳細はこれで』と書き殴って、東日の夕刊を差し出す。社会面を開いた柴が目を見開いた。

「この殺しか?」

大友はうなずいた。柴の目に凶暴な光が宿るのが見える。宝石店襲撃の件は、社会面右ページでベタ記事扱い。一方中原殺しに関しては、左面で四段の扱いである。刑事は誰でも、自分が担当した事件が大きく扱われるのを望む。隣の係がやっている事件の方が扱いが大きいと、露骨に嫉妬心をむき出しにするものだ。

『ところで、そっちの事件は』

「詳しいことは聞いてない。聞けないしな」柴が耳を触った。「現場の手口から見て、最近あちこちで事件を起こしてる中国人の窃盗団なのは間違いない。確か、Ｃ４を使ったこともあるはずだ」

同じような事件は繰り返されるものだ、と大友は思った。数年前にも、同様の手口を使って中国人窃盗団が跋扈していたが、その連中は既に摘発されている。同じような手口が繰り返されているのは、当時逃げおおせた人間がいたからかもしれない。あるいは手口を真似しているだけか——悪は伝承される。

現代の日本における外国人犯罪には、主に二種類ある。国内の外国人コミュニティ内で起きるものと、日本人が被害者あるいは加害者になるもの。コミュニティ内の犯罪に関しては、日本の警察が把握できないものも多い。今のところ、日本の治安が決定的に乱されていることはないが、将来に向けてはぼんやりとした不安もある。

『とにかく、養生しろよ』

「分かってるよ。いつまでも寝てたら体が腐るけどな」

こいつも、「回遊魚」の仲間なのだ、と改めて思う。オンオフの切り替えができず、常に仕事で全力を出していないと満足できない。少しでも時間が空くと、「暇だ」と文句を言う。

『本でも読めよ』

大友は途中の本屋で仕入れてきた文庫本を三冊、ベッドに放り出した。いずれも食関係のエッセイ。

「この野郎、病院食しか食えないんだよ、こっちは！」

柴の罵声を背中に浴びて、大友はにやにやしながら病室を出た。美味い物が食べたいと願えば、退院も早くなるかもしれない。これはあくまで思いやりなのだ。


優斗を引き取った時には、八時を回っていた。大友は食事がまだだったが、家で食事を作る気にもなれない。どうするか……。悩んでいると、優斗が「パパ、ちょっと塾に行っていいかな」と切り出した。

「今からか？」思わず腕時計を見た。

「まだやってるし。パンフレット、貰いに行こうよ」

「そうか」次の休み——いつになるか分からなかったが——にしようと言ったのに、この焦り方は本気だな、と判断する。近いうちに結論を出さないといけないだろう。

そのまま駅の方へ向かう。小田急線町田駅の北口近くにある進学塾には、大友も見覚えがあった。帰宅時——午後六時ぐらいに前を通りかかると、小学生や中学生がいつも出入りしている。その辺りには何軒か飲食店が固まっていて、少し騒がしい雰囲気があるのだが、優斗が入りたいと言っている進学塾は、ささやかな繁華街から少し離れた場所にあった。優斗の足で、家から十分かかるかかからないかぐらい。よほど遅くならない限り、危ないことはないだろう。学校の友だちも一緒なら、なお安心だ。

パンフレットを貰って、事務の担当者から簡単な説明も受けた。週三回、それぞれ三時間ずつなどという厳しいコースもあるらしい。夜の七時や八時まで勉強して、いったいどんないいことがあるというのか。少なくとも、いい学校に入るだけが人生の全てではない、と大友は信じている。サッカーで頑張ってもいいし、僕のように芝居に没頭してもいい。何でも好きなことをやってみればいいのだ。

それにしても、優斗の「好きなこと」が勉強というのは初耳だ。一緒に暮らしていても気づかないことがある？　そうかもしれない。小学校も高学年になれば、子どもは親とは別の世界を築き始めるはずだ。

どうしてもその実感が湧かない——そうではないと思いたかったが。

さて、食事はどうするか。外食でいいや、と面倒な気持ちになる。

「優斗、パパは今からご飯食べたいんだけど、つき合うか？」

「いいよ」

「デザート、奢るよ」

「いいの？」優斗の目が、子どもっぽく輝いた。「何でも？」

「授業参観の約束、破ったからな。今日はサービスだ」

優斗は、食後に甘い物を食べる機会がほとんどない。聖子が、がんとしてデザートを許さないのだ。食後は糖分の吸収が、とか何とか……食べさせるなら果物と決めている。唯一菓子を食べる機会があるのは、聖子がたてたお茶を飲む時だけだが、優斗は——大友も——抹茶が苦手だ。

二人での食事だと、やはりファミリーレストランになってしまう。仕事の合間に入ることも多いから辟易しているのだが……ふと思いついて、最近オープンしたばかりのハンバーガーショップに入ってみることにした。「ハワイ風のグルメバーガー」を謳う店で、店内はウッディで明るく、清潔感溢れる作りになっている。まさにハワイ風ということなのだろう。ハンバーガーを出す店には、真っ赤なソファとジュークボックスが似合いそうなものだが……どういう発想だろうと自分でも不思議に思ったが、菜緒と新婚旅行に出かけたサンフランシスコで入ったハンバーガーショップの想い出だ、とすぐに気づいた。一九五〇年代の雰囲気で統一されたその店で出されたハンバーガーは——不味かった。本場アメリカでは、ハンバーガーはケチャップとマスタード抜きでは食べられたものではないと思い知ったものである。

それにしてもこの店には、甘いメニューが少ない。パンケーキでは食べ過ぎだろうし……優斗が、「アメリカンスイートポテト」というサイドメニューを見つけ出した。店員に訊ねると、メープルシロップをつけて食べるフライドポテトらしい。

大友はアボカドのハンバーガーにした。野菜がたくさん取れるだろうと選んだのだが……できあがってきたハンバーガーを見た瞬間、失敗だと悟る。アボカドが半個分も挟まっており、とてもかじりつけそうにない。ハンバーガーをくるくる回して検討した結果、大友はアボカドだけを外した。食べやすくはなったが、逆に貧相になってしまう。

優斗が、ポテトを食べて満足そうな笑みを浮かべた。

「美味いか？」

「なかなか」

生意気な口をきくようになったものだ。大友はポテトを一本摘み――見た目は普通のフライドポテトだ――小さな器に入ったメープルシロップをほんの少しつけて食べてみた。これは……要するに洋風の大学イモか？　揚げたポテト、プラスメープルシロップのカロリーがどれほどになるか、考えるとぞっとした。

「アボカド、食べてみていい？」

「食べたことなかったっけ？」

「ないよ」

優斗が、スライスされたアボカドの一片を苦労して摑み、口に入れた。途端に、不思議そうな表情になる。

「美味いか？」

「味、ないんだけど」

「ああ、そうかもな。でも、栄養はたっぷりなんだ。今度、家でも何か作ってみようか」

「どうやって食べるの？」

「サラダとか、かな……」大友の乏しいレシピの中に、アボカドを材料にする料理は入っていない。「醬油をつけて食べると美味しいよ」

「野菜なのに？」

「ドレッシングに醤油を入れることもあるだろう？」

「そっか」優斗が紙のお絞りで指先を拭った。アボカドのべとべとした感触が気に食わなかったらしい。顔を上げて笑みを見せると、ふいに話題を変えた。「それで塾のことだけど、いい？」

「本当に大丈夫なのか？　結構大変だと思うぞ」

「大丈夫」優斗がこくりとうなずく。

「何でいきなり勉強する気になったんだ？　サッカーと両立できるのか？」

「それは平気だと思うけど。サッカーの練習は火曜と金曜だから、塾は他の日にすればいいし。日曜は試合に出られるよ」

急に活動的になった理由は何なのだろう。サッカーに夢中になるのはいいと思う。決して上手くはないが――運動神経抜群の菜緒にではなく、大友に似てしまったようだ――小学校のチームだから、どの選手にも公平に出場機会がある。中学校に入ってからも続けるかどうかは分からないが、今のうちは楽しくやれているからいいだろう。しかしそれに加えて塾もとなると、やはり詰めこみ過ぎの感じがする。

「それでやれるのか？」

「うん……取り敢えずやってみたいんだ」

「分かったけど、何で急に塾に行く気になったんだ？」

「だって、みんな結構行ってるんだよ。それにすぐ新学期だから、ちょうどいいじゃない」

「だけどお前、別に成績が悪いわけじゃないだろう」

通知表を見る限り、中の上という感じが続いている。子どもが熱心に勉強しているのは悪いことではないが、大友としては違和感を拭えなかった。急に「やりたい」と言い出す時には、何か理由があるはずだ。友だちが通っているというのは、きっかけになるのかどうか……なるかもしれない。何だかんだで、友だちと同じことをしたいと思うのが小学生というものだろう。

「ポテト、やっぱり美味しいね」優斗がしれっとして言った。

「やっぱりって？」こういう時、自分の性分が嫌になる。相手の言葉の端々に引っかかってしまうのだ。

「星華《せいか》ちゃんが言ってた。ここで食べたって」

「星華ちゃんって……ああ、あの可愛い娘《こ》か」

優斗がにやりと笑う。同じクラスで、小学校の高学年にしては妙に大人びた感じの子だ。やたらと手足が長く、ほっそりしている印象がある。たぶん、これからぐんぐん背が伸びるタイプだろう……そこで大友はぴんときた。

「もしかしたら、さっきの塾、星華ちゃんも行ってるのか」

「うん……まあ、そう……」優斗が言葉を濁す。

参ったな……大友は思わず苦笑した。もしかしたらこれは、優斗の初恋なのだろうか。好きな女の子が行っている塾に自分も通いたい――これなら立派な動機になる。

それは分かったが、父親としては複雑な気持ちだった。優斗ぐらいの年になれば、異性に興味が出てくるのも当然である。微笑ましいと言ってもいいかもしれない。ただし大友は、今の小学生がどれだけませているか、世間ずれしているか知っている。少年課の同僚たちから聞いた小学生の非行実態を思い出してぞっとした。まさか優斗が、あんな悪ガキどもと同じようなことをするとは思えないが……何となく気は進まなかったが、どんな理由であれ、「勉強したい」と言うのを止めることはできない。

考えてみれば、優斗が今まで自分の意思で何かしたいと言い出したのは、サッカーのチームに入る時だけだった。何だかんだで、サッカーはずっと続いている。決して飽きっぽいわけではないから、塾も長続きするかもしれない。

「じゃあ、塾は行く方向で考えようか」

「ホント？」優斗の顔がぱっと明るくなった。「いいの？」

「子どもが勉強したいって言ってるのに、親が止められないだろう。その代わり、途中でやめたら駄目だぞ。少なくとも、小学校にいる間は続けること。それと、もう一回パパも一緒に行ってきちんと説明を受けるから、正式に決めるのはそれからな」

「分かった」優斗がうなずき、音を立ててオレンジジュースを啜った。

何だかんだ言って、まだ子どもなんだよな……しかし、少しずつ自分から離れていく。

いずれは、二人で暮らす家を出て行く日も来るだろう。いずれというか、数年後に。その時自分がどれだけ空疎な気持ちを抱くか、考えただけで怖かった。

携帯電話が鳴る。何か状況が変わったのか……慌てて確かめると聖子だった。仕事でないのでほっとする反面、「面倒臭いな」という気持ちも立ち上がる。無視しようかと思ったが、聖子のことだ、こちらが電話に出るまで何度もかけ直すだろう。留守番電話にメッセージを残すのが嫌いな人なのだ。

「はい」

「今、どこ？」

「ちょっと塾へ行ってまして……」外で食事している、とは言えなかった。

「ああ、その件ね」

「知ってました？」

「優斗から聞いたわ。行かせるの？」

「そうしようかと思います。せっかく本人がやる気になってますから」

「その方がいいわね……ちょっとうちに来られる？」

「今からですか？」大友は腕時計を見た。目が霞んでいるのを意識する。いい加減、ベッドに潜りこまないと、限界だ。

「そう、今から」

「僕に用事ですか？」それなら、先ほど優斗を引き取った時に言ってくれればよかったのに。

「もちろん。すぐに来なさい。あ、あなた一人でね。優斗がいると話しにくいから」

一方的に電話を切ってしまった。相変わらず強引な……電話を背広の内ポケットに落としこむと、優斗が不思議そうな表情を浮かべた。

「お婆ちゃん……聖子さんだった」

「何？」

「さあね」大友は肩をすくめた。「何だか、パパに用があるんだってさ。何か聞いてないか？」

「別に、何も」優斗が立ち上がった。聖子と話している間に、ポテトは綺麗になくなっている。「僕は一人で帰れるから、早く行った方がいいよ。また怒られるから」

「そうだよなあ」大友は笑みを浮かべたが、我ながら力がない、と思った。こんな風に聖子に呼び出される時は、ろくなことがない。

聖子はすぐに本件には入らず、まずお茶をたててくれた。正座して抹茶を飲む……菜緒とつき合い始めた頃から、何度この家でお茶を飲んだだろう。正直、今でも慣れないし、好きになれない。それに徹夜明けで、こんな時間に濃い抹茶を飲んだらどうなるだろう、と心配にもなった。とにかく眠りたい、眠らなければならないのに、やたら目が冴えてしまいそうだ。

大友が茶を飲み終えると、聖子はおもむろに本題に入った。背中側に手を回し……あ あ、またあれか、と大友はうんざりした。見合い写真。何度も断っているのに、聖子は ことあるごとに、大友に見合いをさせようとする。いい加減にして欲しいのだが、強く 断ることもできず、大友にとって最大のストレスになっていた。

「いい加減、一度ぐらいちゃんと会ってみなさい」

聖子が、お見合い写真をすっと差し出した。仕方なく受け取り、開く。まあ、見事な お見合い写真で……いかにも、写真館でプロがちゃんと撮った写真。今時珍しく、着物 姿だった。何を言っていいか分からず、取り敢えず着物のことに触れる。

「着物で見合い写真なんて、今時はもうないかと思ってましたよ」

「それだけ気合いが入ってるってことですよ。どう？　可愛い子でしょう」

「はあ」

実際はどうなのだろう。最近の写真修整技術には、凄まじいものがある。画像加工ソ フトを使えば、素人でもまったく違う写真に仕上げることができるそうだ。とはいえ ……仮に修整ソフトを使ったとしても、素材がいいのは認めざるを得なかった。古典的 なうりざね顔にほっそりとした首筋という、すっきりした美人である。膝のところに置 いた手が綺麗だった。家事もろくにしていないのか、それともちゃんと手入れを怠らな いタイプなのか。大友は最近、手荒れに悩まされている。

「どこの人ですか」

「うちの生徒さんの娘さん」

いつものパターンか、と大友は苦笑した。お茶の教室を開いている聖子の家には、年齢を問わず多くの女性が出入りしている。それこそ結婚適齢期の人から、「孫が」適齢期の人まで。当然、大友の情報も筒抜けで――聖子が流しているのだが――この線から見合いの話がしょっちゅう出てくるのだ。しかし大友は今まで、ことごとく断ってきた。理由はその都度様々。優斗に新しい母親ができるのがいいことかどうか分からなかったし、自分自身、まだ心に菜緒がいるのを意識している。初婚の女性を、いきなり子持ちにさせてしまうのは申し訳ないという気持ちもあった。

「どう？　可愛い子でしょう？」

「まあ……そうですね」大友は、見合い写真を閉じて畳の上に置いた。

「気に入らない？」

「気に入らないとかそういうことじゃなくて。そもそも再婚する気はないですから」

「あなた、そういうことじゃ優斗にも置いていかれるわよ」

「え？」

「あの子が塾に行きたいって言い出したのは、独立心が芽生えてきた証拠でしょう。子どもが親から離れていこうとしているのに、親の方がいつまでも、『子どもの面倒は俺が見る』なんて気張っていたら、親子関係は絶対に上手くいかないわよ」

「そうですかねえ」優斗の初恋――とぼんやりと思う。さすがに聖子は気づいていないようだが。

「いつまでも子どもだと思ってたら、あっという間に大人になるわよ。例えばね、優斗がガールフレンドを家に連れて来るとか言い出したら、どうするの？　あなた、ちゃんとできる？」

「いや、それはいくら何でも早いでしょう」反論しながら大友は、聖子はやはり何か知っているのだろうか、と訝った。星華ちゃんという子を知っていますか、と思わず訊ねそうになる。

「そういう日が来るのもあっという間よ。子どものためを思うなら、恥をかかないようにお嫁さんをもらうことね」

大友は見合い写真をもう一度取り上げた。いつもは、写真を一瞥しただけで閉じてしまうのだが、何故か気になる……そうか、何となく菜緒にイメージが似ているからだ、と気づいた。大友にとって菜緒は、今まで出会った中で最も美しい女性で、見合い写真の女性とは比べるべくもないが、二人の雰囲気はどことなく似通っている。すっと背筋が伸びた感じがあるところとか。菜緒はさばさばした、少し男っぽいところのある女性だったが、見合い写真の女性からも、そういう気配が感じられた。

「水沼《みずぬま》佐緒里《さおり》さん」聖子がぽつりと言った。「あなたがいろいろ心配しているのは分かるけど、この人もバツイチだから」

「そうなんですか？」

「二十六歳で結婚して、二年後に離婚。今、三十二歳」

「仕事は？」

「丸の内でお勤め」職種すら言わない。聖子の世代では、「丸の内ＯＬ」というだけで一つのステータスになるのだろうか。

「離婚ですか……」大友はまた写真を置き、腕組みをした。最近の日本では、夫婦の三組に一組は離婚する。珍しくも何ともないのだが、それでも大友の意識では、離婚は大変なことだった。警察にいるせいかもしれないが……警察の中では、何よりも「家庭円満」が大事だ。離婚経験者は出世が遅い、というのもまことしやかに言われている。

「変なことがあったわけじゃないのよ。性格の不一致。今時、そういうことで離婚は珍しくも何ともないでしょう。お子さんもいらっしゃらないし……しっかりしたお嬢さんだし、優斗のためにもいいと思うけど」

「いきなり小学校高学年の子どもの母親になるっていうのは、どうなんですかね」

「そういうこともちゃんと話し合えないようじゃ、駄目でしょう」聖子がぴしりと言った。「子どもじゃないんだから」

「はあ、まあ……」

「とにかく一度、会ってみなさい。一々お断りしてると、私の信用もなくなるんですからね」

何なんだ、いったい。盛んに見合いを勧める聖子の真意が、大友には分からない。早く新しい母親を押しつけて、自分が優斗の世話を焼くことから解放されたいのか……それも自分勝手な理由だ。孫が可愛くないのだろうか。

しかし、今回の件は何となく断れないだろうな、と大友は半ば諦め始めた。聖子は、今までになく強い調子だだし、そもそも今は思考能力がゼロに近く、まともな反論もできそうにない。

これなら、捜査の方がよほど簡単だ。

7

翌日午前七時半、大友はJR目黒駅に近い住宅街にいた。首都高二号線が近い場所で、低層のマンションが建ち並んでいる。瀧本美羽の自宅は、そういうマンションの一つだった。

少し遅れて敦美が姿を現す。早足で歩いて来る彼女の顔の周りに、白い息が漂った。きっちりコートのボタンを留め、マフラーに顎を埋めている——今日は、この冬一番の寒さなのだ。

「ごめん、車を置いてきてたから」

「ああ」

「どう？」

「まだ声をかけてない」

「起きてるのかしらね」敦美が首を捻った。「フレックスってことは、何時に出社してもいいんでしょう？　毎日昼まで寝てるんじゃないかしら」

「一応、十一時から四時までがコアタイムみたいだ。だから、遅くとも十時には家を出るんじゃないかな」

「十時か……酒呑みには嬉しい制度ね」敦美が肩をすくめる。それからまったく躊躇《ためら》わず、マンションのホールに入ってインタフォンを鳴らした。

反応、なし。

「寝てるかな」

「死んでるということは？」敦美がさらりと言った。

「おいおい」

「犯人だったら、今頃首を吊ってるかも」

「よせよ」

「何だか最近、こういうことが面倒なのよね。誰かを早朝から叩き起こしたりとか
……」捨て鉢な台詞だった。「ちょっと熱がなくなってきた感じがするし」

「君らしくないな」男のせいかもしれない、と思った。詳しく聞いてはいないが、敦美には最近、つき合っている男がいるらしい。彼女は自分をしっかりと持った女性だが、どんな人間でもつき合う相手には影響を受けるものだ。ろくでもない奴、そうでなくて

も「仕事などどうでもいい」と思っているふざけた男だったら……。「ずっとこういう仕事をしてると、さすがに擦り切れるわよ。テツぐらいの距離を保ってやっている方が、いいのかもしれない」

「僕は僕で、いろいろ面倒だけど」

「人それぞれ、か」溜息をついてから、敦美がまたインタフォンを鳴らした。また無反応……かと思いきや、今度はしわがれ、疲れた声で返事があった。

「はい……」今にも死にそうだった。

「警視庁の高畑です。お迎えにあがりました」

「迎えって……私、今日、昼前の出社なんだけど」

「では、その前にお話を聴かせてもらえますか。場所はどこでも構いません。近くの署に来ていただいてもいいですし」

「冗談でしょう？」急に声がはっきりと通った。「何で私が警察に？　疑ってるの？」

「それが嫌なら、ご自宅でも構いませんよ」

「……十分待って」

　インタフォンが乱暴に切れた。敦美が肩をすくめ、「家の中、ぐちゃぐちゃだと思うわ」と予想した。

「そんな感じだね」

「酒にだらしない女は、困るわよね」

うなずかざるを得なかった。敦美はただの「酒好き」であり、だらしなさとは無縁である。

実際には二十分待たされた。大友は、美羽がどこかから——例えばベランダとか——逃げ出すのではないかと心配したのだが、敦美はそれを一蹴した。

「彼女の部屋は五階だから」

「非常用の脱出口を使えば、ベランダから下へ降りられると思う」

「そんなことする理由、ないんじゃない？」

美羽が犯人でなければ——ないだろう、と思わざるを得なかった。

オートロックのドアが目の前で開いた。姿を現した女性は——敦美が言う通り「だらしない女」に見える。酒にというより、人生全般に。かなり着古したジャージの上下に、さらにベンチコートを着て寒さをしのいでいる。化粧っ気はゼロで、髪もぼさぼさだった。二十分の準備時間があってもこのザマか……女性でも、研究者という人種はこういうものかもしれない。だいたい、酔って会社へ戻り、自分の席で寝てしまうだらしなさはどうなのだろう。最近では、男でもそんなことをする人間は少ない。

「どうも」相変わらずしゃがれた無愛想な声。「家の中は勘弁して欲しいな」

「結構ですよ」敦美がうなずいた。「どこにしますか」

「警察へ行くのも嫌だなあ……行かないと駄目ですか？」

「私たちは別にどこでも構いませんよ。あなたが話しやすい場所で結構です」

言って、敦美が美羽の顔を凝視した。「私たちは」いい、ということ——つまり、他人に聞かれて困るのはあなたの方ではないか、と暗示している。美羽は、敦美の真意を読み取れていない様子だったが。

「じゃあ、まだ目が覚めてないし、コーヒーでも」言って、美羽がさっさと歩き出した。顔色、それに歩き方を見た限りでは、今日は酒が残っている気配はない。単にだらしないだけだ。

美羽は目黒駅の方へ歩き、ファミリーレストランに入った。結局こういう店か……大友は苦笑しながら、二人に続いて店の階段を上がった。美羽は喫煙席を選び、席につくなり煙草に火を点けた。今日最初の一本なのか、激しく咳きこみ、しばらく止まらない。運ばれてきた水を一口飲んで、ようやく落ち着く。

大友と敦美はコーヒーを頼んだ。美羽はトマトジュースを注文し、タバスコを忘れないように、と店員に念押しする。

「本当はブラッディマリーが欲しいところだけど」美羽がぽつりとつぶやいた。

やっぱり昨夜も呑んでいたのか……ブラッディマリーは二日酔いの迎え酒に最適、という話を大友も聞いたことがある。ベースはトマトジュースとウォッカ。朝からウォッカを胃に入れたら、途端に強烈な酔いが回ってきそうなものだが。

「昨夜も呑んだんですか」敦美が冷たい口調で訊ねる。

「プレッシャーを和らげるには、酒でしょ」

「プレッシャーを受けるようなことがあったんですか」

「会社であんな事件が起きたら、誰だって嫌な思いをするわよ。ホント、吐きそう」

「そういう状況で呑むと、お酒は美味しくないでしょう」敦美が酒の立場を庇うように言った。

「お酒を美味しいなんて思ったことは、一度もないけど。呑むようになってから一度も」

大袈裟に言って、美羽が煙草を灰皿に押しつける。すぐにまた新しい煙草をくわえ、火を点けた。

「美味しくなくても呑むんですよねえ」敦美が気楽な声で言った。同じ働く女性として……という連帯の呼びかけにも聞こえる。

「呑まないとやってられないから」美羽が賛同したが、表情はむっつりしたままだった。

当たり障りのない会話が続くうちに、飲み物が運ばれてきた。美羽はトマトジュースに大量にタバスコを落としこみ——これはブラッディマリーの「薬味」だろうか——一口飲んで溜息をついた。おもむろに顔を上げて、「で、何なんですか」と訊ねる。

「中原さんは、どういう人でしたか?」敦美が手帳を広げたので、大友が質問した。

「あー、昨日もそれを聴かれたんだけど、正直に言うわね。嫌な奴です」

「というと?」

「立場がね……今、会社で一番立場が強い人間だから」

「多少は天狗になるのは分かりますが……」

「天狗なんてもんじゃないわよ」美羽が鼻に右拳を押し当てた。さらに左拳を重ねる。

「こんなになってるから」

「そうなんですか？」

「会社に対しても、強気に出てるしね。あの人、何年か経ったら、きっと会社ともトラブルを起こしたと思う。彼が取り組んでいた技術……その権利は自分のものだと思ってるから」

「特許訴訟のようなものですか？」

「特許じゃないけどね。正確に言えば、ちょっとした技術革新」美羽が煙草で灰皿を叩いた。「でも、実用化の目処が立てば、大変な金を生み出すのは間違いないわ。うちの会社も、一回り規模が大きくなるかもしれない」

「技術を売れば」

「メタンハイドレートを採掘しようとする国に、うちの社員を技術顧問として派遣すれば、何年にも渡って金を搾り取れるわけ。いい商売よ」

「会社の中で、彼を疎《うと》ましく思っていた人はいるんですか？」大友はギアを切り替えた。

「かもね」美羽が嬉しそうに笑った。「もしかしたら、会社の上層部が犯人だったりして。それも何人もいたりして。アガサ・クリスティーの小説で、そんなのなかった？」

「残念ながら、ミステリは読まないもので」大友は咳払いをした。

「ああ、刑事さんはミステリを読まないって言うわよね。何で？　リアリティに欠けるから？」

「そういう風に言う人もいますね」

何ともやりにくい……大友は辟易し始めた。これでは、性質《たち》の悪い酔っ払いの相手をしているのと変わらない。コーヒーを一口飲んで間を置く。美羽は欠伸《あくび》を噛み殺し、目尻から零れた涙を親指の腹で拭った。ピンク色のマニキュアは剝がれかけている。そう言えば、亡き妻の菜緒は、「ずっと爪の手入れを続けていくにはエネルギーがいる」と言っていた。美羽はもう、エネルギーが切れかけているのだろうか。

「一昨日は、会社の同僚と一緒だったそうですね。よく呑みに行くんですか？」

「だいたい毎日。会社の人間と一緒とは限らないけど……ああ、アリバイのこと？　それはここで調べても意味ないんじゃない？　事件があった時、私は会社の中にいたわけだし」

「確かに、部屋にいたことにはなっていますね」

「何？」美羽が大友を睨みつけた。「それも疑ってるの？」

「現時点では誰も疑っていませんよ」

「まだ容疑者がいないっていうこと？」

「ええ」

「だらしないわね、警察も」

大友は口をつぐみ、美羽の顔を凝視した。途端に彼女が落ち着きをなくし、目を逸らす。大友の胸の中に、かすかな疑念が生じた。勢いのいいこの話し方は、何かを隠すためのものではないのか？

「ＩＣカードですが……間違いなく各部屋やゲートに出入りした記録は残るものですか？」

「何が言いたいんですか」丁寧だが強張った口調だった。

「いえいえ、ああいう物にちょっとした細工をすることはできるのかな、と思って。純粋な疑問です」

「私がそういうことをやったと？」

「一般論ですよ」大友は手を組み合わせて笑みを浮かべた。「理系の人なら、それぐらいは簡単にできそうじゃないですか」

「買い被りよ」美羽が鼻を鳴らした。「そうじゃなければ勘違い。理系の人間は、蛸壺にはまっているようなものだから」

「蛸壺？」

「自分の壺に入って、顔を出さないってこと。実際私も、コンピュータ関係なんかは全然分からないし……コンピュータが分からないというのは、使い方のことじゃなくて、ＩＣチップを誤魔化して入退出記録を改ざんするなんてできないってことですよ」

「なるほど」

「とにかく私は、事件があった時刻にはあの部屋に籠っていた。オーケイ?」美羽が肩をすくめた。

「いつ気づいたんですか」

「何に? 事件に?」

「ええ」

「どうかな……誰かに起こされたんだけど、よく覚えてない」

「覚えてない? あれだけの騒ぎだったのに?」

「だって、酔っ払って寝てたら、そんなの覚えてませんよ」美羽が敦美に目を向け、助けを求めるように言った。「ねえ?」

「だったら呑まないべきですね」敦美が冷たく言い放つ。「呑んで醜態を晒すような人に、酒を呑む権利はありませんよ」

「醜態って……」美羽が大袈裟に両手を広げた。「寝てただけよ? 誰に迷惑をかけたわけじゃないし」

「あなたが呑気に居眠りしている間に、同僚がすぐ近くで殺されたんですけど」敦美が冷静に指摘した。

「じゃあ、なに? 私が起きていたら、中原さんは殺されないで済んだとでも? そんなの、屁理屈じゃない」

美羽がトマトジュースを一口飲む。グラスを持つ手が震えているのに大友は気づいた。

アルコール依存症の兆候なのか、恐怖や怒りによるものなのか、見ただけでは判断できない。喫煙者も手が震えがちだ、と聞いたことがある。美羽はまだ長い煙草を灰皿に押しつけるようにして消した。トマトジュースをもう一口。さらにタバスコを加えて飲み、思い切り顔をしかめて唇を指先で擦った。

大友は敦美とちらりと視線を交し合った。これは焦りか？　何か隠している？　敦美の目は何も語らなかった。何かありそうだが、それが事件と関係しているかどうかは分からない。

「中原さんとは、普段からつき合いはありましたか？」

「私？」美羽が自分の鼻を指差し、ついで掌を顔の前でひらひら左右に動かした。「ない、ない。仕事でもプライベートでも接点はないし」

「嫌な人だから避けてたんですか？」

「というか、特に接点がないだけの話。さっき言ったでしょう？　蛸壺だって」

美羽が大袈裟に溜息をついた。新しく煙草を引き抜き、掌の上で転がす。

「彼とは何でもないですよ。単に接点がないだけだから」

「その割に、評判についてはよくご存じですね」大友は少しだけ言葉に皮肉をまぶした。

「普通に働いていれば、嫌でも噂は入ってくるでしょう。会社なんて、狭いものだから」うんざりしたように美羽が言った。「そんなことより、奥さんのことでも調べてみたら？」

「独身と聞いてますけど」

「別れた奥さんよ」嘲るように、美羽が軽い笑い声を上げた。「そんなことも知らないの？」

知っている、と教えるために、大友は無言でうなずいた。しかし、知らないと思ったのだろう、美羽が頬を引き攣《つ》らせるように笑いながら続ける。

「半年前に別れたのよ。親権や慰謝料の関係で大分揉めて、最後は家裁で審判になったって聞いてたけど」

夫婦の三組に一組が離婚、というデータを大友は思い出した。珍しくもない話だが、男と女の関係の捻れは、事件につながりやすい。離婚が成立しても、それで完全に縁が切れるとも限らないわけだし……水沼佐緒里も別れた夫と会うようなことがあるのだろうか、と大友は訝った。

おっと……関係ない。どうして「水沼佐緒里」の名前を急に思い出す？　集中しろ、と自分に言い聞かせた。

「相当大変な離婚だったんですね」

「奥さんにすれば、たまらなかったんじゃない？　離婚した後で、急に中原さんが金持ちになるかもしれないって分かったんだから」

「メタンハイドレートの技術で」

「そう。具体的な金額までは分からないけど、多かれ少なかれ彼にもお金が入ってくるのは間違いないんだから。報奨金の形かもしれないし、それこそこれから儲ける金を折半かもしれないけど……でも、やっぱり会社とは揉めるかなあ」

「多額の金が絡むから？」

「そうじゃなくて」美羽が首を横に振る。「あの人、喧嘩が大好きなのよ。会議なんかでも、先輩後輩構わず嚙みついて……私たちは慣れてるからどうでもいいけど、経営陣はそうもいかないでしょう。奥さんと揉めたのも、彼が頑なになったせいだって聞いてるわよ。要するに、どんなことでも自分の方が上だって証明しないと気が済まないってこと。そういう人、いるでしょう？」

「分かりますよ……でも、ずいぶんお詳しいですね。あまり接点がないっていう話でしたけど」

　美羽がにやりと笑い、口の前で手を横に動かした。チャック。これ以上は喋らない。だがそのふざけた仕草は、大友のやる気に火を点けただけだった。彼女は何か隠している。それを必ず探り出す、と決めた。

「今日は出勤なんですね？」

「ええ」

「いつもりんかい線で？」

「そう。何であんなどうしようもない場所に研究施設を作ったのかしらね。お台場って、お洒落なイメージがあるかもしれないけど、本当はクソみたいな場所じゃない？　所詮

「十三号埋立地だし」

「会社までお送りしましょうか？　車を出しますよ」

「結構です」美羽が途端に冷たい口調になった。「これからもう一眠りするから」

「それじゃ、遅刻じゃないんですか？」

「優秀な人間なら、多少遅刻してもサボっても許されるの。そして私は多分、あの会社で中原さんの次に重要人物……ということは、今はトップなのかな」


大友と敦美は、マンションの前に動かした車の中で張り込みを始めた。大友は、美羽に対するイメージを固めることができずに混乱していた。

「中原さんを嫌っていたのは間違いないわね」敦美が簡単にまとめる。

「その『嫌い』の根拠が、そう簡単じゃない気がする。嫌う理由はいろいろあるんだけど……彼女の場合は何だろう」

「とにかく、人として嫌い。自分にとって目の上のたんこぶだから嫌い……」敦美が指を折った。「もしかしたら、恋愛関係のこじれで嫌いになった」

「まさか」大友は即座に反論した。「あれだけ嫌ってたら、恋愛も何もないじゃないか」

「テツ……中学生みたいなことを言わないの」疲れた声で敦美が忠告した。「恋愛で揉めて、愛情が憎しみに変わることなんか珍しくもないわよ。もしかしたら、中原さんの離婚の原因もそれだったりして」

「もしもそうなら、彼女を容疑者として考えるべきかもしれない……元奥さんも、かな」

「奥さんが会社に忍びこめると思う？」

「だったら、二人が共謀して」

「それは想像が飛躍し過ぎ」

「そうか……しかし、恋愛問題はやっぱり厄介だね」

「何を今さら」敦美が噴き出した。「そんなケース、いくらでも見てるでしょう」

「そうなんだけどさ」何で引っかかるのか、すぐに分かった。昨夜の優斗の一件だ。説明すると、敦美が途中から肩を震わせて笑い始める。

「笑うような話じゃないと思うけど」

「ごめん、ごめん」敦美が大友の肩を小突いた。「だけど、心配することでもないでしょう。まだ小学生なんだよ？　可愛い初恋の物語ってことでいいんじゃない」

「でも、最近の小学生は進んでるというか、乱れてるからなあ」大友は頭を掻いた。喋っているうちに、また心配になってくる。

「優斗君に関しては、心配いらないでしょう」

「どうかな。近くで見ているから、逆に変化に気づかないこともあるし」

「ああー、近過ぎてね」敦美がうなずいた。「ま、パパとしては大変よね。せいぜい頑張って」

頑張り切れるかどうか、はなはだ不安ではある。優斗の成長に、自分がまったく追いついていない感じなのだ。最近とみに強く、それを感じている……。

美羽がマンションから出て来たのは、十一時過ぎだった。本当に一眠りしたらしく、先ほどとは別人のようである。髪は綺麗に梳かされ、薄いながらしっかり化粧もしている。キャメル色のコートに、膝丈の黒いブーツという格好で、毅然とした印象さえある。普通の会社員と違うのは、荷物を二つ持っていることだ。小ぶりのハンドバッグを肩にかけ、さらにかなり大きな革製のトートバッグを右手に提げている。仕事用の資料を家に大量に持ち帰っているということか……相当重そうで、時々持ち直していた。

「じゃあ、署で」言い残して、大友は車を降りた。すぐに眼鏡をかけ、軽く変装する。コートはリバーシブルなので、先ほどの表面——紺色——を裏返して着ていた。細かいチェックの裏側は、近くで見るとひどく派手なのだが、遠目では薄いグレイにしか見えない。

念のための変装だったが、美羽は後ろを気にする様子もなかった。それだけ荷物が多いということだろう。これなら尾行は楽だ。

目黒から大崎へ出て、りんかい線へ。乗り換えは一回だけで、通勤としては楽な方だろう。ただし、台場ではかなりの距離を歩かなければならない。あの大荷物を持ってだと大変だ、と大友は同情した。どうせなら、尾行ではなく「同行」にしようか。「荷物を持ちます」と申し出れば、それをきっかけに向こうも心を開くかもしれない。

いや、今の段階でそんなことをするのは危険か。

確か、お台場では無料のシャトルバスが走っているが、十三号埋立地のあんな先の方まで行くとは思えない。となると、やはり二キロ以上の距離を歩くつもりか……と心配していたら、東京テレポート駅でりんかい線を降りた美羽は、迷わずタクシーを拾った。

おいおい、この距離だと基本料金で行かないぞ、と大友は呆れた。毎日、タクシーで通勤しているのだろうか。それが経費で落ちるとは考えられない。まだまだ景気が回復したとは言えない中、あの会社はどれだけの給料を社員に払っているのだろう。

呆気に取られながら、大友は別のタクシーを摑まえて尾行を続けた。馬鹿馬鹿しくなって眼鏡を外す。

やはり二キロ以上あるのか……会社に着く直前に、メーターが一回上がった。帰りもタクシーを使っているとしたら、交通費だけで毎日千六百円もかかる計算になる。いったいどういう神経をしているのか、大友は何度も首を捻った。

美羽は、会社の玄関ホールに横づけした車から出て、社内に消えた。それを見届けてから、大友は敦美に電話を入れた。

「まだ台場署に着いてないわよ」敦美の声には苛立ちが感じられる。

「渋滞してるのか？」

「首都高で事故みたい」うんざりした口調で告げる。「あなたも、たまには歩いた方がいいわよ。普段は運動不足なんだから」

待つ、とも言えずに電話を切った。確かに刑事総務課で仕事をしていると、書類仕事ばかりで運動不足にはなりがちなのだが……寒風が吹きつける中、台場署までの道程は遠い。会社の周りにはパトカーが何台か停まっていたが、「乗せていってくれ」というのも気が引ける。肩をすぼめて歩き出した。

十二月の曇り空――晴れ上がっている時よりも寒さを感じさせる。時折、埋立地らしい強い風が吹きつけ、その都度背中が丸まっていくようだった。

ワイシャツの胸ポケットに入れておいた携帯電話が震え出す。面倒臭い……しかし無視するわけにもいかず、右手をコートの中に突っこんだ。後山だった。

「どうですか」

「まだ始まったばかりですからね」この人は結果を焦り過ぎる、と思った。素人じゃないんだから、もう少しゆったり構えてもらわないと。

「内部犯行の可能性がある、と聞いていますけど」

「いや、外から誰かが入りこんだ可能性もあります」大友は自説を開陳した。密室などあり得ない、という前提で。

「しかし、ドアは全てロックされていて、外から侵入するのは不可能でしょう」

「窓から入れます。ただし、被害者が自分で導き入れた場合ですが」

「ドアがロックされていたことは、どう解釈しますか」

「例えば中原と加害者が室内で話し合っていて、トラブルになったとします。中原は慌てて部屋から逃げ出して、加害者はドアが閉まらないうちに追跡した」研究所内のドアはオートロックで、一度閉まると中から開けるにもＩＣカードが必要だ。しかし素早く動けば、ロックされる前にドアを押さえることはできる。そしてドアストッパーのような物をかました……喋っているうちに、あれは決して密室などではないと確信する。「ドアを出たところで一撃。次のドアにたどり着く前にとどめを刺した感じでしょうか」

「逃げる時は？」

「ドアが開いたままなら、部屋へ戻ればいい。ドアは自動的にロックされます。その後は、窓から逃げたんじゃないでしょうか。窓からも出入りはできますし、閉めると自動的にロックされる仕組みになっています」この情報は、昨日のうちに会社の人間から聴いていた。「だから、部屋が密室のように見えただけですよ」

「なるほど。被害者が誰かを連れて来たとして、それは誰なんですか？」

大友は思わず立ち止まった。この可能性は潰していない。

「それは……これから調べます」

「現段階で、特捜本部の様子はどうですか？」

後山はあくまで慎重だった。まだ何か隠していると悟る。

「昨日、一課長から指導を受けました。経産省と深い関係のある会社だから、捜査を急ぐようにと。参事官も、圧力でも受けてるんですか？」軽口を叩きながら――本当は軽口とは言えないレベルの話だが――大友はまた歩き出した。空いた左手でコートの襟を立てる。マフラーをしてこなかったのは失敗だった。

「そういう背景があるのは事実ですが、大した問題ではありません。この捜査における要素の一つに過ぎない」

「そうなんですか？」眉根が寄るのを感じた。「参事官も圧力を受けてるんじゃないんですか」

「私が、経産省の意向なんか気にすると思いますか？　もしも経産省出身の副社長が犯人だと分かったら、即座に逮捕して下さい。遠慮する必要は何もありません」

「一課長は気を遣っているようですが」

「遠慮し過ぎです。犯罪は犯罪ですから……副社長が犯人かどうかは分かりませんがね」

美羽は、上層部と中原の対立についてほのめかしていた。あれも冗談だったのかどうか。もしかしたら、冗談の衣を被せて真実を語っていたのかもしれない。皮肉屋は、よくそんなことをする。

「とにかく、気をつけて下さい」

「何に対してですか」

「いろいろなことに対して、です」

「参事官……」大友は額を揉んだ。「何か分かっているなら、教えて貰った方がありがたいです。隠す意味はないと思いますが」

「そこは自分でアンテナを張っていただかないと」

「どういうことですか」

「それを自分で考えるのも仕事だ、と福原さんが仰ってましてね」

「現場から離れた人のアドバイスを、いつまでも受けているのはどうなんですか？」

「福原さんは、尊敬に値する先輩です。いつまで経っても私の先生なんですよ。貴重なアドバイスに対しては、素直に耳を傾けたいと思います」

どいつもこいつもまったく……大友はうんざりし始めていた。自棄《やけ》っぱちになることなど滅多にないのだが、この事件に関しては何故か、気持ちがささくれてしまう。

電話を切り、向かい風に逆らって胸を張った。このまま署に辿り着けないのではないか、と何となく不安になってしまう。

今のところ、社内にいた五人の社員全員に、犯人の可能性があると言っていいだろう。事件のあった時刻には、五人とも部屋にいたと証言しているのだが……後山に指摘され、大友は中原が自分で誰かを連れてきた可能性を真面目に考え始めていた。これは無視できない。というか、この方が自然だ。

気づくと大友は、踵《きびす》を返していた。誰かと相談するよりも、先に関係者に話を聞いた方が早い。

事件から一夜明け、新エネルギー研究開発は通常業務を再開していた。とはいえ、玄関ホールには制服警官が二人立ち、出入りする人たちに警戒の視線を投げかけている。殺人事件が起きた「セクションB」の一角はまだ封鎖中。一部では、業務に支障が生じているはずだ。

誰か特捜本部の刑事を探して話を通してもよかったが、大友はその手間を省いた。受付で手帳を示し、警備担当の部署を訊ねる。警備業務は警備会社からの派遣で、それを総括するのは総務部ということで、担当者に電話をつないでもらった。玄関ホールで落ち合うとすぐに、警備室に通される。人目につく場所では話をしたくないということか。それは確かに……頻繁に来客があるから、見られると会社としてはマイナスイメージになるだろう。そうでなくても、こんな事件が起きたことで、顧客側は当然疑心暗鬼になっているはずだ。この会社とこのまま仕事を続けていて、大丈夫なのか?

警備室は、大友には馴染みの場所だった。会社で事件が起きると、最初に訪ねる場所でもある。最近は、監視カメラの映像から重大なヒントが得られることも少なくない。

総務課長の河内《かわち》は、緊張しているというより疲れ切っていた。おそらく昨日の早朝、事件の一報を受けて慌てて出社して以来、ほとんど寝ていないのではないだろうか。

「昨日……一昨日から昨日にかけての中原さんの行動を教えて下さい」

「そういう記録は、他の刑事さんにお渡ししましたけど」

「それは分かっています。お手数かけて申し訳ないですけど、お願いできませんか」大友は両手を合わせた。

河内は、しぶしぶ記録を出してくれた。普段からこんな風に社員の行動を記録しているかどうかは分からないが……事件があったので、慌ててまとめたのかもしれない。表計算ソフトを使って、きちんと整理されたものだった。

それによると、一昨日の中原の出社は、午前十時五十五分。その後、午後一時二分に一度外に出ている――昼食だろうか。午後二時十一分に戻って来て、午後九時ちょうどにまた会社を出ている。帰社したのが午前一時二十二分。

大友は顔を上げた。

「かなり不思議な動きに見えますが、こういうのは当たり前なんですか？」

「当たり前かどうかは……」河内が戸惑いを見せた。「うちの研究者は、それぞれ独自の行動パターンを持ってますからね」

「夜は、一度家に帰ってから戻って来たのかもしれませんね。それぐらい時間が空いている」

「確かにそうですね」河内が紙を覗きこんだ。

「中原さんの家は、新木場でしたね」

「ええ」

「普段の通勤は車ですか？」

「彼は電車でした」

午前一時二十二分に会社へ来るためには、午前一時には東京テレポート駅に着いていなければならないだろう。その時間でもまだ電車が動いているものかどうか。

「午前一時過ぎに戻って来た時の映像はありますか？」

「今、出します。でも、同じ映像のコピーをもう特捜本部に提出していますよ」

「お願いします」そんなに面倒なことではないだろうと思いながら、大友は頼みこんだ。パソコン内のファイルをクリックするだけではないか。

河内の指示で、制服を着た警備会社の人間がパソコンを操作した。すぐに、モニターを四分割した映像が現れる。大友は画面の下で刻まれる時間のデジタル表示を凝視した。午前一時二十二分五秒、右上の映像の中で、男の後姿がカメラの前を横切る。自動ドアの左側で手を翳《かざ》すと、ドアが開いた。コート姿で背中を丸めているのは、寒さが厳しかった証拠だろう。

「正面からの映像は……」

「左下がそうです」警備員がモニターを指差した。

「戻して下さい」

今度は左下の映像を注視する。うつむいたまま、中原が中へ入って行くのが見えた。表情までは窺えない。

しばらく映像を流したままにしておいたが、中原に続いて入って行く人間の姿は見当たらなかった。すぐに——少なくとも数秒以内に後に続かないと、自動ドアは閉まってしまうだろう。一緒に入った人間はいなかった、と判断する。

「不審者の出入りはなかったんですね」河内に念押しする。

「ご覧の通りです。ないですよ」河内はうんざりした様子だった。

「中原さんの研究室にも窓はありますよね」

「ええ」

「そこから出入りはできますか？」

「無理に侵入はできませんよ。窓にもセンサーがあって、ガラスを割ったり、外から無理にこじ開けようとしたら、警報が鳴りますから」

だが、中から開けたら？　中原が自ら導き入れたとしたら、侵入者は何の問題もなく研究室に入れたはずだ。この線はまだ捨ててはいけないな、と大友は気持ちを引き締めた。

「窓から外へ出たとして、自動的にロックされるんですよね」と確認する。

「そういう仕組みです」

窓から出入りした人間がいないかどうか、早急に調べなければ。

大友はしばらく、新エネルギー研究開発の社屋周辺を調べた。念のために特捜本部に電話を入れて確かめると、中原の研究室の外側は簡単に目視しただけで、精査はしていないという。鑑識を呼んでもらって、もう一度確認するよう進言した。

「外部の知り合いを自分の研究室に招き入れて、そこで何かトラブルがあったと考えるのは、不自然ではないと思います。もしかしたら、女性とか」

「女に、あんな殺し方ができるかね」

永橋が首を捻る様が容易に想像できた。確かに……鉈とは断言できないが、そういう重い刃物を自在に振り回すのは、筋力の少ない女性では難しいだろう。敦美のようにがっしりした体格ならともかく。

実際に調べた結果、鑑識の係員、尾沢《おざわ》が首を傾げた。

「綺麗過ぎるんだよなあ」

「というと？」

「窓枠には指紋も足跡も残っていない。出入りした人間が入念に拭き取ったのかもしれないな」

「拭き取ったかどうかは分からないんですか？」

「可能性がある、というだけだ。この窓枠、見てみろよ」部屋の外で、尾沢が指摘した。「綺麗だよな。壁の部分はそれなりに汚れているから、窓枠にも埃が溜まっていてもおかしくない。不自然じゃないか」

「ここだけ綺麗なのは、確かに変ですね」大友も同意する。

仮に中原が誰かを部屋に導き入れたとしたら、それは「知られてはいけない相手」だったのではないか。あるいは、誰かを勝手に部屋に入れること自体、禁じられていたのかもしれない。その可能性は高いな、と大友は思った。セキュリティが極度にしっかりしている会社のことである。機密事項も多いはずだし、原則「部外者立ち入り禁止」にするのが普通のはずだ。

「女じゃないのか」尾沢が嫌らしい口調で言った。「この研究室は個室だろう？　中から鍵をかけちまえば、誰も入れない。ラブホテル代わりに使っても分からないだろう」

「でも、室内の検査では、そういう物証は出てなかったですよ」

研究室にはソファベッドもあり、実際中原は週に何回かは泊まりこんでいたという。極めて簡素で小さなベッドではあるが、そこでことに及ぶのも不可能ではないだろう。ただし、昨日の鑑識活動の結果、ソファベッドで行為が行われたという証拠が出ていないのは事実だ。そういう場合、だいたいは複数の人間の陰毛が見つかるものだが……。

「まあ、ラブホテル代わりじゃないとしても、お話ぐらいはしてたかもしれないな」

「どう、ですかね」尾沢に指摘されて、にわかに自信がなくなってきた。「誰かをもてなした形跡がないんですよ」

「なるほど」

中原の研究室は、その気になれば「住む」こともできる。ソファベッドだけではなく小さな冷蔵庫もあり、中には飲み物などが入っているのだ。しかし、中原が部屋の中で誰かを歓待した形跡はない。もちろんコーヒーを飲ませた後で、コーヒーメーカーやカップを綺麗に洗って元に戻した可能性もあるが。

それにしても、中原の部屋は物が溢れ過ぎている。自分の研究をデータだけで残しておくタイプではなかったらしく、手書きのメモや図面があちこちに積み重なっているのだ。この件に関しては、同期の須藤も「整理整頓はできない男だった」と証言している。さらに「デジタルデータは信用していなかった」とも。基本は手書きで様々な資料を作り、誰かに見せる時だけデジタルデータにしていたらしい。その結果部屋の中は、ドアから窓まで真っ直ぐ辿り着けないほどになっていた。資料でいっぱいになった段ボール箱、書き散らしたメモ、テーブルに積み重なってかろうじてバランスがとれている図面の数々、その他大友には何だか分からない様々な物。部屋の隅々には埃が転がっている。

こういう乱雑さは、鑑識の大敵だ。

「窓を利用して誰かが出入りしたっていうのは、今のところ、あくまで推測だろう?」

尾沢が言った。

「すみません、理屈は通るんですが」大友は素直に頭を下げた。鑑識の係員の中には、ひどい面倒臭がりもいて、何か頼むと「仕事を増やすな」と本気で文句を言う人間もいる。幸い、尾沢は「仕事は仕事」と割り切るタイプのようで、初対面の大友に対しても、淡々と接してくれたが。

「とにかくこっちとしては、何とも言えないなあ……何か分かったら、また手伝うよ」

「お手数おかけしました」

鑑識チームが去ってしまってから、大友は周囲をもう一度ぐるりと回ってみた。それにしても、何もない場所である。新エネルギー研究開発の正面入口は、十三号埋立地を北西から南東へ貫く、一種のメーンストリートに面しているのだが、研究室はその裏側に当たり、空き地が広がっている。東京でこれだけの空き地がある場所も少ないのではないか、と大友は思った。

その空き地は、ぐるりとフェンスで囲まれている。中では、枯れたススキが風に揺れていた。ススキの他にも背の高い雑草が生え揃っており、中を歩いて行くのはかなり大変だろう。そこも新エネルギー研究開発の敷地ではないかと思ったが、「建築計画」の看板を見て、まったく別の倉庫会社の土地なのだと分かった。もちろん勝手に入ってはいけない場所だが、夜中なら誰かに見咎められることもないだろう。何しろ人など通らない場所だし、フェンスもそれほど背が高いわけではない。子どもでもよじ登って中に入れそうな感じだ。このフェンスのどこかに何か証拠が残っていないか……一瞬、フェンス全体を鑑識に調べてもらうことを考えたが、とても無理には頼めないとすぐに気づいた。おそらく、一周すると一キロ近くある。大友は、取り敢えず中原の研究室に近い場所のフェンスを調べてみたが、誰かがよじ登って中に入った形跡は見当たらなかった。そんなことをすれば、オレンジ色のフェンスに残った埃がかなり広範囲に亘って落ちてしまうものだが……警察にとっては都合が悪いことに、この周辺には街灯の監視カメラもない。繁華街でもないのだから当然だが、誰かが建物に近づいたかどうかも分からないのだ。新エネルギー研究開発でも、建物の裏側までは監視カメラを設置していないので、中原が誰かを研究室に招き入れた証拠は、今のところ一つもない。

やはり机上の空論か。もちろん、あれこれ推理して糸口を探すのは悪いことではないが……疲れと空腹を抱えて、大友は台場署へ引き上げた。

8

夜になって行われた捜査会議で、永橋は周辺捜査の結果、犯行当時社内にいた人間のうち、二人に関しては捜査を続行すると宣言した。

脇屋拓と瀧本美羽。

脇屋は中原の下で助手のような仕事をしていたが、周囲に「自分のアイディアが盗まれた」と漏らしたことがあったという。酒の席でのことで、どこまで本当かは分からないが、頭から否定すべきではない。脇屋は新入社員の時からずっと、中原の下について仕事をしていたというので、他の社員に比べて会話を交わす機会は多かっただろう。同僚たちの評価は「優秀」。実際、メタンハイドレート採掘の技術に関しては、様々なアイディアを出していたという。そのうちの一つを、中原が自分のアイディアとして具現化してしまった——あり得ない話ではない。研究者たちの世界がどんなものなのか、大友は知らないが、研究課題について自分の頭の中だけに止めておかず、仲間内で徹底して討論するものだろう。実現可能、不可能含めて様々なアイディアが飛び交うはずで、誰かがつぶやいた小さなアイディアを自分の発想として勝手に発酵させてしまう、というのはいかにもありそうな話ではあった。本人からすれば、「盗まれた」感じにもなるだろう。

ただしこの話は、完全には裏が取れていない。慎重を期して、脇屋本人にはまだぶつけていないのだ。

一方瀧本美羽は、何かと中原と対立する立場だったという。それは主に会議の席などでのことなのだが、ちょっとした意見の相違で、罵り合いに発展するのも珍しくなかった。周りは「またか」といつも苦笑していたというが、美羽の方はいつも本気で食ってかかっていた、という見方が多かった。

というのも、美羽はかつて、中原と同じように海底資源開発の研究をしていたのだという。新エネルギー研究開発では、研究部門を特にセクション分けしていない。研究者それぞれの判断で研究を続け、実現可能性が高いと判断された時点でプロジェクトチームを組む方式だった。いわゆる社内コンペが頻繁に行われている格好である。もちろん、一度《ひとたび》チームが結成されれば、それなりの規律は求められるのだが。

美羽は、中原がキャップになってプロジェクトチームが結成された時に、そこから弾き出されたのだという。それが二年前。スタッフの人選をしたのは中原本人である。どうもその前から、気の合わない同士だったようで、中原が露骨に彼女を外しにかかったらしい。美羽も優秀な研究者で、プロジェクトに入ってもおかしくはなかった——むしろ入るべきだった——が、キャップの意向とあっては、会社側も無理には押しこめない。

気の合わない人間同士を一緒にしてトラブルになるのを避ける、という狙いもあっただろう。その後中原のプロジェクトは、会社にとってこれから数十年の社運をかけるほどの重大性を持つものになり、美羽は疎外感を強めていたという。現在、本来は専門ではない太陽光発電の研究に回されているのも、気に食わないようだった。

だったら新エネルギー研究開発を辞めて、他の研究機関に移ればいいとも思うのだが、この世界はそれほど簡単なものではないらしい。極めて優秀——中原レベルの研究者なら引く手あまただというのだが、美羽はそこまで優秀ではなかったようだ。移籍するのは可能かもしれないが、そこでまた誰かの下につくことを納得できなかったのかもしれない。要するに、実際の能力よりもプライドが高いタイプだから——と揶揄する社員もいたという。だが、彼女が酒浸りになったのは、新プロジェクトから弾き出された後だという話を聞いた時、大友の胸は痛んだ。今朝会った美羽——大友は酒にだらしない人間を何人も知っているが、彼女の場合、どこか自分を痛めつけるような呑み方をしているようだった。朝のトマトジュースさえ、新たな酒を体に入れるための準備だったような……。

この二人には、中原を恨む理由がある。今後も要チェックで、毎日事情聴取を行うほか、監視もつける、と捜査方針が決められた。しかし、自分は彼女から上手く話を引き出せなかった……そう考えると、大友の気持ちは萎んだ。もちろん、自分はスーパーマンではない。何でもかんでも一人でできると考えるほど、甘くはない。

いずれにせよ、特捜本部はやはり内部犯行説に傾いているわけか。大友は頭の中で、「外部侵入説」に消しゴムをかけ始めた。

「大友、外部侵入説の方はどうだ？」

いきなり永橋に指名され、大友は慌てて立ち上がった。消しかけた情報を再構築し、「可能性だけはある」一方、「具体的証拠は出ていない」と説明した。

「その線も、まだ捨てずにいこう」永橋が宣言した。「中原の周辺捜査も続行だ。本人の個人的トラブルが関係している可能性もあるから、そこを重点的に調べていく。特に、離婚した妻は要チェックだ」

永橋は、明日以降の担当を組み換えた。ただし大友と敦美は、今日に続いて美羽を担当。監視のために、他に四人の刑事をつける。

捜査会議が終わった後で、大友は敦美を含めて他の刑事たちと簡単に打ち合わせをした。その場で敦美が、共犯が存在する可能性を指摘した。

「女性の腕力では、ああいう殺し方はできないと思う」敦美が指摘した。「仮に彼女が主犯だとしても、実行犯には男を使ったんじゃないかしら」

「だとしても、どうやって中に入れたかが問題になる」大友は指摘した。結局話はそこに戻ってくるわけだ。

「それこそ、彼女の部屋の窓とか」

「調べたのか？」

「夕方、鑑識が調べたわ。ただし、物証は何もなし」

「なるほど……」物証という点から考えれば、この事件では手がかりはまだ一つもない。肝心の凶器さえ見つかっていないのだ。結局、人間関係を解していくしかないわけか……監視カメラは、最近は極めて有効な手がかりになっているのだが、新エネルギー研究開発に関しては、建物の周囲に監視カメラがほとんどないので当てにできない。無用心な感じもするが、会社としては、犯罪が起きるような場所ではない、と判断していたのだろう。実際大友も、台場付近で過去に重大事件が起きたという記憶は持っていなかった。

四人の監視要員は、徹夜で美羽に張りつくスケジュールを決めた。応援の自分が入らないのは申し訳ないと思ったが、口出しする暇もなく、話が決まってしまう。大友は、明朝美羽から事情聴取する役目を割り振られた。明日は会社で話を聴くことにする。まだ明確な容疑はないものの、少しずつプレッシャーをかけていこう、という計画だ。家でも会社でも刑事につきまとわれれば、間違いなく追い詰められていく。

打ち合わせが終わると、敦美が小声で「あんたは気にすることないから」と言った。何も言っていないのに、妙に気が回る——その外見と違って、敦美は細かな気遣いができる女性なのだ。

「でも、徹夜組には申し訳ない」

「テツにはテツで、やることがあるでしょう。女性担当として」

「よせよ」大友は顔をしかめた。

「とにかく後山さんは、徹夜で張り込みをするような仕事のためにあなたを送りこんだんじゃないわよ」

「分かってる」

「期待されてる役割を果たさないとね」

今回は、とてもそこまでは至っていないが。仮に美羽が犯人だとしても、落とすまでには長い時間がかかりそうだ。彼女は心の周りに堅牢な壁を築いているタイプである。今までそういう容疑者を何人も相手にしてきたが、その都度こちらの心を削られる思いをしてきた。

「じゃあ、解散……って、何でそんなに元気がないわけ？」

「今日は昼飯を食べ損ねたからね」

「何だ。じゃあ、景気づけに何か食べてく？」

「いや、家に戻る」

「優斗の晩御飯？」

「さすがにそれは済ませてると思うけど」既に午後九時。夕方、聖子から電話があり、夕飯は食べさせる、と嫌味たっぷりに言われた。その後は聖子の家に泊まるのか、自宅へ戻るのか……最近は、大友が少し遅くなるぐらいだと、一人で自宅で待っていることも多くなった。今のところ、火の始末などでひやりとしたことは一度もない。そういうところはしっかりしている。

「じゃあ、さっさと帰って親子の触れ合いでもしてなさい」

「ああ」

「あと、柴から連絡があったわよ」

「メールで？」昨日の様子を見た限り、まだまともに話せるとは思えなかった。

「ううん、電話」

「話したのか？」

「うん。声が大きくて参ったけど」敦美が苦笑する。「七割ぐらいの回復だって。明日の朝、退院するって言ってたわ」

「大丈夫なのかよ」

「テツが余計なことをしたから腹が減って仕方ないって言ってたけど、あなた、何やったの？」

「ああ」大友は頬が緩むのを意識した。入院している時にグルメ本は厳禁だ、と思い知る。あいつの場合、耳以外には悪いところがなかったのだし、食べ物の詳細な描写に空腹を刺激されたのは間違いない。「ちょっと意地悪をね。でも、そのせいで退院が早まったのかもしれない」

「明日、一課に顔を出すそうだけど」

「会いに行く暇はないだろうな」

「電話でもしてあげたら」

「分かった」

取り敢えず無事だったか……あいつのことだ、すぐに仕事に取りかかるに決まっている。あの強盗事件――正確には未遂だが――について、激怒しているに違いない。要は「恥をかかせやがって」だ。それはそうだろう。犯人を目の前にして、取り逃がしてしまったのだから……しかし、そもそも柴に恥をかかせたのが誰かということになれば、それは柴自身、というか警察である。犯人を捕まえ損ねたのだから。だがあの時、犯人の一番近くにいたのは大友だった。もう少し早く判断して飛び出していたら、二人組に追いついていたかもしれない。

あの一件以来、運が遠のいている感じもする。それを後山のせいにすることもできたが――何でこういう訳の分からない事件の捜査に駆り出すのか――結局は自分の力が及ばなかった、ということだ。失敗を誰かのせいにして愚痴を零すのは、勤め人の定番の行動だが、今はそういうみっともない真似はしたくない。

大友はさっそく柴の携帯に電話をかけた。まだ聞こえにくいのか、所々で「ああ?」と大声を挟みこんできたが、一応話はできる。

「そっちはどうなんだ?」

「最近、あちこちで悪さしていた連中に間違いないよ。手口が同じなんだ。使われたのは、やっぱりC4らしい。雷管の残骸が残っていたけど、他の現場で使われた物と一致した」

「犯人の手がかりは？」

「今のところはないんだ」柴の声に悔しさが滲む。

「数年前に、同じような事件があったと思うけど」

「あの時よりも手口が乱暴になってる。一連の事件の時は、爆薬までは使われなかったから。中国人の可能性が高いけど、直接の証拠はない」

「中国人じゃなければ、ナイジェリア人とか？」最近、ナイジェリア人の犯罪がちらちら目につくようになっている。

「まさか」柴が笑った。「あいつらがよくやるのは、酔っぱらいを狙った昏睡強盗なんかだよ。こういう手口は使わないし、お前らが現場で見た犯人は、アジア系だろうが」

「そうだった」

この事件の捜査は長引きそうだ、と大友は踏んだ。手がかりは……ないわけではない。

「タレこみしてきた人間から、何か情報は？」

「俺は直接話を聴いたわけじゃないけど、連絡が取れないみたいだぜ」

「姿を消した？」嫌な予感がする。

「今はまだ、連絡が取れないっていうだけの話だけど」

「そうか……気をつけろよ。まだ体調も万全じゃないんだから」

「悪いね、気を遣ってもらって」

柴との会話を終え、内容を敦美に話す。聞き終えた敦美が、小さく溜息を漏らした。

「面倒臭そうな事件ね。もしかしたら、次の犯行を待つしかないかも」

「連中も、少しは間を置くんじゃないかな」

「でも、今回何も盗らなかったんでしょう？　ただ働きした分を、どこかで取り返さないと」

「そうだね……それよりこっちの方で、何かおかしなことはない？」

「何が？」敦美が不審気な表情を作った。

「だから、おかしなことだよ」

「何もないけど、あんた、何言ってるの？」敦美が腰に両手を当てた。

「いや、何もなければいいんだ」

「変な人ね」敦美が噴き出した。「忙し過ぎて、おかしくなった？」

「そんなことはないけど」

不安がある。何が何だか分からない不安だ。それは捜査を進めていくことでしか解消できないのだが……嫌な予感がどうにも消えなかった。


町田の自宅に帰りついた時には、午後十時をとうに回っていた。部屋に灯りが灯っているのに気づき、ほっとすると同時に心配になる。優斗のやつ、灯りを点けたまま寝てしまったのか？　妙に慎重で、寝る前にはあちこち指差し確認するようなタイプなのだが。

ドアを開けると、優斗が急いで動く気配が感じられた。テレビの音が消え、次いで灯りも消える——「優斗、起きてるのか？」と声をかけると、返事がない。少し前までの優斗なら、「寝てる」とつい返事をしたものだが、さすがに少しずつ知恵がついてきたということか。タヌキ寝入りでもしているのだろう。

灯りをつけて、リビングダイニングの様子を確かめる。ああ、この時間まで遊んでいたのか……テレビは消えていたが、ダイニングテーブルにはゲーム機が放り出してある。まずいな、と大友は顔をしかめた。ゲームは一日三十分まで。大友がいない時にはやらない。そういうルールを決めたのに、今夜は守らなかったらしい。少しだけ嫌な気分になった。優斗は元々素直な子だし、大友が一方的にルールを押しつけず、「二人で決めたこと」として様々な決まりを作ってきたので、今までは特に問題を起こさなかった。しかし、その馬鹿馬鹿しさに気づいて、好き勝手にやる快感を覚えてしまったのだろうか。ゲームなど、三十分だろうが一時間だろうがさほどの差はないはずだが、ダムには小さな穴が空いただけでも、いずれ全体が崩壊する。

溜息をついて、リビングルームの一角を区切って作った優斗の部屋を覗きこむ。優斗は頭まで布団を被って寝たふりをしていた。

「優斗、証拠隠滅が不十分だぞ」

「何、それ」優斗が布団を撥ね除け、上体を起こす。

「ゲームだよ、ゲーム。一日三十分の約束だし、もう十時を回ってるぞ」

「ごめん」

あっさり謝るのが、また嫌らしい感じではある。取り敢えず謝っておけば怒られずに済む、と知恵がついてしまったようだ。だが実際、大友は怒る気になれなかった。何となく気が抜けたというか、こんなことで怒るのが馬鹿馬鹿しいというか。

「夕飯、ちゃんと食べたか」

「うん……地味に」

「何だ、それ」

「アジの開きと、卵焼きと、白和え」

「美味そうじゃないか」

「でも今日は、ハンバーグとか食べたかったな」

「ああ、そうだよな」

聖子は菜食主義者ではないが、家ではあまり肉料理を作らない。基本的に魚と野菜だ。健康のためにはこの方が絶対にいいのだが、食べ盛りの小学生には満足のいく食事ではないだろう。

「僕も、料理やろうと思うんだけど」

「いや、それはまだ早いよ」少し小柄な優斗は、ガス台の前に立って料理をするにはまだ身長が足りない。

「でも、家庭科で料理も作ってるよ」

「野菜サラダと味噌汁を作っただけじゃないか」包丁の基本的な使い方を教えるためのようなものだ。「とにかく、パパがちゃんとご飯を作るようにするから」

優斗がベッドを抜け出て来た。どこか不満そうに頬を膨らませている。

「でも最近、あまり家にいないよね」

「ああ……それは、ごめんな。どうしても抜けられない仕事も多いんだ」

「分かるけどさ」

小さな子どもに見上げられていると、どこか後ろめたい気分になってくる。親子二人で過ごす時間は、段々少なくなっていくのだ、と自覚した。塾に通うようになれば、「夕飯は外で」と言い出すかもしれない。実際、大友としてもその方が楽だ。家事を気にせず仕事ができる。毎日五百円を渡して、コンビニで弁当やサンドウィッチの夕食を摂るように言えば……実際、そんな風にしている家庭も少なくないようである。いや、駄目だ。外食は栄養が偏り勝ちだし、何より侘しい。聖子にもいつまでも頼るわけにはいかないし、早晩、自分たち親子は今よりずっと難しい立場に追いこまれるだろう。

「なあ、新しいママがきたらどうかな」

「再婚するの？」優斗が目を見開いた。

「いや、そういうわけじゃないけど」見合いを了解したわけでもないし。「聖子さんが、またお見合い写真を持ってきてね」

「見せて」

せがまれ、仕方なく自分の寝室から見合い写真を持ってきた。優斗が見合い写真を見たがるのは昔から変わらない。そういうところからすると、父親の再婚にもあまり抵抗がないのかもしれない……あるいはただ面白がっているだけか。

「この人だけどさ」

「へえ」写真を一目見て、優斗が感心したように声を上げる。顔を上げると、嬉しそうな表情を浮かべて、「ママに似てない？」と言った。

「そうだな」優斗が、菜緒の面影をどこまで覚えているか……菜緒が亡くなった時、優斗はまだ幼稚園児だった。母親の顔は、写真だけで覚えている感じではないだろうか。それでも忘れてしまうよりはましだが。

「どうするの？」

「どうしようかな。聖子さんのプレッシャーが凄くてさ」

「会ってみたら？」

「いいのか？」

「会うのは只、とか言うじゃない」

「まあな」もちろん、逃げることはできるだろう。何しろ今、自分は特捜本部に入っていて、時間が自由にならない身なのだから。しかしいつかはこの仕事からも解放されるわけで、その時には逃げ場はなくなる。大友自身、私生活に関しては馬鹿正直な部分があり、いつまでも言い訳で逃げ続けてはいけない、とも思っている。

「僕は別にいいから」優斗がしれっとして言った。「パパはパパで、都合があるでしょう？」

「都合って何だよ」

「奥さんがいないと、いろいろ困るんじゃない？」

「奥さんっていうのは、お前のママのことだぞ」

「分かってるって……じゃ、お休み。あ、冷蔵庫にポテサラが入ってるよ。聖子さんから貰ってきた」

「ああ……ありがとう」

何だか気が抜けた。

着替えてリビングルームに戻ると、すぐに優斗の寝息が聞こえてきた。冷凍しておいたご飯を温め、スクランブルエッグを作る。それとポテトサラダという侘しい夕食を、ビールで流しこんだ。こういうのは別に苦痛でも何でもないのだが……誰かが作った温かい料理の味など、とうに忘れていた。聖子の家で食べる時は未だに緊張して、味もろくに分からないし。

ビールを呑み干し、食器を流しに下げようと立ち上がった瞬間、テーブルに置いた見合い写真に目がいく。水沼佐緒里……どんな女性なのだろう。顔を見るのは簡単だ。そこから性格を類推してしまうのは、刑事という職業柄、まったく自然な行為である。

だが今、彼女の顔を見たら負けだ、という意識もあった。

何が負けで何が勝ちなのかは分からないのだが。

9

台場署で午前八時から待機していた大友は、十時過ぎにようやく「美羽が家を出た」と連絡を受けた。昨夜の張り込み班は大変だっただろう。一瞬だが雪がちらつくほどの寒さだったのだ。車のエンジンをずっとかけっ放しにして車内を暖めておくわけにもいかず、寒さに震えたに違いない。自分でも経験があるだけに、申し訳ないと思う。

「そろそろ行く？」連絡が入ってから三十分が経った頃、敦美が声をかけてきた。美羽はテレコムセンター駅に到着したぐらいだろうか。今日もタクシーを拾うとすると、自分たちより会社へ着くのは早いかもしれない。

「ちょっと飛ばしてくれないか」覆面パトカーに乗りこむと、大友は頼みこんだ。

「何でまた？」

事情を話すと、敦美が鼻を鳴らした。

「毎日タクシーでご出勤？　ずいぶん贅沢な会社ね」

「それは会社の都合だから……でも、遅れたくないんだ」

「了解」

サイレンこそ鳴らさなかったものの、敦美はかなりのハイペースで二キロほどの距離を走り抜けた。この時間だと、倉庫街に出入りする大型のトラックやトレーラーが多く、あまりスピードを出せないのだが、敦美には関係ないようだった。

会社に着いて確認すると、美羽はまだ出社していなかった。一旦外へ出たタイミングで、一台のバスが会社の正面玄関に到着する。ボディに社名が書いてあるのを見て、大友は会社が送迎用のバスを運行していることを初めて知った。おそらく朝晩だけだろうが、確かにバスがないと通勤にも困る。

美羽が送迎用のバスから降りて来る。昨日とは別の、薄いグレイのコート。ブーツも違った。例によって機嫌悪そうにうつむいたまま、一直線に玄関ホールに向かう。

大友は彼女の前に立ちはだかった。人の気配に気づいたのか、美羽が下を向いたまますっと左へよけようとしたので、大友も同じ方向に動く。顔を上げ、思い切り不機嫌そうな表情を見せたが、大友だと分かると怒りを引っこめた——かなり無理に。その証拠に、顔が引き攣っている。

「ちょっとお話を伺いたいのですが」

「これから仕事なんですけど」むっとした口調。

「会社の方には許可をいただいています」

「会社の都合じゃなくて、私の都合が悪いんです」

「そうですか。でも、是非……大事な話なんです」

「ああ、そうですか」投げやりな口調だった。「警察の仕事は、何よりも優先なんですか？」

「残念ですが、そういうケースが多いですね」

「私の仕事より、警察の仕事の方が重要だと？」しつこく念押ししてきた。

「人の命にかかわる問題ですから」

「私の仕事は、人類の未来にかかわることなんですけど」

大友は口を閉ざした。相変わらず扱いにくい女性だ……しかし、昨日の朝とは微妙に違う。あの時はただ不機嫌だったのだが、要するにまだ半分眠っていた、ということなのだろう。本来は――素面で意識がはっきりしている時は、もっと攻撃的な性格のようである。

「分かりました」

「じゃあ――」

「人類の未来については、ちょっと棚上げしてもらえますか」大友はしれっとして言った。「喫緊の問題は、中原さんのことですから」

「私には関係ないでしょう」

「あのですね」大友は一歩引き、「ここだけの話」という感じで声を潜めた。

「何ですか」まだ怒っているが、美羽の声が少しだけ不安に揺らぐ。

「このままここで話していてもいいんですけど、他の社員にも聞かれますよ。お客さんにも。そんなに時間はかかりませんから、ちょっとおつき合いいただけませんか？」

美羽の目が、剃刀で入れた切れ目のように細くなった。唇も細く引き結ばれ、これ以上何も喋らない、と意思表示しているようだった。

「部屋を用意していますので」敦美が割りこんだ。必要になれば、彼女は当たりを柔らかくすることもできる。美羽のように喧嘩腰の相手に対して、効果があるかどうかは分からなかったが。

だが美羽の気持ちは、どこかで変わったようだった。「どこですか」と怒ったように言うと、ICカードを翳《かざ》して中に入って行く。大友と敦美は、ゲスト用のカードを使って後に続いた。

「一〇五会議室です」

「一〇五？」怒ったような表情で美羽が振り向く。「監獄じゃないですか」

「そうなんですか」知らぬ振りをして、大友は応じた。窓のない小さな会議室が、社内で「監獄」と呼ばれていたことを、大友は知っている。というより、その部屋の話を聞いた時に、ぴんときて「使わせてくれ」と頼んだのだった。徐々に環境を悪化させる方法……この次は、警察の取調室だ。呼ばれる方は、次第に圧迫感を覚えるようになる。

実際、一〇五会議室は「監獄」だった。どうやら元々は倉庫として使われていた場所らしく、窓がない上に狭い。業務拡大に伴い、会議室として使われるようになったらしいが、埃っぽい臭いがまだ残っている感じがする。しかも、何となく湿っぽい。

美羽はしばらく立ったまま、部屋の中を見回していた。

「本当の監獄って、どんなところですか」大友の目を見ようともせずに訊ねる。

「監獄というか、日本では留置場、あるいは刑務所ですね……居心地のいい場所ではありませんよ」

「私には縁のない場所ですけど」

「普通の人には……そうですね。関係ありませんね。どうぞ、お座り下さい」

大友と敦美は、美羽をドアと反対側の椅子に座らせた。先ほどの怒りはどこかへ消えているようだった。作戦を変えてきたのかもしれない。怒りではなく無関心で、こちらの追及を肩透かししようというのではないか。

「あなた、中原さんとライバルだったんですか」大友はいきなり切りこんだ。

「ライバルって、どういう意味です？」美羽の無表情は崩れなかった。

「あなたも以前は、メタンハイドレート関係の研究をしていた。中原さんと同じですね。しかし、中原さんが結果を出し始めて、自分のプロジェクトを組んで研究を独占し、あなたはつま弾きされた格好になった」

「プロジェクトの人数は限られていますから。人数というか、予算が」

「その時、どんな気持ちでした」

「一つのプロジェクトに、トップは二人いりませんよ。船頭多くして何とやら、と言うでしょう」

多少自虐的な口調だったが、激しい怒りは感じられなかった。

「これから有望な分野ですよね？　そういう研究から外されたというのは――」

「メタンハイドレートについては、期待が大き過ぎるのよ」冷たい口調で美羽が言った。

「それで日本が資源大国になるわけじゃないから」

「そういう風には聞いています」

「中原さんの開発した技術は、確かに採掘コストを現在の数分の一まで圧縮するでしょう。でも、それで全体のコストが一気に下げられるかどうかは分からないんですよ。海上の採掘基地を作る費用自体は、依然として相当高いですからね。それに日本には、自然災害のリスクがあります」

「地震、ですか」

「そうです。日本近海で今、メタンハイドレートの採掘が一番有望視されているのはどこか、分かりますか？　南海トラフですよ。いつ地震が起きるか分からない場所でしょう。せっかくプラットフォームを作っても、地震がきたら全壊です」

「そうなったら、環境汚染の問題も？」大友は、石油プラットフォームの事故をイメージした。原油が流れ出して海を汚染すると、回復には長い時間がかかる。

「それは心配いりません」美羽が首を横に振った。「採掘の手順は、分かってますか？」

「多少は。減圧して、メタンガスだけを取り出す方法が主流だそうですね」

「少しは予習してきたわけね」美羽が鼻を鳴らす。「原油と違って、穴を開ければ勝手に噴出してくるわけじゃないんです。メタンハイドレートの状態を変えて、ガスだけを取り出すわけだけど、仮に地中に突っこんであるパイプが外れたりしても、状態の変化がストップするだけですから。低温高圧の状態なら、メタンハイドレートは安定してそのままの状態で存在し続けるわけ。つまり、わざわざ環境を変えてガスを取り出していたのが、元の環境に戻るだけなんです。環境に対する重大な危険はないというのが、今のところの見方ですよ」

「でも、プラットフォームは致命的なダメージを受ける」

「その可能性は高いわね。それに地震があったら、メタンハイドレートが存在している層自体も大きな影響を受けるかもしれない。地震のエネルギーは、私たちの想像を超えることも多いから」説明しながら美羽がうなずいた。取り敢えず、怒りも焦りも感じられない淡々とした口調。自分のかつての専門について話しているので、気が楽な様子だった。

「資源として期待してはいけない、という話は聞きました。でも、資源戦略としては、大きな武器になるでしょう」

「そういうのは、政治家やエネルギー関係の企業が考えることで、私たちには関係ないわ」

「では、あなたとしては、プロジェクトを外されてもどうでもよかった？」

「あなたが捜査を外されたら、どう思いますか」

「自分がへまをしたか、そもそも能力が足りなかったと反省するでしょうね」いきなり逆襲してきたか……ある種危険な兆候である。相手に質問をぶつけ続けて、自分に対する追及をかわそうとする古典的なやり方だ。

美羽がいきなり声を上げて笑った。かすかに狂気を感じさせるような、甲高い笑い声。大友は気持ちを引き締めた。こういうのも演技なのかもしれない。そう、実はあらゆる演技の中で、狂気を演じるのが一番簡単なのだ。少なくとも大友にとってはそうだった。狂気には定型がないから、どんな風に演じても言い訳が立つ。

「反省しちゃうんだ」

「謙虚な人間ですから」

「そこは強気にいった方がいいんじゃないのかな」

「あなたは強気にいったんですか」

瞬時に美羽が黙りこむ。強気にいかなかったのだ、とすぐに分かった。今の彼女は、本来の専門を取り上げられたような形で、別の研究をしている。もちろん太陽光発電は重要な研究課題だ。化石資源であるメタンハイドレートよりも、再生可能エネルギーとして将来性は高いはずだが、研究者はあまりそういう意識を持たないのかもしれない。美羽は「人類の未来にかかわる」と大袈裟に言っていたが……。

「今の仕事に満足していますか」

「与えられた仕事を全うするのが、会社員の役割よ」

「では、満足している？」

「満足しなくちゃいけないでしょう」美羽が煙草を取り出した。大友は、当然社内は禁煙だと思っていたのだが、美羽は構わず火を点ける。顔を背けて煙を吐き出すと、携帯灰皿を取り出して、テーブルに置いた。狭い会議室がすぐに、煙草の煙で白くなっていく。「誰だってそうなんじゃないですか」

「あなたをプロジェクトから外したのは、中原さんでしょう」

「そうみたいね。でも、他に疑うべき人がいるでしょう」

「別れた奥さんとか？」

「他にもいろいろ。あちこちでトラブルを引き起こしてるんだから、何があってもおかしくないわよ。あのプロジェクトを任されていなかったら、会社だって処分を考えていたかもしれない」

「なるほど」中原の周囲を調べる――永橋の方針を思い出した。仕事とは関係ない、個人的なトラブル。美羽の説明も、それを後押しするものだった。「具体的なトラブルの相手は？」

「私は、会社の中では置いてけぼりなので」美羽が煙草をくわえたまま、肩をすくめる。

「噂は聞くけど、具体的な話は知りませんね。負け犬なんて、相手にされないから」

「あなたは負け犬なんですか」

美羽が大友を睨みつけた。煙草を灰皿に押しこみ、いきなり立ち上がった。

「失礼なこと、言わないで欲しいわね」その「失礼なこと」を最初に言ったのは、彼女自身なのだが。

「座って下さい」大友が口を開く前に、敦美が警告した。先ほどまでの愛想のよさは完全に消え、肉体的な威圧感がそのまま声に乗り移ったような口調である。「話はまだ終わっていません」

「話すことなんか、ないわ」

「座って下さい！」

敦美の声のボリュームが上がった。怒鳴り声にならない、ぎりぎりの大きさ。美羽が、敦美を睨みつけながら、ゆっくりと腰を下ろした。新しい煙草を取り出し、すぐに火を点ける。その手がかすかに震えているのを、大友は見逃さなかった。もちろん、単に怯えただけかもしれないが。体の大きい敦美は、本人は自然に動いたり喋ったりしているつもりでも、相手に圧力を感じさせてしまう。

「あなたは中原さんを恨んでいなかったんですか？　彼は、あなたを仕事で追い落としたようなものでしょう」大友はさらに追及した。

「私が優秀じゃなかったっていうだけの話でしょう」投げやりな口調だった。

「本当にそう思いますか？」

「実際、会社もそういう判断なんだろうし」

「あなたは最近、中原さんと対立していたようですけど」

「それ、会議なんかの話でしょう？」

「ええ」

「研究では、私はもう太刀打ちできないから。会議の場でイチャモンをつけるぐらいしか、ストレス解消の手段はないんですよ」

「本気でそんなこと、言ってるんですか？」

「追い落とされて、でも他の会社に移るわけにはいかなくて……そういう惨めさ、分かります？　どうして自分が毎日会社に来ているか、分からなくなるんだから」

「多くの勤め人はそうじゃないでしょうか」大友は両手を組み合わせ、笑みを浮かべた。「満足できる仕事をしている人なんて、何割もいないと思いますよ。誰でも、何がしか我慢しているものです」

「そういう優等生的答弁、つまらないんで」白けた口調で美羽が言った。「とにかく私は関係ないから。いくらむかついたって、人を殺すようなことはしないわよ。それで捕まったら、馬鹿馬鹿しいでしょう？」

「当然ですね」

「だから、時間の無駄です。私につきまとっても、何も出てこないわよ」

携帯が鳴った。美羽が、冷たい視線を大友に突き刺したまま、ハンドバッグに手を突っこみ、スマートフォンを取り出す。画面を見て一瞬顔をしかめたが、すぐにバッグに落としこんだ。

「電話だったら、どうぞ」大友は言った。

「メールです」

「無視していいんですか」

「急ぎじゃないから……でも、もういいですか？　あなたたちも、時間を無駄にしないで下さいね。そうならないようにって、中原さんを殺した犯人は逃げちゃうんじゃない？」

「そうならないように、こうやって捜査をしてるんですけどね」

「私は犯人じゃないから、無駄よ」言い残し、美羽が椅子を後ろ足で蹴るようにして立ち上がった。

大友には、彼女を引き止めるだけの理由がなかった。

「どう思う？」一度会社の外へ出てから、大友は敦美に訊ねた。

「相当恨んでると思う」

「ああ」

「でも、殺すまでの強い動機になるかどうかは……」敦美が顎に手を当てた。「よくある話かもしれない。仕事を横取りされて、自分は閑職に飛ばされて。でも、それで一々相手を殺そうと思ったら、世の中殺人事件だらけになるわよ」

「捜査一課の人数を倍ぐらいにしないと間に合わないだろうね」

「このご時勢に、そういう増強は認められないでしょう」敦美が肩をすくめる。「でも、要注意ね」

「やっぱり、しばらく監視が必要だと思う」

「いつから？」

「今から」大友は腕時計を見た。まだ昼前だが、一日の大半が終わってしまったような感じがする。「永橋さんに報告しておく」

「一応、張ってるわ。どこから出て来るか分からないけど」

敦美が車を玄関ホールに近い位置まで動かすために去って行った。その時間を利用し、大友は会社を監視しながら永橋に電話を入れた。

「そうか……実は、脇屋もかなり怪しい。今朝一番から事情聴取していたんだが、中原に対する嫌悪感を隠そうともしないんだ」

「アイディアを盗まれたという話はどうですか？」

「本人は確信してる。証拠もある、と言っているんだ。新技術の元になったアイディアそのものが自分のパソコンに残っていて、そのファイルの日付で証明できるそうだ」

ファイルの日付など、いくらでも改ざんできるはずだが……何のためにそんなことをするのか、意味が分からない。「盗まれた」と主張したいなら、とっくの昔にそうしていただろう。それとも、もっと上手いタイミングを計っていたのか。そもそも何のために、中原の下で助手をすることに甘んじていたのだろう。もしも脇屋が才能溢れる男で、本当に画期的な採掘法のアイディアを練り上げたなら、他の会社に転身してもやっていけたはずなのに。

「二人が共犯、ということは考えられませんか」大友は、ふっと頭に浮かんだ考えを口にした。セキュリティシステムがしっかりした会社の中で、人を撲殺するのは難しい。だが、社内の事情をよく知った社員二人が協力し合えば、何とかなるのではないだろうか。

「あり得るな。監視の人数をもう少し増やそう。大友、お前はもう一度、会社に当たってくれないか」

「構いませんけど、目的は？」

「社内にちゃんとしたネタ元が欲しいんだ」

既に特捜本部では多くの噂話を採取しているが、さらに突っこんだ情報が欲しい、ということだろう。そしてどんな会社にも、「事情通」はいる。

「といっても、この研究所で誰かを探すのは難しいでしょうね。全員が疑心暗鬼になっているんじゃないですか」

「それはそうだ」永橋が考えこんだ。

「むしろ、本社の方はどうでしょう。そちらは、事情聴取もまだ手厚くないんじゃないですか？」

「そうだな。一通り話は聴いたが、万全とは言えない」

「時間を見て、そちらを攻めてみます」

「分かった。取り敢えず、監視優先でいかないとまずいが」

「時間は見つけますよ」

「悪いな……面倒な話ばかり押しつけて」

「とんでもない」大友は仰天してしまった。普段、特命で特捜本部に送りこまれると、だいたい迷惑そうな反応を受ける。永橋のようにねぎらってくれる人間は、初めてかもしれない。

よし、当面の方針は決まった。本社でのネタ元作り……これは、言うほど簡単ではない。多くの人に何度も会って、その中から気の合う人間、あるいは攻めやすい人間を見つけ出さなければならない。一日二日でできることではないので、これは捜査に動きがなくなってしまった後の作戦になるだろう。永橋の言う通りで、まずは監視が優先だ。さて、また優斗と離れる生活が始まる。いくら何でも、自分の都合だけで、「九時五時の監視だけにして下さい」とは言えない。

「ま、仕方ないな」そう言ってみると、空しさが増す。

優斗は、「面倒を見なければならない」年頃から「監視が必要」な年頃になりつつある。昨夜のゲームのことだってそうだ。動機はともあれ、「塾に行きたい」という前向きな気持ちばかりではなく、遊び盛りの年頃でもあるのだから……一人息子がゲームに耽溺する姿など、見たくもない。自分が一緒にいれば、うまくコントロールできるのだが。

見合いか、とふと考える。誰か優斗の面倒をみてくれる人が家にいて、遅く帰っても温かい夕食があって……駄目だ、と首を振る。それでは手伝いの人を頼むのと変わりはない。相手の人に失礼だ。

結婚とは、こんなに面倒なものだっただろうか。

第二部　第二の殺人

1

午前零時までの張り込み。こんなのはまだ楽な仕事なんだ、と自分を慰める。午後六時から新エネルギー研究開発の前で待機し、自宅まで美羽を尾行して、そのまま見張っていただけなのだから。車の中では温かい弁当も食べられたし、コーヒーも飲めた。一方大友と交代した連中は、これから翌朝、美羽が出勤するまで張り込むことになる。

申し訳ない……徹夜の張り込みは、後々体にダメージを与えるものだ。しかし今回は、それほど神経を研ぎ澄ませる必要はないはずだ、と自分を納得させる。何日かに及ぶ動向観察の結果、美羽は呑む時はかならず帰宅途中だと分かっていたからだ。一度家に戻ると外へ出ることはなかったから、今日も心配する必要はないだろう。

張り込みを交代した大友は、大慌てで目黒駅に向かった。この時間なら、まだ電車で帰れるはずだ。山手線で原宿まで出て、明治神宮前駅から千代田線に乗り換え、代々木上原からは小田急線。自宅のある町田まで、代々木上原から四十分もかかる。迂闊に居眠りすると終点の相模大野まで行ってしまうので、必死で目を開き続けた。

自宅に戻って、午前一時半。冗談じゃない……家の中が滅茶苦茶だ。しばらくきちんと掃除もしていないし、洗濯物も溜まっている。これから洗濯機を回して……いや、それは無理だ。こんな時間に洗濯機を使ったら、階下の住人から文句を言われるかもしれない。明日は午前中は休めるので、少しだけ早起きして洗濯をしよう。優斗は聖子の家に泊まっているし。

こういう時、独身生活が本当に嫌になる。何で洗濯なんかしなくちゃいけないんだ……自分が、辛うじてバランスを取って生きてきたことを意識せざるを得ない。本来、家事など真面目にやるタイプではないのだ。十八歳で上京して、大学時代は演劇ばかり。警察官になると寮生活を強いられたので、身の回りのことは全部自分でやらなくてはならなかったが、それが苦痛でならなかった。結婚してから菜緒に全てを任せていたあの時代が、一番幸せだったと思う。今も何かのきっかけで、全ての家事を放擲してしまうのでは、と密かに恐れている。

この時間から風呂を用意するのも面倒なので、シャワーで我慢する。十二月の寒さに耐えてきた一日としては、辛い締めくくりだ。結局体は温まらず、寝酒のビールを呑む気にもなれない。

髪もろくに乾かさないまま、ベッドに潜りこんだ。体は疲れているのだが、なかなか眠気は訪れない。こんなことでは明日の仕事に差し障るのだが……どうも最近の僕は、安定感を失っている。

翌日、大友は新たな仕事に取りかかった。永橋の指示を受けていた「ネタ元」作り。二人を監視していてもまったく動きがないので、自分で決断した。

丸の内にある新エネルギー研究開発の本社を訪れるのは初めてだった。広大な研究所とは打って変わって、ビルのワンフロアだけのこぢんまりとした会社である。

少し予習してきたのだが、この会社の設立は一九九二年だった。東大工学部の教授が、退職後に専門を生かしてエネルギー研究を始めたのがきっかけである。当時は、渋谷の安マンションの一室に事務所を構える程度だったが、後に太陽光発電に関する特許を取得し、それが金を生み出した。丸の内に本社を移したのは二〇〇三年。その年に創業者社長は亡くなったが、会社は順調に発展を続け、二〇〇九年には台場に研究所を開設している。今は、メタンハイドレート採掘技術で世界の先頭を走り、商業化のポイントを握る企業になると見られている。以上。

一人ずつ会っていては時間がもったいないので、まとめて五人に話を聴くことにした。広報部長と係長、研究所を管理する総務の担当者二人、技術統括の役員——この人は丸の内と台場を行ったり来たりしている。大友の持論として、五人の人間がいれば、そのうちの一人ぐらいとは気が合うものである。だいたい自分はニュートラルなタイプで、絶対に気が合わない相手は滅多にいない。五人の中から、特に波長が合いそうな相手を見つけ出すつもりだった。

会議室に座った途端、大友は言葉を失った。広報部の係長——女性係長の顔が、頭の中ですぐに記憶に結びついたのである。水沼佐緒里。名刺を交換した際に目が合ったのだが、向こうはまったく反応しなかった。聖子が勝手に自分の写真を渡しているのでは、と想像していたのだが、それは思いこみのようだった。

向こうが反応しない以上、余計なことは言えない。そもそもここには仕事でいるのだし。そう言えば聖子は、佐緒里を「丸の内の」会社に勤めていると紹介したが、そんなことは勤務先のヒントにもならない。この辺に、どれだけ多くの会社が集まっていることか。

大友は五人をリラックスさせようと、まず軽い調子で始めた。

「これは正式な事情聴取ではありません。正式なものなら、必ず二人組で来ますから。今日はあくまで、雑談だと思っていただいて結構です」

広報部長が不審気な表情を浮かべた。彼の手元には、大量の資料が積み重ねてある。会社のパンフレットが一番上になっていた。ここで会社案内でも始めるつもりか……心配になって、大友は畳みかけた。

「これまで被害者の中原さんのことについては、研究所の方でいろいろと伺ってきました。ただ、研究所に勤務されている皆さんは、中原さんに近過ぎます。そのために見えなくなることもあるので、今日は本社サイドの方の印象を伺うために、お時間を取っていただきました。在原《ありはら》さん、いかがですか？　技術担当の役員として、普段から中原さんとは接触する機会が多かったですよね」

「まあ、それは……」在原が居心地悪そうに体を揺らした。栄養が足りないのではないかと思えるほどほっそりとした体型で、ひどく頼りなげに見える。

「どうですか？　中原さんは、御社のエースですよね？」

「彼の研究が、これから何年かはうちの会社を……メタンハイドレート採掘技術の開発を引っ張っていくのは間違いないでしょうね」

「どんな性格の人なんですか？」五人もの人が集まった場所でこんな質問をして、まともな答えが返ってくるとは期待していない。大友の狙いは、それぞれの反応を見ることだった。

　全員が無表情でうつむいている。失敗だった、と早くも悟った。恐らく、警察に対しても箝口令を敷くよう、社内で申し合わせをしているに違いない。基本的な協力はするが、余計なことを言うな、感情を表に出すな、と。

「会社としては大変ですか、広報部長」

「ええ、まあ」まだ三十代後半の広報部長、谷田部《やたべ》が言葉を濁した。

「会社の中での事件ですから、マスコミの取材も相当熱心でしょう」有香は取材に入っているのだろうか、と大友は訝った。しつこい彼女のことだから、僕に突っこんできてもおかしくないのだが……いつの間にか家の住所もばれているのだ。彼女なら、夜討ち朝駆けを躊躇しないだろう。というより、喜んでやる。何も話さないことは分かっているのだから、いい加減諦めればいいのに。

「まあ、そうですね」谷田部の答えは依然として曖昧だった。

「私はマスコミの人間ではありませんから」大友は笑みを浮かべた。「興味本位で話を聞くようなことはありません。全て事件解決のためです」

「それは分かっていますが……マスコミをシャットアウトすることはできないんですかね」

冗談か？　谷田部の顔を見たが、真顔だった。新エネルギー研究開発はそれなりに大きな会社だが、これまでマスコミの取材を受けることは多くはなかっただろう。中原の研究が大々的に発表されれば取材は殺到するかもしれないが、まだ公表する段階ではない、という話だった。今回は事件絡みだから、マスコミは悪意を持って突っこんできているだろう。どういう発想なのか、仮に社員が被害者であっても、「あの会社には何かある」と疑うのがマスコミというものなのだ。

警察も似たようなものだが。

「残念ですが、マスコミの取材活動に警察が口を出すべきではないので」

「でも、警察ならマスコミの扱いをよくご存じでしょう？」

谷田部がさらに食い下がる。これは相当悩まされているな、と大友は読んだ。多少同情はするが、考えてみれば広報部というのは、取材に対する「防波堤」であり、こういう問題を上手く処理することこそ仕事ではないか。そしてそもそも、そういう問題を警察に相談してても仕方がない。どうしてもアドバイスが欲しければ、他社――もっと広報体制がしっかりしている大会社の広報部にでも聞くべきだろう。

「そんなに取材がひどいんですか？」新聞やテレビのニュースでは、この件はそれほど取り上げられていない。もちろん、発生時には大きな扱いになったのだが、捜査に進展がないために、書きようがないのだろう。当然、現場の記者たちは独自に取材を続けているだろうが。

「そうですね、新聞やテレビはともかく、雑誌が……フリーの人たちは、取材のルールを守ってくれないから」

「彼らも仕事しなくちゃいけないんですよ。適当にあしらっておけばいいんじゃないですか？」

「そうは言ってもですね……」

「会社の人が事件に関与していると思っている？」

五人が一斉に顔を上げた。全員の顔を見渡してから、大友は「どうなんでしょうね」と静かに問いかけた。

広報部長以外は、全員がまた顔を伏せてしまっている。本当はこの場をリードしなければいけない立場のはずの在原すら、下を向いたままだった。沈黙が訪れ、エアコンの音だけが響く。

結局その後も、めぼしい話は出てこなかった。警察に対してもよほど疑心暗鬼になっているのだろうな、と大友は判断した。これは、もう一度別のグループを選び出して話を聴かなくてはならない。果たして、ネタ元として使える人間を抜き出せるかどうか……いずれ本社の人間全員に話を聴き、しかも全てが徒労に終わるのではないかという懸念を抱きながら、大友は会社を辞去した。

丸の内界隈は再開発が進んでいるのだが、新エネルギー研究開発が入ったビルは、かなりの年代物である。後からセキュリティゲートを設置したようで、そこだけ設備が真新しく、浮いている。ゲートを通ってゲスト用のカードを返し、ホールに出て立ち止まった。振り返り、エレベーターホールの方を見る。何の意味もなく、ちょっと様子を見ておこうと思っただけなのだが、そこで大友は意外な人物に気づいた。

水沼佐緒里。エレベーターホールから出て来ると、何かを探すように左右を見回した。まさか自分ではあるまいと思いながら、大友はその場に立ち止まって彼女の様子を観察した。佐緒里は視力が悪いのかもしれない。必死で目を細めて周囲を見ているのだが……大友に気づくと、はっと目を見開いた。

僕？　大友は思わず自分の顔を指差しそうになった。だとしても、何の用事だろう。あの場では言えなかったことがある？　それならチャンスだが……大友は一歩を踏み出して、彼女がゲートを抜けて来るのを待った。

佐緒里がヒールの音を響かせながら、小走りに近づいて来る。オフィス街の雰囲気に非常に馴染んだ格好だった。少し光沢があるグレイのパンツスーツに黒いカットソー。胸元をシンプルなシルバーのネックレスで飾っていた。化粧は控え目で、見合い写真で見たイメージとは微妙に違う。だが大友の目には、今の方が好ましく見えた。背は高い。贅肉の存在を感じさせない、無駄のない動き。ああ、そうか……この辺りも菜緒に似ているのだと気づく。菜緒は学生時代には本格的にテニスに打ちこみ、結婚してからは走るのが趣味になっていた。いかにもスポーツマン、それも現役のスポーツマンらしい雰囲気を漂わせていたのだが、佐緒里にもその気配が共通している。写真で見たよりも、生の方がずっと菜緒に似ていた。

それは失礼な考え方だぞ、と大友は自分を戒めた。誰かに似ているとか、誰を思い出すとか、そういうのは自分以外の人間には関係ない。そういう風に言われて、気を悪くする人もいるだろう。

「すみません……大友さん」佐緒里が息を整えながら呼びかけた。

「はい」大友はうなずき、ちらりと周囲を見回した。このビルには多くの会社が入っていて、エントランスは共用なので、各社の社員、それに来客でごった返している。その中に彼女の同僚がいるかどうか……聞かれたら困る話があるのではないだろうか。佐緒里の真意が読めないまま、大友は無意識のうちに警戒していた。

「少しお話しできますか」

「構いませんよ」僕に何の話だ？　もちろん、先ほどの無為に終わった会談の続きだろう。見合いの話ではないはずだ、と自分を納得させようとした。いくら何でも、気づけば表情が変わったはずである。少なくとも先ほどの彼女は、僕の顔に見覚えがない、という態度を貫いていた。

「場所は……」

「外に出た方がいいでしょうね」大友は左腕にかけたコートをそっと撫でた。「でも、今日は寒いですよ」

「そうですね」佐緒里が苦笑しながら自分の両肩を擦った。「慌てていて、コートを着てこられなかったので……」

「地下はどうですか？　喫茶店か何かがあるでしょう」大手町から東京駅にかけては、巨大な地下街が広がっている。名古屋辺りと違って、地下街そのものに強烈な個性があるわけではない——ほとんどが地下鉄の改札とビルをつなぐ通路に過ぎない——が、その長さは、一つの街に匹敵するほどだ。実際、「そこで生活できる」と言われるほど多種多様な店が入っており、お茶を飲む店ぐらい、すぐに見つかるはずだ。

「そうしましょう」うなずき、佐緒里が先に立って歩き出した。一度外へ出た時に、強烈なビル風に晒され、彼女の髪が巻き上げられる。だが寒さを気にする様子もなく、ぴんと背筋を伸ばして、ビルのすぐ横にある地下鉄の出入り口に降りて行った。大友はすぐ後に続いたが、五段ほど降りたところで、佐緒里がいきなり振り向いた。大友の姿を確認すると、邪気のない笑みを浮かべる。何というか……こんな笑顔にお目にかかったのは久しぶりだった。

　地下街を少しだけ歩いて、隣のビルへ。そこの地下一階がささやかな飲食店街になっていた。こちらもかなり古いビルで、佐緒里が案内してくれたのは、明らかに昭和から生き残っている喫茶店――絶対に「カフェ」ではない――だった。椅子はクッションのたっぷりしたタイプ、テーブルはごく小さく、店内は全面喫煙可能。レジの横に新聞と雑誌のラックが置いてあるのも、いかにも昔ながらの喫茶店らしい。

　午後半ばの時間なので、店はがらがらだった。この店が混み合うのは朝方と、昼の十二時半ぐらいだろう、と想像する。出勤前にモーニングセットで腹ごしらえする客と、昼食後に一休みする客でごった返すはずだ。

　佐緒里は一番奥の席に座った。頭上にテレビが設置してあるが、音を消してあるので会話の邪魔にはならない。

「さっきは話せなかったんですけど……」佐緒里が切り出した。

「話すような雰囲気じゃなかったですね」大友は苦笑した。

「何だか集団面接みたいな感じでしたよ」

「実際、面接だったんです」大友は打ち明けた。「誰か話してくれそうな人がいないかどうか、見極めようとしたんです。一種のリクルートですね」

「それで、どうでしたか？」

「失敗でした」

「あんな感じじゃ、話せませんから」佐緒里が肩をすくめる。

「あなたは何か、話すことがあるんですか」

「お役にたてるかどうかは分かりませんけど……私とここで話したこと、会社には内緒にしてもらえますか？」

「もちろん」善意の第三者、情報提供者は守らなければならない。「中原さんのことについて、何か？」

「最近——亡くなる前の勤怠記録がおかしいんです」

「我々一般の勤め人から見れば、そもそも相当変だと思いますが」勤務時間がずれていたり、異常に長くなっていたり。よくこれで体を壊さないものだと思うが……。「御社の研究部門の勤務体系だと、何がおかしいのか分からないんじゃないですか？　普通のサラリーマンとはまったく違うでしょう」

「ええ。でも、最近はずっと夜寄りにシフトしていたようで……昼間はほとんど会社にいない感じだったんです」

「それは聴いています」研究所の方でも、勤務記録は確認していた。向こうでは特に、問題にしていない様子だったが……夜、人がいない方が集中できるという理屈は理解できる。昼間だと会議だ、打ち合わせだ、と何かと邪魔されるのだろう。「でも、それも普通じゃないんですか」

「ただ、電話をかけたりしてますから」

「電話ぐらいかけるでしょう」

「海外へ、なんですよ。電話の記録を見て、ちょっと引っかかりました」

しまった、と大友は臍《ほぞ》を噛んだ。中原本人の携帯と自宅の電話の通話記録は入手したが、会社の方はまだだった。

「御社は、海外とも取り引きがありますよね？　駐在員も置いているし、国際電話は珍しくないんじゃないですか」

「中国なんです」

「中国」うなずいた。言葉はすっと頭に入ってきたが、その意味は分からない。「中国とも取り引きはあるんですか」

「今はほとんどありません。というより、要警戒なんです」

「どういう意味ですか？」

「うちの会社が研究を進めているのは、メタンハイドレートの採掘だけじゃありません。レアメタルも重要な柱です」

「ああ」様々な調査の結果、携帯電話などの製造に必要不可欠のレアメタルが、日本近海に大量に埋蔵されていると分かってきたことは、大友もニュースで知っていた。「レアメタルに関して、日本が中国のライバルになるかもしれないんですね？」

「そうなんです。それが――」頼んでいたコーヒーが運ばれてきたので、佐緒里が口をつぐんだ。話すことでやはり緊張していたのか、ふっと溜息を漏らして砂糖とミルクをコーヒーに加える。大友がブラックのまま飲もうとすると、「あ」と声を上げて押し止めた。

「何か？」大友は口の前でカップを止めたまま、彼女を見た。

「ここのコーヒー、ものすごく濃いですよ」

「眠気覚ましにちょうどいいです」言って一口含んだが、吹き出しそうになった。深煎りとかそういうレベルではなく、完璧に煮詰まっているのだ。苦みも酸味も強調され過ぎて、コーヒーではない別の飲み物になってしまっている。

「確かにこれは凄い」カップを置き、彼女に倣って砂糖とミルクを加えた。黒が薄茶色に薄まるのを見届けてから、もう一口飲んでみる。辛うじて飲みこめたが、その感覚がやけに懐かしく思い出された。学生時代によく通っていた喫茶店——芝居の仲間たちの溜まり場だった——でもこういうコーヒーを飲まされたものである。朝のうちはいいのだが、午後になると、体に悪いのではと思えるほどの濃さに煮詰まっていた。これだったらインスタントコーヒーの方がましだ、と皆で悪口を言い合ったのを覚えている。

「ここはいつも、こんな感じなんです」声を潜めて佐緒里が言った。

「よく来るんですか」

「お昼の後に……煙草が凄いですけどね。今は煙草を吸える店が少ないから、こういう店は貴重なんでしょうね」

「水沼さんは、煙草は吸わないんですか」

「吸いません」佐緒里が顔の前で手を振った。

「よく我慢できますね」実際、誰も煙草を吸っていない今でも、この店には煙草の臭いが濃厚に染みついている。

「こういうお店が好きなんです。煙草さえ我慢できれば、嫌いな雰囲気じゃないんで」

「こんなにコーヒーが濃いのに？」

佐緒里がふっと笑った。ごく自然な笑い方であり、大友は気持ちが解れるのを感じた。このところ、緊迫した場面にばかり遭遇していた……。

店員が離れているのを確認してから、大友は話を引き戻した。

「中国とビジネスの話をするのは禁止、ですか」

「正式に通告が出ているわけではないですけど、折に触れて上層部が釘を刺しています。ビジネスの話をしているつもりでも、いつの間にか技術を盗まれたりしますから。痛い目に遭った会社はたくさんあるんです」

「中原さんはそれを無視していたんですか」

「もちろん、相手が誰かは分かりませんよ。話の内容も……もしかしたら、単なる友だちかもしれないし」

「友だちに連絡するのに、国際電話の料金がもったいないから、会社の電話を使っていたとか？」

「それは、会社としては問題じゃないんですか」知り合いのハイヤー会社の人間に聞いたことがある。携帯電話が普及する前、ハイヤーに取りつけられた自動車電話は貴重なものだった。それを使って海外へ電話する人が多く、絶句するような額の請求がきた、と。

「そうかもしれません」

「問題ですけど、それで中原さんが怒られたとかいうことはないですよ」

「会社のエースは、そういうことも許されているわけですか?」

「というより、元々規律が緩い会社ですから」佐緒里の笑顔が少しだけ強張る。「公務員の人から見たら、信じられないことも多いと思います」

「いや……民間の会社は全て自己責任ですからね。我々がとやかく言うことじゃないです」

「すみません。これが何か問題になるかどうか分かりませんけど、気になったんです」

「この件、会社の中ではよく知られた話なんですか」

「いえ……総務の人が気づいて、私は雑談の中で話を聞いただけですから。そんなに広まっていないと思います」

「そうですか」どう判断すべきか分からない。もしかしたら本当に、中国人、あるいは中国にいる友人に私的な電話をかけていただけかもしれない。

何故メールでないのだ、という疑問が浮かぶ。今時連絡を取るとしたら、電話よりまずメールだろう。特に海外とは……何しろ金がかからない。しかし、中原はそもそも、中国語が喋れるのだろうか。

「この件で、もう少し詳しい情報が分かりますか？　どこへかけていたとか……会社の方で通話の管理をしていたなら、相手先の電話番号なんかは分かりますよね」

「ええ」佐緒里の表情が強張る。

「まずいですか？」

「いえ……総務に確認します」

「助かります」

「私から話が出たことは——」

「それはもちろん、内密にしておきます」

佐緒里がほっと吐息を吐いた。表情が緩んで笑みが戻り、コーヒーを一口飲む。

「それにしても今、会社の方は大変なんじゃないですか？」

「広報は確かに、いろいろ面倒ですけど……」

「仕事本体の方も。大事なプロジェクトのキャップだった中原さんが亡くなって、これからどうなるんでしょうね」

「それは心配ないと思います」佐緒里が真顔になった。「研究はかなり進んでいましたから、多少予定が遅れることはあっても、完全に駄目になるようなことはないですね。それに……」

「それに？」大友は小さなテーブルの上に身を乗り出した。佐緒里は動こうとしない。刑事に、こんな風にされると、引いてしまう人は少なくないのだが。動じない、堂々とした態度は、かえって大友を困惑させた。

「あの、こんなこと言っていいのかどうか」

「どうぞ、何でも言って下さい」大友は彼女に向かって右手を差し向けた。「ここだけの話にします」

「警察は――マスコミもですけど、中原さんを過大評価し過ぎじゃないでしょうか」

「そうですか？」

「だって中原さん、研究者としてはそんなにすごい人じゃないですよ」

大友は顎を撫でた。普段より少しだけゆっくり寝て、髭を剃った時間も遅かったので、まだつるつるしている。

「そうなんですか？」

「そうです」やけに力をこめて、佐緒里がうなずいた。「だからさっき、大友さんが『エース』って言われた時、すごい違和感がありました」

「研究所の方で話を聴いた限りでは、そんな感じでしたけどね」

「でも、中原さんの研究自体が……」佐緒里が言い淀んだ。

「脇屋さんのアイディアを盗んだものかもしれないっていうことでしょう？　その話なら聴いています」

佐緒里がほっとしたように笑みを見せた。やはり、死んだ人の悪口は言いたくないのだろう。大友は彼女にうなずきかけ、コーヒーを一口飲んだ。

「残念ながら、それが本当かどうかは分かりません。言い方は悪いですけど、死人に口なし、です。一方的な言い訳になってしまいますからね」

「たぶん本当だと思います」佐緒里が小声で認めた。「とにかく傲慢な人ですから……会社では、能力が高い人よりも、勢いがある人の方が強いですよね」

「分かります。でも脇屋さんは、殺したいと思うほど中原さんを憎んでいたんでしょうか」

「私が知る限り、彼はそんなことができる人じゃありません。気が弱いんです。そもそも文句があれば、まず誰か他の人に泣きつくでしょう。それを何も言わずに、中原さんの下で仕事しているんだから……」

「いろいろと複雑な人間関係のようですね」

「たぶん」

彼女はネタ元として使える――確信した大友は、一気に畳みかけた。

「瀧本美羽さんはどうですか？　彼女も、中原さんの指示でプロジェクトから外され、恨んでいたと聴いています」

「その話は、私は知りません」佐緒里が首を横に振った。「研究者というのは、我々文系の人間には理解が難しい人種なので……同僚ですけど、深いことは分からないんです。

あの、二人は容疑者なんですか？」

「現時点では何とも言えません。二人ともアリバイがありますからね」あくまで「それなりの」アリバイだが。「あまり話を広げないでもらえますか？　変な噂が立ってもまずいので」

「分かりました」佐緒里の表情が強張る。

「ありがとうございます」大友は素直に頭を下げた。彼女はこれからも、会社と僕をつなぐ橋として役にたってくれそうだ。

「あの、ところで」言いにくそうに佐緒里が切り出す。「大友鉄さん……ですよね」

「そうです」

「お見合いの……」

「ああ」苦笑しつつ、どこか胸のざわめきを感じながら大友はうなずいた。「知ってたんですか」

「お話は伺いました。お名前も」

「写真はまだでしたか？　僕はいただいてましたけど」

「何か、すみません。私が希望していたわけじゃないんですけど、母が……」

「そう聞いています。うちの義母もお節介でしてね」

「何か……変な感じですよね」佐緒里が苦笑する。「すみません、変な意味じゃないんですけど」

「偶然にもほどがあります」

「本当に……」

煙草臭い店の中に、ふいに柔らかい空気が流れた。こんな風に身構えず話すのは、いつ以来だろう。だが、これに流されてはいけない、と身を引き締める。彼女はあくまで「ネタ元」、これから仕事でかかわる人間だ。私生活と混同したらろくなことにならない。

本当は、聞いてみたいこともあった。離婚した原因は何なのか、本気で再婚する気はあるのか。子どもの扱いには慣れているのか。

まさか。気が早過ぎる。大友はかすかに首を振って、この話にけじめをつけることにした。

「義母から、あなたとの見合いの話が来たのは事実です。でも今のところ私は、見合いをするつもりはありません」

「そうですか」佐緒里は淡々としていた。感情の揺れは一切見えない。「あまり気にしないで下さい」

「分かりました」だったらどうして、ちゃんと着物まで着て見合い写真を撮ったのだろう。職業柄、少しでも不自然に思える人の行動については疑問に思ってしまうのだが、それは口に出さないことにした。聞けば、どうしても深入りしてしまう。

「何か、変な感じなんですけど、その話、なかったことにしてもらってもいいですか？　こういうことがあると……ちょっと分けて考えないといけないでしょう」佐緒里が右の掌を立てて、上から下へすっと下ろした。

「仰る通りです。あなたには、これからも話を聴かないといけない場面が出てくると思います。公の仕事と私生活を混同させたらいけませんからね」

「私もそう思います」

「仕事の面では、これからも協力していただけますか？」

「ええ……まあ、大丈夫です」あまり大丈夫そうではない口調だった。

「あなたがどんな情報を持ってきても、会社には漏れないように気をつけますから」

「あ、あまり気にしないで下さい」佐緒里がさらっとした口調で言った。「私、会社に対して、それほど忠誠心を持ってるわけではないですから。お金を稼ぐ場所だと割り切っています。給料はいいんですよ、うちの会社」

「仕事を生き甲斐にしているわけじゃないんですか」

「違いますね」

「だったら、何が？」

「さあ、何でしょう？」佐緒里が首を傾げる。それまでのしっかりした印象が一気に覆るほど、少女の可愛らしさを感じさせる仕草だった。

2

胸に温かいものを抱えたまま、佐緒里と別れる。

自分の気持ちを冷静に分析することなどできないし、する必要もないのだが、こういうのは別に悪いことではないと思う。感じのいい人との出会い——それは、人生における幸運の一つなのだから。もちろん仕事だから、個人的な感情は押し潰さねばならないが、仕事はいつかは終わる。そうしたら……駄目だ、余計なことを考えていては。

ただ感じがいいというだけではなく、どうしても彼女に菜緒の面影を感じてしまう。世の中には素晴らしい人、魅力的な人はいくらでもいるのだが、菜緒は一人だけだ。

佐緒里は、菜緒に瓜二つというわけではなかった。本人に直接会うと、むしろ違いが目立ったぐらいだが……菜緒の方がもう少し凜とした顔立ちで、背も高かった。いかにも若い頃必死でスポーツに打ちこみ、今も現役、という雰囲気を漂わせていた。一方佐緒里がまとう空気は、もう少し柔らかい。彼女は何かスポーツをやっているのだろうか。それとも他に打ちこめる趣味があるのか。

いい加減にしよう。思わず苦笑してしまった。頭を冷やさないと……一度外に出て、寒風に吹かれることにした。新橋経由でゆりかもめを使い、台場署に戻ることにする。たまには、レインボーブリッジを眺めながら行くのもいいだろう。

丸の内付近は、この十年ほどで大きくその表情を変えた。オアゾ、新しい丸ビルが建ち、東京駅も雰囲気はそのままに綺麗にリニューアルされて、古い顔を残しつつ清潔な雰囲気に生まれ変わっている。特に丸の内仲通りは広々として歩きやすく、高級なブティックなども集まっていて、歩くだけで気分のいい通りになっていた。佐緒里の会社の入っているビルは、まさに仲通りに面しているので、東京駅へ戻るだけで散歩になる。冬の風は厳しいが、むしろ心地好いぐらいだった。

多少なりとも手がかりらしいものが得られたからという充足感のせいもある。中国への電話……通話記録が取れれば、そこから追跡していく手段はある。ただ、話が大きく広がる可能性があるのは怖くもあった。事件が海外まで及ぶと、追跡の手が途中で途切れる恐れもある。

ふと、背筋に冷たいものが走った。

尾行されている、と確信する。振り返らず、ペースを変えずに歩き続けた。どうするか……大友は、今歩いているビルの全面がガラス張りになっていて、自分の姿が映っているのに気づいた。取り敢えず、素早く横を見てみる。左右とも視力一・五の大友は、数メートル後ろまでが確実に視界に入るのだが、怪しい気配を放っている人間はいないようだ。見えるのは二人連れの女性会社員、三歳ぐらいの男の子の手を引っ張る若い母親、ノルマに追われて死にそうになっているようにしか見えない二十代のサラリーマンぐらいである。

斜め後ろかもしれない。真後ろではなく、道路の反対側から監視しつつ尾行するのは、刑事が最初に教わるテクニックだ。ちらりと右手の方を見てみたが、やはりそれらしい人間は見当たらない。気のせい……そう思いこもうとしたが、背中に張りつく嫌な感覚は消えない。

意識して足取りを変えず、大友は丸ビルに入った。トイレは……確か一階にはなかったはずだ。地下一階まで降りてすぐにトイレを見つけ、個室にこもって静かに深呼吸を繰り返す。どうするか。もしも誰かと一緒なら、逆尾行してもらう手があるが、今は自分一人である。助けを呼ぶ暇もない。この辺だと千代田署が一番近いのだが、無理を聞いてもらえる知り合いもいなかった。

仕方ない。大友は手鏡を取り出し、髪の分け目を変えた。それだけでは中途半端な感じがしたので、いつも持ち歩いているワックスを取り出し、完全にオールバックに撫でつけてしまう。それに眼鏡を合わせると、かなり印象が違って見えるはずだ。今日はリバーシブルのコートではないので、思い切って脱いでしまう。山手線のホームに立った瞬間に凍えるだろうが、そこは我慢だ。

二つ持ち歩いている眼鏡のうち、わずかに色が入った方をかける。オールバックの髪型と合わせて、少し怪しい人間にも見えるが、その方がイメージが変わっていい。

トイレを出て、周囲を見回す。先ほどからずっと「待っていた」人間はいない。あるいは、複数の人間で尾行している可能性もあるが。

地下一階から再び地下街に出て、東京駅に入る。バッグから手鏡を取り出していたので、それを使って後ろを確認する。

トイレには近づかず、ずっと外で待っていたのだろう。ごく普通の、特徴のない男だった——ただし目つきが鋭いので、何か意図を持った人間だと分かる。年の頃、三十代半ば。ちらりとこちらに目を向けたので、急いで手鏡を下ろした。尾行の基本は分かっていても、実践には生かせていないようだ。尾行中は、相手の背中を見てはいけない。見るのは靴だ。何故なら、歩いている途中で靴を履き替える人間はいないから——昔先輩から教わった教訓を思い出す。しかし相手は、僕の背中を凝視している。それに、あまりにも気負っていて、強い「気」を発し過ぎているのも気になった。あれでは、「気づいて下さい」と言わんばかりである。

男は、大友の左斜め後ろに位置取りしている。もう一人いるとしたら、真後ろか右斜め後ろだろう。まあ、この場では放っておこう。今は取り敢えず、台場署に逃げこんでしまうのが一番安全だ。まさか警察の中にまでは入って来られないだろう。今度署を出る時に、誰かに逆尾行してもらえばいい。

山手線に乗ると気配が消えた。電車に乗るのは、尾行を交代するいいタイミングなのだが、誰かがいる気配そのものが消えてしまった。ここまでだったのか……だとしたら意味が分からない。あるいは、大友が気づかないほどの尾行の名人に交代したのかもしれないが。

新橋まで出てゆりかもめに乗り換える。六両編成の一番後ろの車両に乗り、ずっと周囲に注意を払っていたので、結局レインボーブリッジの景色を楽しむ余裕などなかった。

途中、ぐるりと三百六十度回転するところでも、かすかな遠心力を感じながら警戒を怠らない。

疲れただけだった。気配は完全に消えており、相手はどこかで尾行を諦めたのだろう、と結論づける。署に戻って敦美に打ち明けると、いきなり笑われた。

「笑う話じゃないと思うけど」

むっとして反論すると、敦美が唇を引き結ぶ。

「ごめん。ま、テツの勘は馬鹿にしたものじゃないけどね」

「今夜、ちょっとつき合ってくれないか？」

「護衛？」

「逆尾行。何もなければそれに越したことはないけど、家まで誰かを誘導するようなことは避けたいんだ」

「ああ、優斗君が心配だもんね」

「弱点は摑まれたくないから」

「分かった。それより、瀧本美羽と脇屋拓の監視、解除されたから」

「どうして」

思わず敦美に詰め寄る。敦美は両手を広げて、大友の動きを制した。

「成果がないから。周辺捜査は続けるし、必要に応じて事情聴取もするけど、二十四時間体制の監視は、ひとまずストップ」

「そうか……」

「そっちはどう？　誰かいいネタ元は摑めた？」

「その件、永橋さんに報告するから一緒に聞いてくれないか」

「いいわよ」

大友は、先ほど佐緒里から聴いた情報を報告した。

「中国か……」永橋が唸るように言って腕組みをした。

「相手の電話番号を割り出せば、何か分かるでしょう――」ワイシャツの胸ポケットに入れた携帯電話が震える。メールの着信だ。取り出すと、早くも佐緒里が連絡をくれたのが分かった。こちらから確認するつもりでいたが、彼女が気を利かせてくれたらしい。

「ちょうど今、電話番号が分かりました。組対二課に探りを入れてもらいますか？」現在、国際犯罪の対応は、組織犯罪対策部の第二課が担当している。

「そうだな。この特捜本部には、中国語に詳しい人間はいそうにないし。俺から連絡を回しておくから、電話番号だけ教えてくれ」

大友は手帳に電話番号を書き写し、ページを破り取った。

「ここへ電話したのは二回、だそうです。十月十五日午後十一時五分から三分間、それと十一月二十一日午前零時七分から二分間」

「短いな」

「ええ」その指摘が、大友の疑念を高めた。仮に友人と話したなら、もう少し長い時間がかかったのではないだろうか。数分――仕事の用件を淡々と話し、あっさり切ったような印象がある。「メールのチェックはできないですかね」

「やってるんだが、あまりにも膨大でね」永橋が顔をしかめた。「自宅のパソコンや携帯電話も解析しているが、まだ全部は分析しきれていない。暗号化されている部分もある」

「その中で、中国人相手のメールはあったんですか？」

「そういう話は聴いていないが、そこだけ集中して分析を急がせよう。少なくとも、中国語のメールがあれば、すぐに分かるはずだ」永橋が受話器に手を乗せたが、すぐには取り上げなかった。「そもそも中原は、中国語が使えたのか？」

「どうでしょう？　でも、相手が研究者だったら、中国語じゃなくて英語で話すのが普通じゃないですか」

「チェックしますよ」

敦美がその場を離れた。どこかへ電話をかけ始めたので、大友たちは無言で報告を待った。ほどなく敦美が、首を振りながら戻って来る。

「社内の人に話を聴きましたけど、中国語は話せないそうです。ビジネス英語なら、何とかこなせるようですが」

「念のため、もう少し詳しく調べてくれ」

「分かりました」

敦美が去って行ったのを機に、大友は先ほどの尾行の件を話した。敦美と違って、永橋は笑い飛ばすこともなく、真顔で報告を受けた。

「間違いないか?」

「確証はありませんが……」

「お前、何か思い当たる節はないのか? この特捜のことだけじゃなくて、他の事件の関係とか、プライベートな問題とか」

「特にないですね」

他の犯罪者——自分がかつて刑務所に送った人間かもしれないと考えたが、こちらにも心当たりはなかった。大友は、自分が逮捕した人間、取り調べた人間に関しては、後々丁寧にフォローしている。恨みをもたれるかどうかが問題ではなく、自分が上手くやれたかが気になるからだ。取り調べで心を通わせ、裁判になる前に相手を完全に改心させることができたか——それができなければ、取り調べを担当する価値はない。事件の筋を組み立てるだけが取り調べではないのだ。少なくとも今までは、失敗していないという自負があった。起訴のタイミングで捨て台詞を吐かれたことは、一度もない。裁判の経過を見ても、急に証言を翻して無罪を訴えたり、取り調べの過程にクレームをつけた人間もいなかった。

もちろん、今まで生きてきて、誰からも恨まれていないことなどはないだろうが……尾行されるような覚えはない。となると、今回の事件に何か関係しているとしか思えないのだが。

「特徴は？」

「特徴がないのが特徴でしたね」

「ここへ来る間にもつけられたか？」

「いなかったと思います」

「まあ、それなら危ないことはないと思うが、気をつけてくれ」

「それで一つご相談なんですが、今日、ちょっと早く引き上げてもいいですか？　高畑に逆尾行をお願いしてあります。あくまで念のためですが、息子が家で一人でいるので、心配なんです」

「いいよ。まあ……早く引き上げていいと許可するのは、特捜本部としては情けない話だけどな。仕事に追われるぐらいでちょうどいいんだが」永橋が自嘲気味に言った。

「申し訳ありません、力が及ばずに……」

「お前だけの問題じゃないよ。俺はどうも、この事件が気に食わない……普通、もう少し手がかりが出てきてもおかしくないんだがな。この件に関してはさっぱりだ。どういうことなんだろう」

「被害者に、別の顔があった可能性はないでしょうか」

「別の顔？」永橋が眉根を寄せた。「どういう意味だ」

「会社に勤める人が殺されたら、我々はまず二つの顔を見ます。会社での顔と、家庭での顔と。でも、それ以外の顔があってもおかしくないですよね。趣味の仲間との関係とか、あるいはサイドビジネスとか」

「中国の件も、そういうことだと言うのか？」

「可能性はあります。単なる趣味とか友人関係ということかもしれませんが、外国人が相手になると、トラブルも起きがちですよね」

「そうだな」

「だから、もう一つ別の顔がなかったか、もっと突っこんで調べてみる必要があります」

「分かった。ただ俺は、やはり会社の方が気になるな。中原を軸にして、あの会社の中がぐずぐずしていたのは間違いないんだから」

「それは……そうですね」

「お前も、当面は会社の方の情報収集を中心にやってくれ。中原個人の三つ目の顔については、担当している連中に伝えておく……しかし、電話の話も当てにならないな」

「そうですか？」大友は首を捻った。

「通話の内容は分からないから、相手を割っても、そこからまた一歩ずつ話を進める必要がある。何とももどかしいんだよ」

確かに。しかし、実際にはそうやって一歩ずつ進めていくしかないのだ。

「こちらは方針通りに進めます」

「頼む……そうそう、後山参事官によろしくな」

大友は踵を返しかけたが、一瞬止まって永橋の顔をちらりと見た。何でいきなり後山の名前を出した？　キャリアに媚を売っても、いいことは何もない。しかし彼は既に顔を伏せてしまっていて、表情——そして本音を窺い知ることはできなかった。


大友はできるだけ、尾行者の存在を意識しないようにした。実際には、早めに出たので帰りはちょうど帰宅ラッシュにぶつかり、満員電車の中で周囲に気を配る余裕もなかったのだが。

まだ夕暮れの気配が少しだけ残っている。普通の時間に帰るのはいつ以来か……定時に引き上げるよりは少し遅いのだが、それでも日常が戻ってきた感じはしている。

帰り際に買い物をする時、大友はいつも少し回り道をしなければならない。駅ビルの地下にあるスーパーを使うのが一番便利なのだが、ここはやたらと高い。もう一軒、駅前にもスーパーがあるのだが、そこへ行くのは回り道だ。結果、家までのルートを少し通り過ぎた場所にあるスーパーに行くことになる。普段は決して面倒ではないのだが、今日は気持ちが急いた。

ご飯は優斗が用意してくれることになっている。これは別に難しくない——炊飯器が全部やってくれるし、家庭科の授業で米の炊き方も習った——ので、最近は優斗に任せてしまうことも多くなった。実際、米さえ炊けていれば日本人の食事は何とかなるものである。

スーパーの前で家に電話を入れ、優斗に確認した。

「ご飯は大丈夫か？」

「うん……あと十分ぐらいで炊ける」

「これからスーパーに寄って帰るから……なあ、今夜、お客さんがいてもいいかな」

「え？　あの人？」優斗が急に勢いづいた。「もしかしたら、この前のお見合いの人？」

「違うよ」苦笑しながら、しかし今日、自分は佐緒里に会ったのだ、と思い出す。このことを優斗に話すべきかどうか……話す必要はないだろう。見合いの話になると、優斗は急に調子に乗るのだ。やはり母親が欲しいのだろうか。「高畑敦美。覚えてるだろう？　パパの同期だ」

「覚えてるよ。どうしたの？」

「ちょっと仕事を手伝ってもらったんで、そのお礼」

さて、時間がない時の夕飯はどうするか——すき焼きだ、とぱっと思いつく。大友はいつも菜緒のレシピを思い出しながら作っているのだが、亡き妻が作ったすき焼きは、具材が少なく、シンプルの極みだった。優斗が産まれる前は、それこそ牛肉と葱だけ。優斗が食べられるようになると、さすがに栄養バランスを考えて他の野菜を加えるようになったが、大友にしてもシンプルな「牛鍋」の方が菜緒の味、という感じがした。それ故最近は、最小限の材料で作ることにしている。

敦美はな……酒は呑むが、あまり食べない印象がある。基本、アルコールだけあれば、つまみはいらないタイプなのだ。極論を言えば、塩だけ舐めていればいい。ただ、今日はそんなに呑まないだろうし……冷蔵庫のビールだけで十分だ。ウィスキーはどこかにあったはずだが、呑み始めると長っ尻になるだろう。それも少し……お互いのためによくない。よし、今日は思い切って、食事に専念してもらおう。

大友は野菜と肉を次々と籠に突っこみ、会計を済ませた。敦美の姿は見当たらない。体は大きいのに、その気になれば完璧に気配を消せる女性だ。しかし、結局僕の勘違いだったかもしれないな……会計を済ませながら、大友は反省した。勘が鈍っているのか、逆に神経質になり過ぎているのか。

店を出て、敦美へメールを送った。「僕が家に入って十分したらノックを」。それぐらい余裕を見ておけば、自宅周辺のチェックも終わるだろう。

家に戻ると、ご飯は既に炊き上がっていた。鉛筆を握った優斗が、部屋――リビングを区切った一角――から出て来る。

「宿題か？」

「もう終わるよ」

「よし、じゃあ、ご飯の用意だ」

電気鍋を出し、すき焼きの準備を始める。野菜――葱と春菊だけ――を切り揃え、牛肉を皿に移す。優斗と二人の時はパックから直接鍋に入れてしまうが、今日は客がいるから少し格好をつけよう。焼き豆腐や白菜はなし。今日は菜緒譲りの牛鍋に近い感じにしたい。

牛肉を皿に並べ終えたところで、インタフォンが鳴った。

「優斗、出てくれ」

インタフォンに駆け寄った優斗が、受話器を取る。背伸びしていないことに大友は気づいた。また身長が伸びたのか。

「高畑さん」振り向いて言った。

「入ってもらって」

優斗がドアを開けた。途端に敦美の歓声が聞こえる。あんな声、出すのかよ……と大友は驚いた。まさに、子どもを可愛がる女性の反応そのものである。

「お邪魔するね」

「ああ、上がって」

敦美が玄関でブーツを脱いだ。ほっと一息ついたようで、優斗に「お土産ないんだけど、ごめんね」と声をかけた。

「全然」優斗も上機嫌だった。元々優斗は、客が好きな子どもなのだ。土産があろうがなかろうが関係ない。

敦美がキッチンに入って来た。

「すき焼き？」

「というより、牛鍋かな」

「私がやろうか」

「駄目」大友は菜箸を左右に振った。「君は関西の人だから、砂糖で真っ白にするんだろう？　あれはあり得ないから」

「普通だと思うけど」

「今日は関東流の牛鍋を楽しんでくれ」

言葉を切り、そっと目配せする。敦美は無言で首を横に振った。誰も跡をつけていない。大友は大きく息を吐き出し、緊張を少しだけ溶かした。やはり自分の勘違いだったか……。

「とにかく、食事にしようか」

「ビール、ある？」

「冷蔵庫。勝手に取ってくれ」

敦美が缶ビールを取り出すと、優斗が食器入れからすかさずグラスを持ってきた。

「優斗君、何でそんなに気が利くの？」

優斗はにやりと笑うだけで、何も言わなかった。自分用にもグラスを持ってきて麦茶を注ぎ、席に着く。

大友は、割下を作りにかかっていた。鍋の中で昆布が浮いてきたところで引き上げ、沸騰直前に鰹節を大量に沈める。菜緒はこのまま少し煮立たせていたが、大友は一番出汁を取る要領で、すぐに濾してしまう。少し上品な味つけになるのだが、後で煮詰まってしまうので、これぐらいでいい。あとは醬油と味醂、少量の砂糖で味を調える。

「そんな物まで自分で作ってるの？」

「市販の割下は、二人だと絶対に余るんだよ。もったいないじゃないか」

「毎回作るの、大変じゃない」

「でも、すき焼きなんて年に何度もやらないし」

大友は牛脂を鍋に落とし、菜箸でぐるぐると回した。肉を入れ、表面に肉汁が滲み出てきたところで、割下を入れる。

「どうぞ。もう食べられるから」

「これだけ？　他の物は？」敦美が不思議そうな表情を浮かべる。

「これが大友家流」優斗が笑いながら言った。

「そういうこと。おっと、優斗、卵を出してくれないか」

優斗が冷蔵庫を開け、卵を三つ持ってきた。それぞれ自分の器に割り入れる。暖かな湯気が立ち上り、大友はささくれていた心が久しぶりに和むのを感じた。

「まあ……関東風もありかもね」肉を食べた敦美が渋々認める。

「関東風というより、大友風かもしれないけど」

「どっちにしても、美味しいわ」

完全に食べ終えたところで、後は肉と葱、それから肉と春菊の組み合わせで食べる。

最後は少し火を強め、肉と葱にしっかり味をつけて煮こむ。これをご飯にかけて牛丼にしてしまうのがいつもの締めだった。

「何か、久しぶりに家でご飯食べたわ」敦美が満足そうに言って、グラスの底に残ったビールを飲み干した。

「たまには自炊ぐらいしないと」

「そんな暇、ないわよ」

「ごもっとも……お茶を淹れるよ」

「どうも」

　大友が三人分のお茶を用意している間、敦美は優斗と話していた。小学校の高学年にもなると、普通に大人と話ができるものだ、と感心する。そうなんだよな、こういう機会はもっと作らないといけない……かといって、どうすればいいかは分からなかったが。

　敦美は長居を避けた。お茶を飲み終えると、すぐに席を立つ。

「私から連絡しておくから」永橋に、という台詞を省略する。優斗には仕事の話を聴かせない方がいい、という判断だ。

「頼む」大友としても、家の中でこそこそ電話をかけて、優斗を心配させたくなかった。

優斗は敏感で、ちょっとした言葉の端々から異変に気づくのだ。

　敦美を送り出し、大友は食卓を片づけ始めた。優斗も手伝ってくれる。しかも笑顔で——最近、むっつりした顔ばかり見ている気がしたので、大友としてはほっとするばかりだった。

「何で急に高畑さんを呼んだの？」優斗が訊ねる。

「一人で食事するのは寂しそうだと思ったからさ」

「水沼さんかと思った」

「まさか」

「いつの間にか見合いしたのかなって」

「そんな暇はなかったよ」

「見合いの時って、僕も行くのかな」

「いや……それはどうかな」瘤つきで見合い？　洒落にならない。しかし、佐緒里はどんな反応を示すだろう。案外面白がって……いやいや、そんなことはないはずだ。

携帯電話が鳴り出した。

「優斗、ちょっと出てくれないか」大友の両手は洗剤の泡で真っ白だった。

優斗が、ダイニングテーブルに置かれた大友の携帯を手にした。相手の声を聞くと、怪訝そうに大友に顔を向ける。

「高畑さんだけど」

「ちょっと……持ってきてくれ」

大友が屈みこむと、優斗が携帯を耳に押し当てた。

「どうした？」

「今、出て来られる？」ひどく切迫した声だった。

「どこにいる？」

「あなたの家から百メートルぐらい駅の方へ行った辺り」いきなり電話が切れた。

それだけの説明で分かる訳がない……この辺の道路は、少し歪んでいるものの碁盤の目のようになっており、駅へ向かう道は何本もあるのだ。しかし、敦美の様子は普通ではなかった。

「優斗、ちょっと出て来るから」

「どうしたの？」

「ちょっとな……絶対外へ出るなよ。戸締りもちゃんとしておくんだ」

「いつもちゃんとしてるけど」優斗が怪訝そうな表情を浮かべる。

「じゃあ、頼む」一瞬、地元の所轄に応援を頼むべきかと思った。パトカーを走らせておくだけで、十分な抑止力になる。しかし何が起きたのか分からない以上、その要請はやり過ぎだと思えた。

大友はコートを引っつかみ、外へ出た。どこへ……取り敢えず家の前の道路を駅の方へ走り出した。コートを着る間もない。寒風が体を突き抜ける勢いで吹きつけたが、頭に血が昇っているので、寒さを感じる暇もない。

いた。敦美は電柱に体を預けるように立っている。様子がおかしい……うつむいて、アスファルトを見下ろしていた。

「高畑！」

大声で呼びかけると、敦美が顔を上げて手を振った。街灯は暗いので表情までは見えないが、いつもと様子が違う。普段は立っているだけでエネルギーを感じさせるのだが、今は疲れ切って、電柱を支えに、辛うじて立っている感じだった。

「どうした」

「失敗」

敦美は額に手を当てていた。見ると、細く流れ出た血が、手の甲を汚している。

「怪我してるじゃないか。何があったんだ？」

「あなたの家を見張っていた男がいたのよ」

3

一瞬のパニックの後、大友は自分を取り戻した。敦美は歩けないほどのダメージは受けていなかったので、取り敢えず家まで連れて帰る。この後所轄に行かなければならない……しかし優斗を置いていけないので、二人を車に乗せて署に向かった。優斗は、敦美が怪我しているのを見て目を見開いたが、それ以上の反応は示さない。それで少しだけほっとして、大友は思い切りアクセルを踏んだ。真っ赤なアルファロメオの１４７——菜緒が愛した車だ。

署に着くと、正面入り口の近くに車を乗り捨て、敦美に手を貸して中へ飛びこむ。振り向き、遅れて来た優斗に「離れるなよ」と声をかけた。優斗が蒼い顔でうなずく。やはり怖がっている……冗談じゃないぞ、と大友は怒りがこみ上げるのを感じた。

当直の連中に話を通し、敦美の手当を任せた。その間、二人きりになると、優斗が急に不安そうな表情を浮かべる。

「何があったの？」

「分からない。まだ詳しい話を聴いてないんだ」

「大丈夫かな」

「それは……大丈夫だろう。彼女は頭蓋骨が硬いから」

優斗がうなずいたが、不安の色は抜けなかった。それはそうだろう。いきなり家に血だらけの女性を担ぎこめば、表向きはどうであれ、動転しない子どもはいない。大友自身も同じだった。自宅が危ないと意識すると心がざわつく。優斗を聖子の家に預けて、とも思ったが、それでは聖子も危険に巻きこむことになる。まさか、特捜本部のある台場署まで優斗を連れて出勤するわけにはいかないし。

大友は、自動販売機で優斗にココアを買ってやった。普段はこういう甘ったるい飲み物を与えることはないのだが、今夜は特別だ。甘い物は、気持ちを落ち着かせてくれる。だが、一口飲んだ優斗は、渋い表情で舌を突き出した。

「どうした」

「甘過ぎ」

「そうか」

会話が滑らかにならない。ようやく敦美が奥から戻って来た時には、ほっとしたぐらいである。大友は彼女に駆け寄り、「大丈夫か」と声をかけた。

「大丈夫じゃないわよ」憮然とした声で敦美が言い放ち、ちらりと斜め下を見た。顔をしかめて、自分のコートの襟に視線を落としている。濃いベージュ色の襟に、細かい血痕がいくつも散っていた。「まったく……下ろしたてなんだけど」

「あー、血の染み抜きは、そんなに難しくないよ。ついたばかりなら、中性洗剤で十分落ちる。僕がやろうか？」

「そういう問題じゃないの」敦美が冷たい目で大友を睨んだ。「探し出してぼこぼこにしてやる」

「まあまあ」これだけ元気なら、体の方は問題ないだろう、と大友は思った。むしろ犯人に同情する。何のつもりか知らないが、さっさとどこかへ逃げるか、身を隠しているべきだ。彼女に目をつけられたら、ぼこぼこにされるだけでは済まない。

敦美の怪我は、額の生え際だった。赤黒い痣《あざ》になって少し腫れ始めてもいる。大きな絆創膏を張りつけてあったのだが、端の方が髪にかかり、めくれてしまっていた。包帯を使った方がいいのだが、署には用意がなかったのだろう。

「で、怪我の具合は？」

「大したことないわ。切れてるのは一センチぐらいで、跡も残らないでしょう」

「よかった。嫁入り前の大事な体だからね」

敦美がまた大友を睨みつけた。大友は思わず身がすくむのを意識しながら、今日はどうにもリズムがずれている、と反省した。

しかし、敦美がこんなに簡単に傷つけられるのは意外だった。たいていの男は腕力で圧倒してしまうタイプなのに。

「で、どういう状況だったんだ」ロビーのベンチに彼女を座らせながら、大友は訊ねた。

「ちょっと待って」

敦美が目を閉じ、天を仰いだ。襲撃から数十分しか経っておらず、まだ状況を整理できないのだろう。優斗が近づいて来て、大友のコートの袖を引いた。顔を見ると、無言で右手を差し出す。そういうことか——と財布を渡した。優斗は先ほどココアを買った自販機のところまで歩いて行くと、スポーツドリンクを買って戻って来た。敦美の正面に回りこむと、両手を伸ばしてペットボトルを差し出す。敦美は依然として目を瞑っていて気づかない。優斗はペットボトルをそっと彼女の膝に置いた。冷たさと重さで、敦美がはっと目を開ける。

「え？　買って来てくれたの？」

優斗がうなずくと、敦美はこれ以上ない満面の笑みを浮かべてペットボトルを受け取った。手を伸ばしたのは、優斗の頭を撫でようとしたのだろうが、慌てて引っこめる。

もう、そういうことをされて喜ぶ年ではないと分かっているのだ。

さっそくキャップを捻り取り、ボトルを垂直に立てる勢いで豪快に飲み始める。一気に半分ほどが空いた。顎を濡らしたドリンクを拳で拭うと、きっちりキャップを締めてから、体を大友の方に向けた。

「あなたの家を出てすぐ、電柱の陰で監視している男に気づいたの。向こうも気づいた。逃げ出したから追いかけて、追いついた瞬間に、ガツン……」

「素手で君が負けるとは思えないんだけど」

「素手じゃないわよ。あれはブラックジャックね、多分」

「まさか」大友は首を振った。そういう鈍器——手軽な武器が存在することは大友も知っている。本来は、細い革袋などにコインを詰めたものだが、欧米では普通に販売もされているようだ。その場合は、やはり細い皮ケースの中にバネと鉛や鉄の球を仕こみ、バネの動きを利用して、小さなアクションで相手にそれなりのダメージを与えることができる。それほど大きくも重くもなく、持ち運びにも便利——ということは分かっていたが、大友は一度も生で見たことがなかった。それが凶器に使われた事件も扱ったことがない。

「とにかく、細長くてそれなりに重みのある武器だった。バックステップしてよけたんだけど、ここをやられたわけ」敦美が絆創膏を指差した。先ほどよりも腫れが大きくなっている。「私もたるんでるわね」

「痛みは？」

「大したことはないわよ……今は」

「その時はひどかった？」

「まあね……しゃがみこむぐらいは」

彼女が一時的にも戦意を喪失するぐらいだから、実際にはかなりの衝撃だっただろう。僕だったら、今頃路上で伸びていたかもしれない。

「でも、やられっ放しじゃないけど」

「と言うと？」

「写真、撮ったから」

敦美がスマートフォンを取り出す。かすかに震える指先で操作して画面を呼び出すと、逃げ去る男の姿が確かに写っていた。

「どうかな」

「かなり暗いし小さいけど、これはいい写真だよ」

「何で」

「こっちを向いてる」

「やっぱりね」敦美が得意気な笑みを浮かべる。「一瞬こっちを見たタイミングと、シャッターを押したタイミングがばっちりだったのよ」

「鑑識に頼めば、もう少し鮮明にできるかもしれない……それより、どうする」大友はカウンター越しに、警務課に目をやった。小声で話していたのだが、当直の連中は聞き耳を立てていたはずだ。だいたい、捜査一課の刑事がいきなり血塗れで運びこまれてきたのだから、放っておくわけがない。

「困ったね」敦美が顔をしかめた。

「君は嫌かもしれないけど、これは事件にしよう」

「どうして」

「僕は、家を守らないといけないから」

「ああ、そうか」納得した様子で敦美がうなずいた。

事件になれば、警察は大友の自宅周辺を警戒する。その分犯人は家に、そして優斗に近づきにくくなるはずだ。ついでにマスコミにも情報を流そう。少し事情を伏せれば、「刑事が通り魔被害に遭った」ということになる。敦美が納得するかどうかはともかく、そういう事情ならマスコミもニュースとして取り上げるだろう。それを知った犯人は失敗を悟り、大友たちを狙わなくなる。

面倒な話だ。そもそも自分たちでは決められない。こういう時、後山ならどんな対策を立てるだろう。普段、滅茶苦茶な指示を出してくるだけなのだから、こういう時にこそキャリアらしい知恵を絞ってもらいたいものだが……あまり期待してはいけない、と大友は自分を戒めた。自分の身は自分で守るのが基本である。

「とにかく、所轄にはきちんと話をしよう」

「分かった」

「同じ話の繰り返しになって悪いけど」

「そういうのは慣れてるわよ」敦美が何とか笑みを浮かべる。「さっさと済ませましょう。他にもやることがたくさんあるし」

「特捜にも連絡しないと」大友は携帯を取り出した。側を離れないように、と優斗に目配せする。敦美が警務課に消えたのを見届けてから、大友はホールで立ったまま電話をかけ始めた。

まだ特捜本部に残っていた永橋は、電話の向こうで凍りついた。返事がないのが心配になって、「係長？」と呼びかけると、ようやく再起動する。

「ああ、すまん……クソ、高畑をあしらうなんて、どんな人間なんだ？」彼女の強さは、永橋もよく知っているようだ。

「偶然だと思います。向こうは武器を持っていただけで、基本的には素人なんじゃないですかね」

「どうして」

「人の家を張る時に、車も使わないのはおかしいでしょう。電柱の陰に立っていたら、かえって目立ちます」

「まあ、そうだな」

「チンピラの類じゃないんですかね」

「お前、本当に何も心当たりはないのか？」

「ないです」やけにしつこく念押しするような永橋の言い方が癪に障った。

「本当に？」永橋はまだ引かなかった。「女性問題とかで、変なトラブルを起こしてないだろうな」

「係長、私のことを何だと思ってるんですか」

「いや……」後味悪そうに、永橋が口をつぐむ。さすがに無責任に言い過ぎだ、と思ったのだろう。

「一つ、お願いがあります」

「何だ」

「これで終わったかどうか、分からないじゃないですか」

「ああ」

「私のことはともかく、息子が心配なんです。昼間は一人ですから」

「分かるが……誰か、面倒を見てくれる人はいないのか」

「近くに義母が住んでいますけど、巻きこみたくないんですよ」

「ちょっと時間をくれ。だが、割ける人手に限りはある。最後はお前が自分で守るしかないぞ」

「それだと、仕事ができなくなります」

「仕事と家族とどっちが大事だ？」

どちらも。大友にとっては自明の理である。かつては、そう言いながらも優斗の方にウエイトがかかっていたが、息子が成長するに連れ、やはり仕事のことを考える時間が増えてきている。ただ、こうなると事情は別だ。まず優斗の安全を確保しないと、安心して仕事もできない。

「とにかく対策は立てるが、お前の方でもちゃんと考えておいてくれよ。監視されるような理由があるのかどうか」

ない、と現時点で言い切るのは簡単だが、大友は「分かりました」と素直に言った。実際、人はどこで恨みを買っているか分からない。こちらは何とも思っていなくても、相手は殺したいほど憎んでいる、ということもあり得るのだ。だから何も否定しない。できない。

電話を切り、ベンチに座っている優斗に声をかけた。

「もう少し大丈夫か？」

「うん、別に」暇を持て余しているのか、爪を弄《いじ》っている。顔を上げようともせずに答えた。これは不機嫌ではなく、疲れて眠くなっているのだ、と分かった。普段なら、そろそろ風呂に入って寝る準備、という時間である。

「ここで寝ててもいいぞ」少なくとも警察署の中は安全だ。

「大丈夫」笑って言ったが、やはり元気はない。

大友も優斗の横に腰を下ろした。しばらく、やることがない。敦美は一人でもきっちり説明できるはずで、大友の証言が必要ということでもないだろう。となると、僕がやるべきは考えること……どうして自分が尾行・監視されているか推理することだ。しかしすぐに、「何もない」と結論が出てしまう。思い当たる節が何もないのだ。

参ったな……冷たい壁に背中を預ける。時々人の出入りがあって寒風が吹きこみ、その度に意識が鮮明になるのだが、やはり何も思い浮かばない。一つだけ可能性があるとすれば、今やっている捜査に関連して、「誰かの」「痛いポイント」を突いてしまったかもしれない、ということだ。しかし自分が、それほど際どい状況に足を突っこんでいるとは思えない。

電話が鳴った。後山……もう情報が入ったのか？　彼が優秀かどうかは分からないが、情報収集能力に関しては一目置かざるを得ない。昔なら「早耳」と呼ばれるタイプだ。

「警戒要員を手配しました」

「いくら何でもちょっと早くないですか？」事情を何も話さずにいきなり切り出してきたので驚く。

「私も、こういう時ぐらいは役に立つところを見せたいですからね」

「それより参事官、もっと詳しい事情を知っているんじゃないですか」

「いえ」

否定の言葉が出てくるまでの一瞬の間が気になった。普段、後山との会話は、内容はともあれ、ぽんぽんと調子良く進む。無駄な間が空くことなどほとんどないのだ。そこを突っこめば、何か吐くかもしれない。だが、自分の「仮の上司」である男と対立しても、いいことはない。向こうはキャリアでもあるのだし、力の差は歴然である。話すべきタイミングだと思えば、彼の方から打ち明けるだろう。それにしても、伏せている理由が分からないが……。

もやもやは消えない。だが今は、優斗の安全だけは確保されたのだ、と自分に言い聞かせるしかなかった。

4

大友は一時期、「電話恐怖症」になっていたことがある。電話が鳴るのは決まって事件が起きた時だ。時間に関係なく呼び出され、その都度家族との時間が犠牲になってしまった。

今夜もか……ベッドサイドの小さなテーブルに乗せた携帯が鳴る。寝る時ぐらいはサイレントモードに——とも思うのだが、怖くてそれはできない。優斗を起こさないように、音量を下げておくぐらいしか対策はなかった。

満足に開かない目で着信を確認すると、「03」から始まる固定電話の番号だった。見覚えがある……特捜本部の電話だ。まさか、こんな時間に何か進展が……目覚まし時計を叩くと、ぱっと文字盤が明るくなり、午前四時半だと分かる。何かを始めるには最悪の時間だ。

通話ボタンを探って、親指で押す。耳に押し当てる前に、小さく深呼吸した。

「大友です」

「永橋だ」緊迫した低い声だった。

「係長……どうしました」

「瀧本美羽が殺された」

大友は瞬時に布団を撥ね除けた。殺された？　寝ぼけて聴き間違えたのでは……しかし永橋が「殺されたんだ」と繰り返し言ったことで、完全に目が覚めた。

「どういうことですか」

「自宅近くの路上で殺されているのが、二時間ほど前に発見された」

「状況は？」

「自宅マンション……そこはお前も知ってるな？」

「ええ」

「そこから三十メートルほど離れた路上で、ガードレールに寄りかかる感じで倒れていた。死因は刺殺……出血多量だろうな。腰を刺されていた」

「後ろから？」

「ああ。ただし、路上強盗の可能性は薄い。何も盗られていないんだ」

強盗の意図を持って人を襲っても、必ずしも金品を奪うとは限らない。目の前で人が血塗れになって苦しむ姿を見ると、急に怖くなって逃げ出してしまう、というケースはいくらでもあった。

一つの可能性が浮上した。

「脇屋拓は？」

「今、確保に向かっている」

「逮捕するんですか」

「現段階で、そこまでの容疑はない。取り敢えず引っ張って、事情を聴くだけだ」

「二人が共謀して中原を殺した可能性は……」

「否定はできないな」

中原を殺したのは、彼に個人的な恨みを持っていたこの二人——一緒に口をつぐんでいたとしても、何かのきっかけで仲間割れすることはあり得る。決して不自然な仮定ではない、と大友は思った。

「すぐ出ますが……どこに行きましょうか」

「目黒中央署にしよう。脇屋をそこへ引っ張る」

「家、近くでしたっけ？」

「中延」

「品川じゃないですか。自宅近くの所轄じゃなくていいんですか」

「品川も目黒も、大して変わらないよ……とにかく、目黒中央署に来てくれ。状況によ

って は奴の取り調べを頼む」

「分かりました。急ぎますか？」

「焦らなくていい。まだ脇屋の身柄も押さえていないからな。せめて髭ぐらい剃ってからにしろ」

　小田急線の始発だな。頭の中でダイヤをひっくり返す。町田駅の上りの始発は四時五十五分の準急だ。その後、五時台に入ると各駅停車、急行がくる。始発の準急には間に合いそうにない。次の各停ではなく、後からくる急行に乗った方が、わずかだが早く新宿につけるはずだ。

　こんな風に何度、早朝に家を飛び出したことか。記憶をひっくり返しているだけで疲れてきた。

　素早く服を脱ぎ捨て、着替える。向こうへ着くまでネクタイは省略だ。取り敢えず顔を洗い、簡単に髭を剃って、準備ＯＫとする。優斗に一声かけておくか……いや、こんな時間に叩き起こしても、何があったか理解できないだろう。

　ダイニングテーブルにシリアルの箱を置き、簡単なメモを残した。

『急な仕事で出ます。朝ご飯はこれを食べて。後で連絡します』

　まだ不安は残る。後ろ髪を引かれる思いではあったが、コートを引っかけて家を出た。

　すぐに、マンションの前に停まっているパトカーに気づく。赤色灯を点けているわけではなかったが、闇の中で十分な威圧感を発していた。大友はパトカーに近づき、中で待機している二人の制服警官に挨拶して礼を言った。さすがに眠そうではあったが、二人とも背筋はぴしりと伸びている。

冷たく淀んだ朝——実質的にはまだ夜だった——の空気の中を歩き出す。永橋のことを考えると、同情で気持ちが濡れるようだった。二人の監視を解いた途端に、第二の事件。これでは、捜査指揮官として責任を問われかねない。

その責任の一端は僕にもあるんだけどな、と陰鬱な気分になる。さっさと事件を解決できないから——暗く重い幕が、目の前に降りてきたようだった。

目黒中央署は目黒にはない。所在地の住所は「中目黒」であり、山手線の目黒駅、恵比寿駅、どちらからもほぼ等距離の山手通り沿いだ。大友は、一駅分乗る時間を節約するために恵比寿で降り、分かりにくい細い道路を歩き始めた。

恵比寿駅の西口側には駒沢通りが走っているのだが、そこを歩いて行くと目黒中央署まではえらく遠回りになる。駅前の繁華街の細かい道路から山手通りに抜けるのが近道だ。陸上自衛隊の目黒駐屯地脇を通り過ぎて、ひたすら山手通りを目指す。

目黒中央署は、警視庁の所轄の中ではかなり古い部類に入る建物だ。薄茶色のタイル張りの外観は、昭和四十年代から五十年代にかけて流行ったものである。正面には車が数台停められるだけのスペースしかなく、早くも押しかけてきたマスコミのハイヤーは、前の山手通りに違法駐車していた。この連中に摑まると面倒臭い——特に有香には見つかりたくなかった——ので、裏口に回る。普段は、上に鉄条網を張り巡らせた鉄柵が閉じられているようだが、今日は人の出入りが多いせいか、開け放たれていた。ただし、制服警官二人が陣取って、車と人の出入りをチェックしている。大友はバッジを示して——何故か少し後ろめたい気持ちを抱きながら——署内に入った。

ずっと冷たい空気に晒されていたのが、強烈な暖房にかかって、一気に体が解凍された感じになる。ほっと一息つきながら、永橋の姿を探した。

既に特捜本部を設置する準備が始まっているようで、永橋は二階の会議室に詰めていた。台場署の特捜本部が一緒に扱うのではないかと思ったが、今のところ一連の流れかどうか分からないので、取り敢えずは別々にしておくしかないようだ。連絡は密に取り合い、新しい動きがあったら合同捜査本部にするか、統合することになるだろう。

永橋は、大友を認めると素早くうなずいた。ワイシャツはくしゃくしゃで、ネクタイはしていない。目も真っ赤で、髪にも櫛が入っていなかった。眠りについた直後に叩き起こされ、駆けつけてきたのは明らかだった。彼の家はどの辺なのだろう……茨城や千葉に住んでいる警官は、都内の現場に出てくるだけでも大変だ。

「悪いな」

「いえ」本当に「悪い」と思っているようで、大友は少しだけ驚いた。最近、こういう素直な人には縁がなかったのだ。誰もが僕を色眼鏡で見る……色眼鏡というか、胡散臭そうな視線を感じるのだ。子育てと仕事を両立させようとすれば、どうしてもそんな風に見られるのだろうが……民間の会社や他の官公庁で、女性が悪戦苦闘していれば、周りは励まし、サポートしてくれるだろう。大友はいつも、妙な不公平感を感じていた。

「脇屋はもう来てますか？」

「ああ。事情は分かってない様子だが」

大友は永橋の目を正面から見た。彼が無言でうなずく。その目にかすかな躊躇《ためら》いの光が走るのを、大友は見逃さなかった。共犯。そうでなくても、何らかの関係。そういうものを窺わせる材料がないのだ。実際大友も、二人に何らかの関係があったという情報は聞いていない。単なる同僚——というか同じ会社の社員。これまで同じ部署にいたこともないし、プロジェクトで一緒になったこともないという。共通項と言えば、中原を憎んでいたことぐらいなのだが……それを無理に押し出せば、取り調べが歪んでしまうだろう。

「頼めるか」

「ご要望とあれば」頭を下げたが、一抹の不安が頭を過った。この事件では、自分は決して上手くやれていない。結局、美羽の「壁」を突き崩すこともできなかったのだから。

「現在の状況は？　脇屋には話を聴いたんですか」

「まだ何も言っていない。状況はまったく分かっていないはずだ——奴がやったんじゃなければな」

「だったら基本的にゼロから、ですね」

「そうなる」

うなずき、大友は取調室に向かった。警察署というのは、まったく同じフォーマットで作られているようで微妙に違う。位置なども署によって異なる。それ故、初めて使う取調室では、自分が馴染むまでほんの少し時間がかかるように感じるのだった。

特に、相手がパニック状態に陥っている時には。あたふたした気持ちがこちらにも伝わってしまい、落ち着かなくなるのだ。

それにしても、脇屋の落ち着きのなさは少し異常ではないか？　正面の席に腰を下ろしながら、大友は首を捻った。

脇屋は、中原殺人事件に関して、何度も事情聴取を受けている。かなり厳しく、露骨に容疑者扱いされることもあったはずだ。しかし人間は、そういう扱いにも慣れてしまう。それにしては今朝の脇屋は、まるで初めて警察官と相対するような感じだった。

眠っているところを叩き起こされて連れて来られたせいか、長い髪には派手な寝癖がついている。服も、その辺にあるのを適当に着てきただけのようで、黒いTシャツに白いワイシャツというアンバランスな格好である。両袖は、ボタンを外して二の腕の半ばまでまくり上げ、落ち着かない様子でしきりにボタンを弄っていた。

「おはようございます」

お茶も出していないな、と思いながら大友は丁寧に朝の挨拶をした。返事はない。脇屋は恨めしげな目つきで、大友の顔を見るだけだった。かと思うと、いきなり痙攣したように目を瞬かせる。元々脇屋は、いかにも今風に顎の細い、すっきりしたハンサムな顔立ちなのだが、今朝は怯えと戸惑いのせいか、表情が崩れてしまっている。

どう対決するか――大友はいくつかの選択肢を頭の中で転がした。お茶を飲ませて、まずリラックスさせるところから始めてもいい。胃が温かくなると、少しは気持ちが落ち着くものだから。あるいはいきなり「お前がやったのか」と指弾する。一種のショック療法だ。両極端にある方法は、どちらもこの状況に適しているとは思えず、結局大友はその中間の手を打った。

「瀧本美羽さんを知っていますか」

「知って……知ってますけど、どうかしたんですか」

声はしわがれている。大友の質問を勘違いしたのは明らかだった。会社の同僚として知っているか、と聴いた訳ではなく、事件について何か聞いているか、という意味だったのに。恍けているのか、朝なので頭が働かないのか、単純な勘違いなのか……大友は爆弾を落とすことにした。

「瀧本さんは殺されました。今日の午前二時半頃、自宅近くの路上で刺されて死んでいるのが見つかったんです」

脇屋の喉仏が大きく上下する。あまりにも大きく目を見開いたので、眼球が飛び出しそうだった。

「二時半頃……日付が変わる時刻からそれぐらいまで、あなたはどこにいましたか?」

「家です……って、俺を疑ってるんですか」

「単なる確認です」

「家です」力なく繰り返す。

「それを証明できる人は？」

「無理……一人なんですよ」

「あなたのマンションはオートロックですか」

「そうですけど、それが何か……」

「まだ新しい？」

「築五年ぐらいです」

それなら、監視カメラがあるかもしれない。監視カメラはしばしば犯人の姿を捉えるが、同時に誰かのアリバイを証明することもある。大友は手帳に「自宅マンションの監視カメラのチェックを」と走り書きして破り、同席していた若い刑事に託した。ドアが閉まった瞬間、身を乗り出して脇屋に迫る。

「ここからは、正式な話じゃありません。同席している人間がいないと、記録が取れないので」

脇屋がうなずいたが、事情が分かっているかどうかは判然としなかった。口を半開きにして目を細め、大友の顔をぼうっと見ている。

「あなた、このままだと追いこまれますよ」

「何もやってませんよ」

「この件は、中原さんが殺された事件と、間違いなく関係している。そしてあなたは、中原さんに恨みを抱いていた」

「恨んでいるのと人を殺すのとは、全然違うんじゃないですか」

「その壁は意外に低いんですよ」

「俺は何もやってない！」低い声で、辛うじて押し出すように言った。

「中原さんを恨んでいなかったんですか」

「恨んでました」あっさり認めた。「あの人は、俺のアイディアを盗んだから」

「それが憎くて殺した？」

「殺してませんよ」きっぱりと言い切ったが、大友と目を合わせようとはしなかった。

「そうですか。ちなみに瀧本さんも、中原さんを憎んでいましたよね」

「人のことは知りません」

「中原さんのことで、瀧本さんと愚痴をこぼし合ったりしませんでしたか」

「瀧本さんとは、話したこともありません」

「同僚なのに？」

「仕事が違いますから」

「中原さんとは？　彼の下で仕事をするのは、苦痛だったでしょう。アイディアを盗んだ人が、堂々と自分の手柄だと言って、プロジェクトリーダーをしてたんですよ？　よく耐えられましたね」

「……他に働く場所もないから」脇屋が目を逸らした。

「あなたのように、世の中を変えるほどの技術的発想を持った人なら、どこでも歓迎されるでしょう」

「まぐれってこともあります」

そんなものだろうか？　理系の人間の発想方法はよく分からないが、十分な知識と経験、それにも増して閃きのような発想力を持たない限り、新しいアイディアなど出てこないだろう。「まぐれ」はないはずだ。

「それで会社にしがみついていた？　一緒に仕事をしたくもない中原さんの下で働いていた？」

「しょうがないでしょう」消え入りそうな声で、脇屋が言った。「力がない人間は、そんなものです」

「中原さんは力があったんですか」

「強引なんですよ、あの人は……でも、この世界では、泥棒ほど強いんです」

「それは意外な話ですね」

「スティーブ・ジョブズが、何であんなにたくさんのヒット商品を世に送り出せたか、分かります？　盗んできたからですよ」脇屋の声が、急に熱を帯びてきた。

「特許を持った会社を買収した、という意味ですか？　それは普通のビジネスでしょう」欧米では、技術系の会社の価値は、特許をいくつ持っているかで決まる、という話を聞いたことがある。自社単独でそれほど多くの特許を取れるはずもなく——それではエジソンだ——特許や新技術を持ったベンチャー企業を買収することは、しばしば行われている手法だ。

「それは、会社が大きくなった後の話です。七〇年代のスティーブ・ジョブズは盗人だったんですよ。彼が見学に行くと、技術者たちは『隠せ』と大騒ぎしたそうですから。パソコンの基礎も、ＧＵＩも、ゼロックスのパロアルト研究所の成果なんですよ。ジョブズはそれをパクっただけだから」

やけに熱の入った喋り方だ。スティーブ・ジョブズといえば、死してさらにカリスマ化が進み、大友は悪口など聞いたことがなかったが。

「中原さんも、ジョブズと同じだと？」

「もちろん、ジョブズと比較することはできませんけどね。スケールが違い過ぎる。中原さんは、小悪党ぐらいの感じでしょう。ジョブズ並みのことをすれば、悪党じゃなくて英雄になるんでしょうけど」

「スケールの大小はともかく、中原さんは悪党なんですか」

脇屋が大友を睨みつけた。自分が抜け出せない穴に頭を突っこみつつある、と気づいた様子である。「憎くても、殺しませんから」と同じ説明を繰り返した。

そこでドアが開いて、若い刑事が戻って来た。大友が首を捻ってそちらを見ると、素早くうなずいた。指示、完了。大友はうなずき返してから、脇屋に笑みを向けた。

「ジョブズの話は、大変興味深いですね。また、別の機会にじっくり聞かせて下さい」

脇屋が口を引き結ぶ。唇の両脇に深い皺ができた。腕組みをすると、眉根をぎゅっと寄せる。もう喋らないぞ、と無言で意思表示するようだった。

「始めます」それまでの会話をなかったことにして、大友は取り調べを再開した。ふっと息を吐き、気合いを入れ直す。「昨日は、何時に帰宅しましたか」

「十時半……十一時近く」ほとんど唇を動かさずに脇屋が答える。

「いつもと変わったことはありませんでしたか」

「変わったことって、何が？」

「いつも帰宅はその頃なんですか？」そうでないのは監視結果で既に分かっている。脇屋の勤務状況は滅茶苦茶だ。朝帰りもしょっちゅうだし、何日も帰らない時も珍しくない。十一時帰宅など、まともな部類ではないだろうか。

「そうでもないけど、とにかく昨日は十一時ぐらいでした」

「中原さんが亡くなってから、少しはまともな生活になったんですか」

「別に、前からまともですよ」

「昨日、瀧本さんと会いましたか」

「会ってません」即答。

「会社でも？」

「別に、会う用事はありませんから。全体会議でもない限り、顔も合わせ ません」

「最近、そういう会議はなかったんですか」

「警察につき合うのに忙しくて」脇屋が耳を掻いた。強固に反論するのではなく、「すかす」作戦に出たようだ。

「そうですね。だいぶ業務の邪魔をしてしまいましたね」

「いや、別に……」すっと引いた。警察と喧嘩しても仕方ない、と気づいたのだろう。どうやら脇屋は、何度も事情聴取を受けるうちに、警察とのつき合いに慣れてしまったようだ。押せば引く。引けば押す。こちらが考えているのと同じようなことを、事情聴取を受ける側も「呼吸」として身につける。

「夕べ、会社を出たのは何時ですか」

「十時です」

「真っ直ぐ帰宅しましたか？　どこかで食事を摂ったとか」

「十時に会社を出たら、真っ直ぐ帰っても十一時になりますよ」脇屋が溜息をついた。「飯は、社食で食べました。飯を食ったのは証明できますよ。社員証で食券を買うので」

「便利なシステムですね」

「俺がやったと思ってるんですか！」脇屋が唐突に激昂する。立ち上がると、右の拳をテーブルに叩きつけた。

大友は顔をしかめつつ、じっと座っていた。あれは……痛いだろうな。実際脇屋は顔を歪め、拳をそっと胸元まで持っていった。手首をきつく摑んで、何とか痛みを堪えている様子である。折れたかもしれない、と大友は同情した。しかし、拳が骨折したぐらいで、取り調べはストップしない。せいぜい、病院に行く時間が稼げるぐらいだ。

若い刑事が脇屋の背後に立ち、肩に手をかけた。「無理やり」と言われないぎりぎりの力をかけ、脇屋を椅子に座らせる。大友は、蒼い顔をした脇屋が腰を下ろすのを待って、かすかに微笑みかけた。

「では、再開しましょう。帰る時は一人でしたか？」

脇屋がいきなり泣き出した。

「さすがの大友でも、ガキの相手は無理か」取調室を出ると、永橋がからかった。

「勘弁して下さい」大友はつい、泣き言を漏らした。脇屋に対する「ガキ」という評価には同意せざるを得なかったが。「彼はやってないと思いますよ」

「自宅マンションの監視カメラの解析が済んだ。脇屋らしき人物が帰ってくるところは映っている。それと、オートロックの開閉の記録を警備会社に確かめたが、奴は十一時四分にマンションに入り、我々が呼び出すまで、ずっといたのは間違いない」

「――ことになっている、ですね」大友は微妙に修正した。

「何が言いたい？」

「共用部を通らないでマンションの外に出ることもできます」それこそ窓からとか。

「そうすれば、出入りの記録は残らないでしょう。監視カメラにも、用心して映らないようにしたとか……」

「そこまでするかね？」

「もっと大事なことがあれば、あり得る話です」

「ずいぶん奴を疑ってるんだな。やってないという感触なんじゃないのか？」

「今のところ、他に容疑者がいませんからね」大友は肩をすくめた。自分でも危険な考え方だとは思うが……何となく怪しいというだけで、動機も何もないのだ。こういうのが冤罪を生む土壌になるのだ、と大友は自分を戒めた。

焦りの原因は分かっている。せっかく特命で呼ばれたのに、今回はまったく成果を出せていないのだ。しかも敦美を怪我させ、所轄には自宅を監視する仕事を押しつけてしまったのだから、プラスマイナスで言えば完全にマイナスだ。

「お前は、やってないと思ってるんだろう？」永橋が念押しする。

「そうですね……現在の印象では。目撃者とかは、どうなんですか？」

「今のところ、ゼロだ。あの辺は住宅地だからな。まずい時間帯だよ。人通りもほとんどないんじゃないかな」

「でしょうね」大友は背筋を伸ばした。早くもエネルギーが切れかけているのを意識する。

「ところでお前の方はどうだ？　家の周りに怪しい人間はいなかったか？」

「所轄の連中が張ってくれています。あれなら誰かいても、下手に近づけないですよ」

一応は安心だ。とはいえ、根本的に対策を取らないと……いつまでも警備してもらうわけにはいかない。もちろん所轄も、敦美が襲われた件については調べているのだが、任せておいていいのだろうか。自分がやるべき捜査はそちらではないかと思う——と、いろいろ考えているうちに頭が混乱してしまう。

「実際に被害が出たとすると、そっちも面倒だな。後山参事官がいろいろ手配してくれたんだが……」永橋が腕組みをした。「警備している限り手は出せないだろうが、犯人を捕まえないと完全に安心はできない」

「ええ」

「お前、本当に心当たりはないのか？」

「まったくないです」

「ふうん……」永橋が首を傾げる。「困ったな」

やはり可能性があるとしたら、今回の事件に絡んでだ。筋書きは書けないでもない。大友が、自分でも知らぬ間に容疑者、ないしそれに近い人物に接触していた。そのことは当然、特捜本部の人間は誰も知らない。しかし相手は勝手に危機感を覚え、大友に接触——あるいは消そうとしている。あるいは、直近の事件なら赤坂の強盗。

まさか。これはあくまで机上の空論だ。まるで「陰謀論」のようなものではないか。大友は様々な犯罪者を見てきたが、そこまで念入りに自分の犯行を隠蔽したり、警察に対抗しようとした人間はほとんどいない。余計なことをすればばれやすくなるもので、できるだけ頭を低くして身を隠しておこうと考えるのが、普通の考えなのだ——もちろん、一度でも罪を犯した者は、普通の考えができなくなっているのだが。

「少し頭を整理したいところだが、そうもいかないな」永橋が首を振る。

「そうですね。一度にたくさんのことが起こり過ぎています」

「おお、そうだ」永橋が尻ポケットから手帳を抜いた。挟みこんでいた一枚の写真を取り出し、大友に差し出す。

「これは？」受け取りながら、大友は訊ねた——が、一目見た瞬間に何なのか分かった。

「高畑が必死で写した写真だよ。鑑識で補正してもらった」

「大したもんですね」スマートフォンのカメラの性能も、補正技術も、もちろん敦美の根性も。弱い街灯の下にいた男の顔が、くっきりと写っている。ただし、振り返った瞬間を捉えたので、正面ではなかった。何とも形容しにくい……比較的若い男なのだが、ニットキャップを目深に被っているので、表情が読みにくかった。髪型も分からない。

「三十代、かな？」

「そうですね……しかしこれじゃ、手配する材料にもならないですかね」何しろ、特徴を説明しにくい。

「一応、所轄の連中がこの写真を使って、付近を探し回っている」

「申し訳ないです……」

「気にするな。人にはそれぞれの役目があるからな」

だったら僕の仕事は何だろう、と大友は考えこんでしまった。「落とし」の技術を期待されてここにいるのだろうが、今のところ何も結果を出せていない。敦美には怪我を負わせ……このままおめおめとは帰れない。

とはいっても、突破口がない。

これはいったいどういう事件なのだ、と大友は頭を抱えた。

5

「だいたい、馬鹿には喋る権利はない」

「いいから黙ってろ！」

「お前、次の会議から出席禁止な」

ある意味、何と語彙の豊富な男だろう……暴言に限るが。大友は早くもうんざりしていた。佐緒里から手に入れた一本のビデオは、中原の性格の悪さを強く印象づけるものだった。中原の横暴に辟易していたのは美羽や脇屋だけではなく、陰で悪口を叩いていた人間は一人や二人ではない。そのうちの一人が、会議に密かにビデオカメラを持ちこんで隠し撮りしていたのだ。何に使おうとしていたのかは不明だが……これまで表に出ることはなかったが、佐緒里が独自に「社内調査」を敢行して発見し、何かの参考になれば、と渡してくれたのだ。

「被害者に向かってこんなこと言いたくないけど、滅多に見ないクソ野郎ね」敦美が溜息をついた。襲撃事件から三日後、額の絆創膏はまだ取れていない。「傷は残らないようだ」と本人は言っているが、大友としては気になった。自分にも責任が……と切り出したのだが、敦美は豪快に笑い飛ばして「髪の分け目を変えれば見えなくなるから」とあっさり言った。そんなに悪いと思うなら、美容院代を出してくれればいいから——話はそこで打ち止めになった。

「これだと、殺したいと思ってる奴がいてもおかしくないね」大友は相槌を打った。

「今日、脇屋は呼ばないの？」

「今日はパスだ。昨日まで二日続きで呼んだから、一息つかせようと思う」

「ちょっと甘くない？」

「いや」

「テツの感触だと、やってないんだよね」

「ああ」

「困ったわね」敦美が額——怪我していない方を擦った。

午後二時過ぎ、がらんとした台場署の捜査本部。ほとんどの刑事は聞き込みに出払っている。大友は敢えて外に出ず、敦美を相手に部屋に籠っていた。少し立ち止まって考えをまとめる必要があったから。

「例の、君を襲った犯人のことなんだけど」大友は写真を取り出し、テーブルに置いた。

「ずいぶんはっきり補正できるものよねえ」敦美が写真を指先で突いた。「あなた、見覚えないの？」

「ない」

「私もない……優斗君は大丈夫？」

「今のところは。所轄も警戒してくれているから安心だ。でも、ずっと逆尾行を試みてるんだけど、何も引っかかってこないのが気になる」

「そうか」敦美が指先で顎に触れた。「この事件の関係だとは思うけど……社内の人ってことはない？」

「確認してもらったけど、それらしい社員はいないんだ」

昨日、そして今日の午前中と、続けて佐緒里と会った。あくまで仕事としてだが……

大友は咳払いを一つして、写真を手に取った。

「確認してもらったって、あなたがネタ元にした女性？」

「ああ」

「大丈夫？」

「何が？」話が危ない方へ流れつつある、と感じる。喉には何の問題もなかったが、大友はまた咳払いをした。

「まあ、テツのことだから、仕事とプライベートはきちんと分けられると思うけど」

「当然だよ。変な心配しないでくれ」

「ごめん」敦美が笑いを噛み殺した。「使えそうな人なの？」

「今のところ、あの会社で一番ましな人だと思う」

　敦美が堪えきれずに、声を上げて笑った。

「確かに、相当変な会社よね。まともな人を見つけるのが大変なぐらいだから」

「ベンチャー企業っていうのは、だいたいあんな感じなのかな」

「ベンチャーって言っていいのかなあ。もう二十年ぐらい歴史があるし、社員だって何百人もいるじゃない」

「会社の体質は、そう簡単には変わらないのかもしれないよ」

「そういう体質が、中原さんみたいに変な性格の人を育てたっていうこと？」

「そうかもしれない」

　美羽と脇屋以外にも、中原を憎んでいた社員は多かったはずだ。大勢の前で罵倒されれば、屈辱が怒りに変わるまで、さほど時間はかからないだろう。この会議は、最後には笑い声で終わったのだが、中原以外の出席者の顔が一様に引き攣っていたのが印象的だった。この場で殴り合いが起こらなかったのが不思議でならない。

「会社の方は手詰まりか……」敦美が拳で顎を二度、三度と叩いた。「他に、中原に恨みを持っていた人を探し出すには時間がかかりそうね。奥さん――元奥さんは？」

「本人曰く、『別れた人のことはどうでもいい』だってさ……慰謝料をしっかり分捕ってしまったら、そんな感じなのかな。それに事件当時にはアリバイもあった」

「ICカードに関しては？　出入りがなかったかどうかで、ある程度篩《ふる》い分けはできるでしょう」

「それはもうやった。ただ、ICカードを使わなくても出入りはできるからね」

「窓からでしょう？　でもそれは、あくまで内部に協力者がいて、という前提の話よね。そうすると、いったい何人がこの犯行にかかわっていたのか……考えると怖いわ」

「分かる」大友はうなずき、紙コップに入ったコーヒーを啜った。

「瀧本美羽の方は？　結局うちの特捜は引き取らなかったけど……」

「今のところ、こちらの事件と積極的に結びつけるだけの材料がないんだ。目黒中央署の特捜は、まだ方針を決めかねてる」

「係長は、今日は向こうに行ってるんでしょう？」

「打ち合わせでね。一連の事件だとしたら、一緒に捜査した方が効率的だから。でも、そうなるかどうかは分からない」

「でもねえ……」敦美がボールペンを取り出し、小刻みに拳を叩いた。「事件の関係者……関係者らしき人が殺されたなんていうケース、経験ある？」

「それに近い事件はあった。うちの劇団の……」

「ああ、確かに。でもあれは、一種の見立て殺人でしょう？」

「そう。今回の事件とは色合いがまったく違う。瀧本さんの件に関して、目黒中央署は通り魔の線を捨て切ってないみたいだし」

「正直言えば、その方がありがたいと思うけどね」敦美が膝を叩いて立ち上がり、ぐっと背伸びをする。

「どうして」

「話が複雑にならないから。通り魔事件の捜査は難しいけど、筋そのものは単純なことが多いでしょう？」

「ああ」

「でも、厳しそうね。防犯カメラも、そんなに当てにできないでしょう。あの辺には、ほとんどないんだよね？」

「そうなんだ。駅からそれほど遠い場所でもないんだけど、ちょうど穴みたいになっている」

「だったら期待できないか」敦美がテーブルに両手をつき、大友の方にぐっと顔を寄せた。「テツ、凹んでない？」

「多少は、ね」

「ま、柴よりはましでしょう」敦美が鼻を鳴らす。「あいつ、捜査に復帰したんだけど、だいぶカリカリしてるみたいよ。あんな形で犯人を逃がしたなんて、一世一代の恥だと思ってるんじゃない？」

「あのさ……逃げられた責任は僕にもあるんだけど」

「じゃあ、テツは今のところ、二連敗中っていう感じなのね？」

「嫌なこと言わないでくれよ」大友は首を横に振った。「……実際そうだけど」

気を取り直し、大友も立ち上がった。特捜本部にはコーヒーやお茶の用意があり、自由に飲めるようになっている。コーヒーサーバーから紙コップに注ぎ足した。薄いコーヒーではあるが、かすかな苦味でも眠気を追い払う役には立つ。敦美に向けてカップを掲げて見せると、彼女は力なく首を横に振った。そろそろ酒が恋しいのかもしれない、と思った。呑み始めるにはまだ早い時間だが。

大友はコーヒーを啜りながら、窓辺に寄った。冬枯れた港——水辺が見えている。灰色の水は、空との境目を見極めることができず、一つながりになっているようだった。何なのだろう、この状況は……スランプ？　そうかもしれない。普段は現場を離れていて、時々手伝いで戻ってくるだけでは、勘は鈍るばかりだろう。何がリハビリだ、と情けない気分になった。

溜息をつくと、窓ガラスが白く染まる。それを掌で拭って、またコーヒーを一口飲んだ。

「柴が会いたがってたわよ」

振り向くと、敦美がテーブルに尻をひっかけていた。

「何でまた」

「向こうの捜査も上手くいってないから、テツに愚痴を聞いてもらいたくて仕方ないん

ない。

「僕はゴミ箱じゃないんだけどな」

でしょうね」

「じゃあ、無視しておくに限るわね……それで、今日はどうするの？」

一日、沈思黙考といきたいところだ。一人になって、事件の筋書きをじっくり組み立ててみたい。だが今の自分には、そんな贅沢は許されないのでは、とも思う。足を使って情報を取って回る。そういう、捜査を下支えするような仕事をこそ、すべきかもしれない。

ふと窓の外に目をやると、雨が降り出していた。最初の一滴が、窓ガラスに細い軌跡をつける。十二月の雨……体を芯から凍えさせる。だが今は、そういう厳しい環境に自分をおくべきではなかったか。結果が出せていない罰として。

「そう言えば、中原さんが中国へかけていた電話の件、どうなったの？」

「ああ」敦美に訊ねられ、無様な気持ちから引き上げられた。「つながらないんだ」

「そうなんだ……」

「固定電話だけど、もう使われていないようなんだ。契約者を調べてもらってるんだけど、時間がかかると思う。中国の電話会社もいろいろシステムが複雑みたいでね」

「そうか……それが分かれば、何かヒントになりそうな気もするけど」

「当てにしないで待つよ」つい溜息が漏れてしまう。

こんなことじゃ駄目なんだが、と思いながらも、自分を穴の底から引っ張り上げるための糸口が見つからない。

「一回、外れますか」

後山から電話がかかってきたのは、敦美が襲われた五日後だった。いきなり爆弾を落とされたようなものであり、大友は言葉を失っていた。

「失格、ということですか」悔しさを嚙み殺しながら訊ねる。

「いや、単純に捜査が長引いているからです。あなたはあくまで援軍ですからね。いつまでも刑事総務課の仕事に穴を開けているわけにはいかないでしょう。総務課長も困りますから」

「それはそうですが——」反論しかけて口をつぐむ。実際、気持ちが捜査に向かっていないのは事実なのだ。集中しているつもりでも、つい余計なことを考えてしまう。敦美を襲った犯人の目星がつかないのも気がかりだった。いつまでも、優斗の監視を所轄に任せておくわけにもいかない……プライベートな問題が絡むと、途端に弱くなってしまうのを意識する。

「どんな仕事でも、中途半端なままで手を引かなくてはならない時があります。常に、事件を最後まで見届けられるとは限らないんですよ」

「そうですね」大友は早くも白旗を上げかけた。こんなことではいけないと思いつつ、どこかほっとしてしまった自分に嫌気がさす。今回は本当に、勘が働かない。

「特捜の方は、今日までにしましょう。明日から刑事総務課の通常業務に戻って下さい。関係各所には私の方から話を通します」

「……分かりました」

電話を切り、深々と溜息をつく。情けない話だ……夕方になり、特捜本部には刑事たちが戻りつつある。騒がしくならないうちに、永橋には謝っておこう。眉間に皺を寄せながら書類を読みこんでいるところに声をかけるのは憚られたが、黙って去るわけにもいくまい。勇気を奮って話しかけた。

事情を話すと、永橋の眉間の皺はさらに深くなった。これは怒っている……大友はどんな罵詈雑言も受け入れるつもりだったが、永橋は小さく溜息を漏らすと、微笑さえ浮かべた。

「あんたも大変だな」

「いや、まあ……」

「上の勝手な都合で、あちこちに派遣されて。落ち着く暇がないだろう」

「それは仕方ないと思いますけどね」

「事情は分かった。何かあったら、また手を貸してもらうよ。何か、引き継ぎしておくことはあるか？」

「それがないのが問題ですよね」大友は笑って見せたが、自分でも力のない笑みだと意識した。

「まったくな……正直、こんなにやりづらい事件も珍しい」

「何の役にも立てなくて、すみません」

「仕方ないさ」永橋がうなずいた。

引き上げる時には、やるべきことは少ない。大友が作っていた資料などの保管場所は、敦美が知っている。彼女に一声かければ、終了だ。

ただし、敦美が帰って来るのを待つ気にはなれなかった。後で電話しよう……合わせる顔がないとはこのことだ。


捜査会議が始まるのを待たずに、大友は台場署を離れた。短い時間でも、特捜本部の中には何人も知り合いができる。そういう人たちに、「実は外されて……」と打ち明けるのは辛い。所詮応援なのだから、いきなりいなくなっても誰も何とも思わないだろう、と判断する。

夕方、まだ街が明るいうちに台場署を出るのは、ひどく気が引けた。歩道に佇み、一つ溜息をついてから歩き出そうとして、足が止まってしまう。今日の優斗の夕食も、申し訳ないと思いながら、聖子に任せてしまった。泊まるかどうかは、後で連絡。本当は聖子に頼んだ夕食をキャンセルして、優斗と一緒に食事をすべきなのだろう。だが今日は、何故かそんな気になれなかった。

もしかしたら、専業主婦の気持ちはこういうものかもしれない。ずっと優斗と二人で暮らしてきて、今更ながらという感じもするが、息苦しさを意識した。それは優斗に対してひどいことだと思いながら、感じてしまったものは消しようがない。悪い父親だな……でも、今夜は少しだけ自分を甘やかしていいだろうか、と自問する。ちょっと誰かと酒を呑んで、気持ちを弛めて……そうしようとは思ったが、その相手がいない。敦美は特捜本部の仕事を続行中だし、柴も強盗事件の捜査に——相変わらず怒りながら——振り回されているはずだ。沢登有香……あり得ない。だいたい彼女といても疲れるだけだし。

ふと、佐緒里の顔が脳裏に浮かぶ。立て続けに二度会って、向こうも少しだけ気を許しているのを感じている。それはあくまで、「仕事として」だろうか。「今までのお礼で、食事でも」というのは、職分を超えた行為になる……警察官の倫理観など結構いい加減なもので、事件の関係者と懇《ねんご》ろな関係になってしまう刑事も少なくない。表に出ないように、上手く立ち回っているだけだ。特に被害者が相手の場合、気持ちが弱くなっていて、つい誰かにすがりたくなるものだし。

しかし自分は、そういうこととは無縁でいたい。格好つけているわけではなく、一人で子どもを育てている身としては、スキャンダルには絶対に巻きこまれたくないのだ。ただ、今の状況はどうだろう。捜査からは外れるわけで、佐緒里は今後、「関係者」ではなくなる。ということは、食事に誘うぐらいは問題ないことで……。

やめておこう、と決めてから歩き出す。一歩進むごとに、ひどく侘しい気分になってきた。お台場は観光スポットとして全国区だが、賑わっているのはごく一部だけなのだ。ゆりかもめの船の科学館駅まで歩いていく途中には、ほぼ何もない。左側は海。右側には研究機関などの素っ気ない建物が並び、頭上にはゆりかもめの軌道が走っている。道を歩く人は少なく、時折車が行き過ぎるだけだった。

台場署から駅までは、歩いて数分しかかからない。だが、途中で歩みが遅くなってしまうのを意識する。普段はこんな風に疲れたり、落ちこんだりすることなど、ほとんどないのだが……気づくと、大友は携帯電話を取り出し、佐緒里の電話番号を呼び出していた。やはりやめよう、と自分に言い聞かせた次の瞬間には、「通話」ボタンを押してしまっていた。慌てて耳に押し当てる。切ってしまおう、という選択肢はなかった。鼓動が激しくなる。だが、大友の耳に飛びこんできた佐緒里の声は、それを宥《なだ》めてくれた。

汐留の変わりようは激し過ぎるな、と大友は思った。昔は——僕が学生の頃は、何もなかったのに。こんな風に高層ビルが建ち並ぶ近未来的な光景になってから、まだ十年ほどしか経っていないはずだ。丸の内界隈もそうだが、東京では長く変わらない光景を探す方が難しい。

この辺には仕事で来ることもあるのだが、いつも迷ってしまう。高層ビルの集積度では日本一かもしれない。それぞれのビルには個性があるのだろうが、一瞬、自分がどこにいるのか分からなくなってしまうことも珍しくなかった。

しかし、佐緒里が指定してきた店は分かりやすかった。ゆりかもめの駅からほぼ直結のビルの一階。大友にはほとんど縁のないベトナム料理店だった。「どこかで食事でも」と誘ったら、彼女はわずか一秒ほどの間を置いただけで、この店の名前を挙げた。行きつけなのだろうか……。

約束の時間より少し早く着いた大友は、どことなく落ち着かない気分で、佐緒里が予約してくれた席に座った。楕円形の照明、ラタンをあしらった椅子など、典型的な東南アジア系の店という感じである。馴染みのない香料の匂いも混じっていた。まだ早い時間なのに、客席は八割が埋まっている。自分以外はほぼ女性。そう言えば今まで、ベトナム料理の店になんか行ったことがあっただろうか。作法が分からないせいもあって、落ち着かないのだ、と思った。それと、周りの視線も気になる。ちらちら見られている気がしてならないのだが、自分はそれほど場違いな存在なのだろうか。

「ごめんなさい」

声をかけられて顔を上げると、焦った表情の佐緒里が目の前に立っていた。走って来たのか、息が上がり、髪も少し乱れている。大友はさっと立ち上がり、椅子を引いてやった。佐緒里が目を見開く。

「どうかしましたか？」

「椅子を引いてもらったのなんて、生まれて初めてかもしれません。こんなこと、どこで覚えたんですか？」

「どうでしたかね」よく分からない。一つだけはっきりしているのは、菜緒はこういう風にされるのを嫌がった、ということだ。「自分は、椅子を引いてもらうようなタイプじゃないから」。だったら何なのだと訊ねると、「自分のことぐらい自分でできるわ」と笑われた。

「すみません、お忙しいところ」

「いえ、ちょうど一段落したところですから」

「遠かったでしょう」

「まさか」佐緒里が声を上げて笑った。「東京駅から十分もかかりませんよ」

「ああ、そうか」東京の西の端、というか神奈川県の飛び地のような町田に住んでいると、どうしても東京の東側のイメージがぼんやりしてしまう。特に最近はデスクワークがほとんどのせいで、東京の地理が頭から抜け落ち始めていた。

「大友さんこそ、大変じゃなかったですか？」

「いや、ここまでゆりかもめで一本ですからね……でも、夕方は結構混むんですね」

「あそこで働いている人も多いですから」

「大変じゃないですか？　こっちへ合わせてくれたんでしょう？」

「ほとんど帰る途中みたいなものです」佐緒里が微笑んで説明した。自宅は田園都市線の池尻大橋。普段は半蔵門線経由で表参道で千代田線に乗り換え、二重橋前から会社へ向かう。だから今日も、銀座線で表参道まで出れば、帰る時間は変わらない。

「池尻ですか。ずいぶんいい所に住んでいるんですね」

言いながら、嫌な記憶が蘇る。かつて大友と同じ劇団に所属していた女性――今も女優として活躍している――の家が、池尻にあったのだ。ある事件に巻きこまれ、その後に引っ越したと聞いているが、何となくひっかかりを感じる。「土地の記憶」なのか「人の記憶」なのか……どちらにしろ、大友にとってはあまり印象のいい街ではない。

「実際には目黒です」

「というと……」

「二四六号線の南側」

「なるほど……実家は町田なんですよね？」

「ええ、お節介な母親がいます」佐緒里が薄く笑った。何となく、微妙な親子関係を想像させる。その話題を引っ張りたくないのか、佐緒里がメニューを開いた。「今更ですけど、ベトナム料理は大丈夫ですか？」

「大丈夫というか、ほとんど食べた記憶がないですね。実質、初体験かもしれない」生春巻きぐらいは食べたかもしれないが……あれは、どこかの居酒屋で出された料理だったか。「辛いんでしたっけ？」

「タイ料理に比べれば、大したことはないです」

「料理、任せていいですか？　取り敢えずチャレンジしてみますから」

「いいですよ。飲み物は?」

ビール。ただし、国産にした。東南アジアのビールやベトナムの焼酎もあるようだが、大友は料理や飲み物に関しては保守的である。食べ慣れない物、呑んだことがない物とは、できるだけ距離を置くようにしている。積極的に新しい物を試す優斗に言わせると、「弱虫」だ。息子にこんなことを言われるとは情けない。

佐緒里は、定番の生春巻きのほかに、鶏のレモングラス揚げ、パパイヤのサラダ、アサリのピリ辛炒めと、酒の肴になりそうな料理を選んだ。

「ちょっとずつつまんで、最後にフォーかカレーがいいと思います」

「お任せします」

グラスを合わせ、乾杯した。ビールは当然慣れた味で、一口呑むと緊張が解れていく。

「それで、今日は何なんですか? 二人で合コン?」

「いや……大した用事ではないんです」大友は苦笑しながら首を横に振った。「個人的に、仕事が一区切りしましてね。それで、今までのお礼を言っておきたくて」

「お礼って……市民としては、協力しなければいけないことでしょう?」

「そういう風に言ってくれる人は、少なくなる一方です」

「誰だって、面倒なことはしたくないですからね」

そう、警察とかかわり合いになるのは、やはり面倒なのだ。普通の人は、できるだけ警察と接触しないように距離を置こうとする。やはり彼女は貴重な例外と言えよう。

料理が運ばれてきて、仕事の話は一旦終わりになった。少しほっとして、大友は次々に料理を試してみた。多少スパイスに癖はあるが、それでもどことなく懐かしさを感じる味つけで――日本人向けに変えているのかもしれないが――箸が進む。さすがに、普通の女性会社員は美味い店を知っているものだ、と感心する。敦美が一緒だと、気楽な居酒屋か、つまみがナッツ類しかない本格的なバーに連れて行かれることが多い。

アルコールが入って、凝り固まっていた心が解れてきたのを感じる。客席はほぼ百パーセント埋まっていたので具体的な話はできないが、大友はつい「自分が失敗した」と打ち明け、愚痴をこぼしてしまった。

「あー、でも」佐緒里は何とも思っていないようだった。ビールは二本目になり、少しだけ声が大きくなっている。「そういうこと、よくあるじゃないですか。それに、一人のせいで仕事が進まなくなるわけじゃないですよ」

「確かにうちの会社は、全部チーム仕事ではあるんですけどね」外では「警察」と言わず「会社」を使うのはいつもの癖だ。警視庁が「本社」、所轄は「支店」。

「だから、大友さんだけが責任を感じることはないでしょう。それに、あくまで応援だったんですよね？　だったら、そういう立場に甘えればいいじゃないですか」

「そうもいかないんですよねえ」大友は大袈裟に溜息をついてしまった。「一度その仕事に引っぱりこまれた以上は、何とか責任を全うしたいと思うんです。これはリハビリでもありますから」

「ああ」佐緒里が指先を弄った。マニキュアは綺麗なピンク色。控え目で上品だった。

「あの、話はいろいろ聞いたんです。母経由で、聖子先生の話を」

大友はうなずいた。顎が少し強張るのを意識する。ビールを一口呑んだが、喉にしこりでもできたように呑み下しにくかった。

「いろいろ大変だったんですね」

「そんなことはないですよ。世間の人は誰でも、普通にやっていることです。聖子さんも近くにいますしね」

「でも、大友さんはよくやられてると思いますよ」

「いやあ」大友は苦笑した。「家事も仕事も頑張ろうと思っても、どっちも中途半端になるもんですね。今回の件で思い知りました。分かっているつもりだったんですけど、今回は特に」

「再婚しようと思ったことはないんですか？」

大友は肩をすくめたが、そんなジェスチャーだけで済ませるのはいかにも失礼だ、と気づき、「ないですね」とつけ加えた。できるだけ自然な口調で。

「大友さんなら選び放題だと思いますけど……優しそうだし」

「まあ……こういうのはタイミングもありますからね。息子と二人だけの暮らしに慣れてしまうと、こんなものかな、と思ってしまうんです。いろいろ面倒なこともあるんですけどね」

「亡くなった奥さんのこと、気にしてるんですか?」

ふいに核心を突かれ、大友は口をつぐんだ。その問題は、常に頭の中心にある。たぶん、人が持っている愛情の量には限りがあるのだ。それを一人の相手に注ぎこんでしまった後では、同じような恋はできない。心が出し殻のようになってしまうのだ。その後で、愛情の総量は回復するものかどうか——とにもかくにも、こうやって佐緒里に声をかけ、一緒に食事をすることに、後ろめたい気分があるのは事実である。

「どうでしょうね」結局、曖昧な言葉しか出てこない。自分では、いつまでも妻の面影を追い続けていると分かっているのだが、人から指摘されると素直に認められない。

「生きるのに必死で、そこまで考えたことはなかった」

「でも、一人よりも二人の方が、何をするのも楽ですよね」

「楽かどうかで、結婚するとかつき合うとか、そういうことは考えたくないんです」

「真面目なんですね」

「融通が利かない、とも言われていますけど」

「それは表と裏です」

心に張りついていたかすかな緊張が、すっと引いていく。何だか佐緒里に自在にコントロールされているようだな、と思った。それなのに、何故か嫌な感じはしない。

「一つ、失礼なことを聞いていいですか」大友は人差し指を立てた。

「どうぞ」佐緒里が両手を揃えて膝に置く。かすかに緊張した様子が伝わってきた。

「どうして見合い写真なんか撮ったんですか？　本気でお見合いしようと思っていたんですか？」

「ああ、あれは……母に言われて、どうしようもなくて」佐緒里が鼻に皺を寄せた。「お節介なんですよ。それにちょっと古い人だから、娘が離婚して、いつまでも一人でいるのがみっともないらしくて。私は私で、いろいろとやることがあるんですけどね」

「仕事とか」

「友だちとのつき合いもあるし、これでも結構忙しいんですよ」

「分かります……ちなみに、何で離婚したんですか？」

「性格の不一致だったとしか言いようがないですね。若気の至りです」

佐緒里が肩をすくめた。既にそのショックは乗り越えているようだ、と大友は判断する。結婚は人生の一大事なのだが、勢いに乗って結婚してしまう人もいくらでもいる。

「結婚したのが？」

「二十六歳」

そうだった、と思い出してうなずく。この情報は聖子から聞いていた。今の平均からすると、少し早いだろうか。

「何となくでしたね。当時は仕事も上手くいってなくて、だったら結婚しちゃおうかなって……今考えると、逃げですよね。大学の同級生だったんですけど、向こうは生活力はないし、給料は安かったし。お金と気持ちに余裕がないと、結婚なんて上手くいきませんよ」

「そうかもしれませんね」

「それで、二年で離婚して……それから改めて就職したんです」

「就職は大変だったんじゃないですか」新卒でも難しい時代だ。職を離れてしばらくブランクがあって、それから就職活動となると、壁は相当高い。

「何とかなるものです」

「それで今は、広報係長にまでなった。大したものですね」もしかしたら、大友が考えているよりもずっと、バイタリティのある女性なのかもしれない。

「この会社は、再就職して二つ目ですけどね」

「キャリアアップしている、ということですか」

「そういうのも、案外簡単なんだって分かりました。今の会社は……変な人が多いですね」

「ビデオ、観ましたけど、相当すごいですね」

「ええ」佐緒里がうなずいた。「でも、あれは氷山の一角で、中原さん以外にも、非常識な人はたくさんいますから……もしかしたら私、あの会社、辞めるかもしれません」

「そうなんですか？」事件のせいだとすれば、ある意味また被害者が生まれることになる。一つの事件が起こす波紋の大きさを思った。池に投げ入れられた石は小さくとも、波紋は確実に周囲に広がっていく。

「社内がぎくしゃくしているし、大きなプロジェクトの行く先も不透明な感じになりましたから。将来が不安です」

「中原さん不在の影響は大きいんですね」

「最初は、そんなことないと思っていたんです。プロジェクトはもう、軌道に乗りかけていたはずなので……でも実際には、中原さんでないと分からないことが、かなりあったみたいです。何だかんだ言って、うちはそんなに大きい会社じゃありませんから。あのプロジェクトにどれだけの金を注ぎこんでいたか……失敗したら、一気に傾くかもしれません」

「もっと基盤がしっかりした会社だと思いますけど」

「外から見ているだけでは、分からないこともあります」

そういうことも、事件に影響しているのだろうか……考えるのはやめるんだ、と自分に強いた。もう捜査から外されたのだから、余計なことは考えないのが一番だ。

今夜は食事に専念しよう。

そう自分に言い聞かせたが、途中から、ひどく味気なく感じられるようになってしまった。

6

表参道まで佐緒里と一緒になった。彼女は銀座線から半蔵門線に乗り換えるだけなので、同じホームで電車を待っていればいい。しかし千代田線に乗り換える大友は、電車が来るまでの短い時間、彼女と一緒にホームに立っていた。家まで送るのはやり過ぎだが、ここで見送るぐらいはしたい。佐緒里も、特に断ろうとはしなかった。

「何か、かえってすみませんでした、ごちそうになっちゃって」佐緒里が頭を下げたが、その台詞は三度目だった。

「いろいろお世話になりましたから……今後何かあったら、高畑という女性刑事から連絡があると思います」

「同僚？」

「同期です」

「いいですね」

さらりと言ったが、佐緒里の顔に、どこか寂しげな表情が過るのを大友は見逃さなかった。

「同期が、ですか？」

「ええ。私、中途採用ですから、同期がいないんですよ。同い年の人はいますけど、それと同期はちょっと感覚が違うでしょう？」

「分かります」

「もっとクールに考えるべきかもしれないけど、会社って——日本の会社って、家族みたいなところがあるでしょう？　そういうのを経験できないと思うと、ちょっと寂しい気もするんです」

「でも、これからはそういう会社も増えるかもしれませんね。どんどん新しい会社ができるだろうし、そういうところは、古い会社とは風土が違うはずだし……公務員の私が言うことじゃないかもしれませんけど」

「いえいえ……」

会話が中途半端に途切れ、電車がホームに滑りこんでくる。佐緒里はそれ以上何も言わず、ただ頭を下げて電車に乗りこんだ。大友は無言でうなずき返し、その場に佇んだまま、ドアが閉まるのを待った。

電車が動き出す。ドアの所に立っていた佐緒里が、もう一度大友に向かって頭を下げた。すぐにスピードが上がって見えなくなる……佐緒里の視線は、少しだけ長く大友を摑み続けていた。


何だかな……大友は、もう何十回目かになる寝返りを打った。結局優斗を聖子の家に預けたので、今夜は一人。たまに一人になるのも悪くないと思っていたのに、いざそうなると落ち着かない。優斗が聖子の家に泊まって、夜は家に自分だけというのは何度も経験しているのに、今夜は部屋の空気がひどく空疎な感じがした。特に冷えこむせいもあるが……ひたすら目を閉じていたのだが、あまりにも眠くならないので、諦めて目を開けた。もう少しビールでも呑んでおくか……サイドテーブルの時計は午前三時を示している。駄目だな。本当に、そろそろ寝ないと。

眠れない原因の一つが佐緒里なのは分かっている。

今考えても仕方がないのだが、それでも頭に入りこんだ彼女の顔はなかなか消えてくれなかった。

ベッドを抜け出し、リビングルームに足を運ぶ。優斗の寝息が聞こえない家。ひどく空疎で、自分の家ではないような気がした。ほぼ暗闇の中、テレビ台に置いた写真を取り上げる。菜緒一人で写っている写真……もう一枚は亡くなる直前、家族三人で写したものだ。どうなんだろうな、と心の中で写真に話しかけてみる。

ふと彼女の声が聞こえたような気がした。そんなこと聞かないでよ、と。これはあなたの問題なんだから、私に相談するのは筋違いでしょう？

そうは言っても、僕はこれまでの人生で、何かを真剣に相談した相手は君しかいないんだ。どう思う？

私に聞かないで、と彼女は繰り返した。少し突き放すような言い方だったが、笑っているのが救いではあった。

写真をテレビ台に戻した瞬間、傍らに置いた電話が鳴り出す。こんな時間になんだ……顔を擦り、受話器を取り上げる。

「おい、やりやがったぜ」柴だった。声はうわずり、興奮が透けて見える。

「何だよ、いきなり」

「強盗だよ。あのビルに、今度は本当に強盗が入ったんだ」

「ちょっと待て」大友は手を伸ばして、部屋の照明を点けた。何のことだ？「本当に強盗」？ ようやく話の筋がつながり、大友は受話器を握り直した。「本当なのか？」

「こんなことで嘘ついてどうするよ、ああ？」

柴の声はやけにテンションが高い。スイッチが入ったな、と大友は苦笑いした。大友や敦美は「ドーピング」と呼んでいる。面白そうな事件を目の前にした時の柴の興奮は、常軌を逸しているのだ。

「状況は？」

「さっきアラームが鳴って、警備会社に連絡が入った。そこからこっちに話が回ってきたんだが、これが妙なことになってるんだな」

柴がにやにやしながら手揉みする様子が目に浮かぶようだった。彼にとって「妙な」というのは、「面白い」と同義語である。

「そんなに難しい事件なのか」

「被害者が、被害を否定しているらしい」

窃盗事件、強盗事件で、被害者が「被害はない」と言い出すのは、決してレアケースではない。そこにあってはまずい物を盗まれた時など、被害がなかったことにしてしまいたがるものだ――例えば、不正に手に入れた物、盗品などが盗まれた時には、届け出ると逆に自分の犯罪が明るみに出てしまう。今回もそういうことではないか、と大友は想像した。

それにしてもこの件は、睡眠を完全に奪ってしまった。気になって眠れない……ベッドに潜りこんでも、いっこうに眠くならないのだ。先ほどとは質が違う、目の冴え。かといって、自分に何ができるわけではない。基本的には後山の指示がないと動けないわけで、自分から「捜査に参加させてくれ」というのは筋違いだ。このところ、「本籍地」である刑事総務課に散々迷惑をかけている、と申し訳なく思う気持ちもある。仕事も溜まっているのだし、この辺で総務課員としての日常を取り戻さないと。

だが、このまま放っておいてはいけない気がする。大友はまたもベッドから抜け出し、冷蔵庫を開けた。ミネラルウォーターを一口……食道から胃が冷やされ、少しだけ気持ちが落ち着く。次の瞬間には、今まで一度もやったことのない行為を思いついた。

こちらから打って出る――ただし一日だけ。この事件では、もしかしたら僕でも役に立つことがあるかもしれない。寝室から携帯電話を取ってきて、後山の電話番号を呼び出す。午前四時。さすがにまずいか……大友の精神の大部分を占める「常識」が、やる気を削いでいく。だがいつの間にか、親指は通話ボタンを押していた。

呼び出し音が一度鳴っただけで後山が電話に出たので、大友は驚いて挨拶の言葉を失ってしまった。まるで、携帯電話を手にして、こちらからの連絡を待っていたようではないか。

「今、電話しようと思っていました」後山の声ははっきりしていた。

「……赤坂の強盗の件ですか？」

「もう連絡がいきましたか？」

「柴から……多分、発生直後だったと思いますが」

「彼が張り切るのも当然でしょう。一度痛い目に遭ってますからね」

「現場へ出ようと思います」

今度は後山が言葉を失った。これが異常な事態だということは、彼にも十分分かっているはずだ。僕の方から「やらせて下さい」と言い出すなど……。

「今日一日だけでいいんです。柴が心配なんですよ」返事がないので、大友は食い下がった。

「ああ、彼の暴走癖はね……でも、彼を監視する人間なら、他にもちゃんといますよ」

「参事官は、どうして電話しようと思ったんですか？　私を現場に出そうとしたんじゃないんですか」

「それについて相談しようとしたんですけどねえ」後山の言葉は歯切れが悪かった。

「どうもこの件には、どこか胡散臭い部分がある」

「そもそも、強盗が入るというタレコミだったんですよね？」それ自体は問題がない。裏社会というのは複雑に絡み合っているもので、味方だと思ってつい情報を流した人間が、あっさり裏切って警察や敵対組織に情報を入れるのは、珍しくはない。騙された方が間抜け、というのが裏社会の暗黙の了解なのだ。

「そうです」

「タレコミの内容は正しかった。結果的に、何も奪われずに済みましたけど……」

「ところが、そのタレコミをしてきた人間が行方不明のようなんですよ」後山の声は暗かった。

「どういうことですか？　そもそも何者なんですか？」柴がそんなことを言っていたはずだ。あの時は曖昧な情報として聞き流していたが、やはり情報提供者は消えていたのか。

「マル暴関係者なんですけど、あの後で連絡が取れなくなったんです」

いつの間にか殺されていた、というのも、暴力団の間では時にあることだ。殺人事件は、警察が認知するものが全てではない。まったく表沙汰にならない、被害者が誰かも分からない殺人事件というのも世にはある。

「どういうことですか？」

「そこは分かりません。暴対の方ではなく、一課の刑事のネタ元なんですけどね」

「暴対の方では、その暴力団員のことは摑んでいないんですか？」

「もちろん、構成員だということは把握しています。リストにも載っています。ただ、行方が分からない」

「妙ですね……」強盗未遂、というか失敗の後に姿を消したのは何故か。もちろん、この一件とは関係ないかもしれない。何か失敗をしでかして、組の人間に始末されたか、自ら姿を消した可能性の方が高いだろう。

「そう、妙なんです」後山が力説した。「そのうえ、今回の事件です。どう考えてもおかしいでしょう」

「筋は通りませんね」

「……というわけなので、取り敢えず現場を見て下さい。前の時にも、あなたは現場にいたんですから」

「分かりました」

「話は私が通しておきます。しかし、一日でいいんですか？」

「刑事総務課を長く空けておくわけにもいきませんから」

「では、取り敢えず今日一日だけ様子を見て下さい」

「了解です」

「しかしこれは、悪くないことだと思いますね」後山が、どこか嬉しそうに言った。

「何がですか？」

「あなたが自分から手を挙げたことですよ。福原さんは、こうなることを待っていたんですから」

「そうなんですか？」

「福原さんと、よくそういう話をするんです」

意外だった。後山と福原がそんな話をしていたとは。この二人は、普段どんなつき合いをしているのだろう。後山は福原のことを「師匠」と呼んでいるのだが。

「そうですか……」

「大友さんが自分から言ってくるのは、大事なことです。結局こういうことは――家庭と仕事のバランスは、周りの人間が決めることではないんですよ。最後は自分で何とかしなくてはいけない。そうでしょう？」

「まあ、そうですね……」

「だからこれは、新たな一歩になると思います」

「そう簡単なものでもないんですけどね」苦笑せざるを得ない。「どこかのタイミングで、きっぱり切り替えられるものではありませんよ」

「でもいつか、その日はくるんです。今日が一つのきっかけだと思えばいいんじゃないですか」

「はあ」

「適当なタイミングで連絡して下さい」

後山は電話を切ってしまった。何とも言えない……これでは自分から網に飛びこんだようなものではないか。もちろん大友も、自分のキャリアについては考えている。この先、どこの部署でどんな仕事をすれば、納得できる人生を送れるのか。天職は、捜査一課で犯人と対峙したり、被害者を慰めたりすることだと信じているが、あの職場が激務であることに変わりはない。本気で取り組んでいたら、それこそ私生活を犠牲にしないといけないのだ。そのためには、あと六年ぐらいはかかるのではないか？ 優斗が高校を卒業し、社会に出るか大学に進学するかして、僕の元から巣立つ時。ただ、その時の自分の年齢を考えると、あまりにも虫のいい計画に思える。現場を離れていればいるほど勘は鈍るものだし、六年後に現場に復帰したとしても、今度は体力的についていけるかどうかも分からない。刑事部の現場は、基本的に若い警察官たちの独壇場なのだ。

もっと早く、どこかで生活と仕事の折り合いをつけ、捜査一課に復帰すべきか……あるいはまったく別の、自分の特性を生かせる仕事を見つけるべきか。刑事総務課にいると、刑事部全体の仕事を見渡すことになるし、多くの同僚に話を聞けば、自分の特性を考え直す機会もあるだろう。

僕はどこへ行こうとしているのかな……些細な気持ちの揺れが、こんな大きな悩みを引き起こすとは思ってもいなかった。

赤坂のビルは、短い期間に二度も警察の捜査対象になった。しかもまだ傷だらけ——爆破された壁などの補修は済んでいない。このビルに入居するテナントは大迷惑を被っているだろう、と大友は同情した。

封鎖テープの前に立った瞬間、柴がビルから出て来た。ラテックス製の手袋を外しながら、渋い表情で大友にうなずきかける。煙草をくわえたが、現場ではまずいと思ったのか、すぐにパッケージに戻した。

「最初のやつはフェイクかもしれない」

いきなり大胆な推測を口にする。耳の調子のことから話を始めようとしていた大友は、出鼻を挫かれた。

「フェイク？」

「例えば、警察がどこまで内偵捜査をしていたのか、探ろうとしたとか——実際には何も調べてなかったんだけどな。それに、一度騒ぎを起こした場所は、警戒が薄くなる。こっちだって、同じ場所に二度押し入る人間がいるとは思わないよな。警戒が手薄になったところで、いよいよ本番、とか」

「でも、宝石店は狙われていない」

「だから、本当の狙いもそっちじゃなかったとかさ。もしかしたら、タレコミしてきた人間もグルだったかもしれない」

「だけど、わざわざそんな大袈裟な準備をするかな」大友は首を捻った。手がかかり過ぎる。

「可能性はあるってことだよ。全て、今回のための準備だったかもしれない」柴は譲らなかった。「だとしたら、結構頭の切れる連中だぞ」

「そっちの事件の捜査、どこまで進んでたんだ？」

「ほぼ同じ事件が三件」柴が指を三本立てた。「使われた爆弾も同じだって分かった」

「やっぱり中国人なのか？」

「それがはっきりしないんだ」柴の顔が歪む。「過去の事件とのつながりもよく分からない。ただ、都内だけじゃなくて横浜でも同じような事件が起きてるそうで、今、神奈川県警と情報の擦り合わせをしている」

「そうか……で、被害者は？」

「ビルの三階の事務所」

「職種は？」

「小さい商社らしい。中国人が事務所を構えてる」

「その人は……」

「劉《りゅう》という男だけど、これがいかにも怪しくてな」

「強盗はなかった、と言ってるんだろう？」

「本人が怪我してるのにさ。おかしいだろう？」柴が吐き捨てた。結局煙草を我慢できなくなったのか、規制線の外に出て火を点ける。朝早い時間にもかかわらず野次馬が集まって来ていたが、彼らに背を向けて、低い声で話を続けた。煙草を持った手で、額を指してみせた。「頭を一撃されてる。そのまま病院に運びこまれて、入院しちまうほどの怪我だぜ？　それなのに本人は、『転んで怪我した』と言い張ってる」

「何か盗まれたのか」

「本人によると、何もないそうだ。何しろ強盗じゃないんだから」柴が皮肉っぽく言った。

「妙だな……」

「ふざけた話だよ」柴の目が細くなる。「犯人も、この被害者もふざけてる。こっちは洒落や冗談で仕事してるわけじゃないんだぜ」

柴は頭に血が昇っていて、状況を理路整然と説明できなかった。何とか宥めすかして話を聴き、大友は自分の頭の中で今回の事件の筋を組み立てた。

アラームが反応したのは、午前二時前。警備会社の人間が駆けつけると、劉の会社「極亜貿易公司」のドアが開き、そのすぐ内側で劉が頭から血を流して倒れていたという。意識を失ってはいたが、声をかけるとすぐに息を吹き返し、「転んだ」と証言した。警備会社の方では、その証言をすぐに疑った。アラームは誤報ではなく、何者かが部屋の鍵をこじ開けようとしたのは間違いなかった。しかもそのアラームを鳴らしたのは、劉以外に考えられない。事務所内に一人でいて、何者かがドアをこじ開けようとしているのに気づき、アラームを鳴らした。しかし警備会社の到着が間に合わず、劉は押し入ってきた連中に襲われた——というのが、警備会社側の読みである。一一〇番通報したのは、警備会社だった。

「自分でアラームを鳴らすのは、必死になっている時には不自然ではないと思う」

「ああ」大友の推理に柴が同意した。「警備会社なら、アラームが鳴っただけで飛んで来るからな。それにアラームが鳴れば、押し入って来た連中もビビって逃げ出すかもしれない」

「——ということがスムーズにできるほど、普段からトラブルを恐れてたのかな」

「中国人だから、日本語が得意じゃないだけかもしれない。警察に話すのが面倒だと思ったんじゃないか」

それも考えられる可能性だ。いざという時のために何か手を打っておくのは、商売をする人間として当然だろう。

「それはそれとして、だ」柴が声を荒らげる。「頭をぶん殴られて血を流して倒れていた……それを『転んだ』はないだろう。部屋の中を見たけど、床に血溜まりができてるんだぜ？　床に頭をぶつけたんじゃない限り、あんな風にはならない」

「そうか……」大友は腕組みをした。床に血が流れていた。すぐ側で中国人の実業家が倒れていた——様々な状況が考えられるが、柴が「不自然だ」と言えばそれは不自然なのだ。この男の目は信用できる。

「部屋の中は、ちゃんと調べたのか？」

「それがな……」柴の顔が歪む。「社長の劉本人が病院に運びこまれているから、何が盗まれたのかも分からないんだ。今、他の社員に連絡を取ってる。おっつけ来ると思うから、本格的に調べるのはそれからだな」

「お前の見た感じではどうなんだ？　荒らされた形跡はあるのか」

「何とも……」柴が首を捻り、煙草を携帯灰皿に押しこんだ。「確かに、部屋は整然としている。要するに普通の事務所なんだよ」

「商社って、何を扱ってるんだ？」

「詳しいことは分からない。とにかく、会社の人間が来るまで、中に手はつけたくないな」

「会社の人って……中国人じゃないのか？」日本の会社なら「公司」と名前はつけないだろう。

「日本人もいるらしいぜ」

「だったら、まず日本人から話を聴いた方がいいな……僕もちょっと一緒にいてもいいだろうか」

「何遠慮してるんだよ。そのために来たんだろう？」柴がにやりと笑う。「隅の方にいれば大丈夫だよ。うちの係長は……ちょっと面倒だけど」

「そうだったな」大友は思わず苦笑した。柴の直接の上司である桜川《さくらがわ》は、大友に対する「強硬派」だ。何度か現場で一緒になったが、第一声は必ず「何しに来た」である。福原なり後山なりの後押しもまったく意に介さず、大友を邪魔者扱いする。しかし大友としても、彼の扱い方はだいたい把握していた。「いないこと」にしてしまえばいい。何か分かったら、柴を通じて報告。桜川としては、大友が直接話しかけない限り、機嫌を損ねないようだった。もちろん、最初の挨拶はちゃんとしなければならないのだが……。

幸いなことに、桜川は現場にはいなかった。柴も気づかないうちに、病院の方へ回ったらしい。ほっとして、しかしなるべく他の刑事たちの邪魔をしないようにしながら、部屋の中を見回した。

典型的な、小さなオフィスだった。細長い部屋の奥に向かってデスクが並び、椅子は……六つ。この他、独立して一つだけデスクが置いてある。六つ並んだ椅子の方は、グリーンが目に優しいポップなデザインだが、いかにも安っぽい。一方、一つだけ独立したデスクは劉のものなのか、マホガニー色のどっしりした物だった。椅子も座り心地のよさそうなアーロンチェア。部屋の左側はほとんど床まで窓で、昼間は陽光が遠慮なく入りこんでくるだろう。今はブラインドが下り、朝の光は遮断されていた。窓の反対側の壁は、一面のファイルキャビネット。マホガニー色のデスクと緑色の椅子以外は白で統一されており、清潔な印象だった。それぞれのデスクには電話とノートパソコンが乗っていたが、書類の類いはない。まるで警察のようだな、と大友は思った。警察では、帰る時には重大な書類は全て引き出しかファイルキャビネットに入れて鍵をかけること、と徹底されている。

ドアのすぐ側の床に、まだ血痕が残っている。量からすると、大した出血ではない。大友は念のために周囲を見て回った。本当に「ぶつけて怪我した」というなら、どこかにその形跡があるはずだ。デスクの角、ファイルキャビネット……しかし、どこにもその形跡がない。床に残っているわずかな血痕のすぐ近くで殴られた、と判断するのが自然だろう。

一度廊下に出て、事務所近辺の様子を頭に叩きこんだ。グレイの絨毯敷きの廊下は、LEDの照明に照らされている。このフロアにドアは十枚……おそらく、極亜貿易公司のような小さな会社ばかりだろう。日本の会社の九十九パーセント以上は中小企業だというが、東京には、こんな風に小さな会社ばかりが入ったビルが無数にある。

エレベーターが開き、恐る恐るといった様子で背広姿のサラリーマンが二人、こちらに向かって来る。極亜貿易公司の社員かとも思ったが、そこを通り過ぎて、奥の別の会社に向かった。ちらりと大友の顔を見たので、軽く会釈してやる。それで不安が薄れたわけではないようで――自分の会社へ行くだけでも、下であれこれ面倒なやり取りがあったのだろう――むしろ逃げるように去って行く。

これから、かなり厄介なことになるな、と大友は読んだ。会社が本格的に機能するのはこれからで、このフロアにある会社にも、多くの社員が一斉に出勤してくるはずだ。極亜貿易公司の前にも制服警官を配して、「交通整理」をしないといけない。

柴が部屋から出て来た。

「どうよ」

「自分でぶつけた、は嘘だと思う」

「だろうな」柴が鼻を鳴らした。「こいつはやっぱり怪しいぜ」

「分かってる……それと、ここにも制服組を置いた方がいいんじゃないかな。他の会社の人たちに迷惑をかけそうだ」

「ああ、そうだな」柴が無線に向かって、応援を要請する。すぐに、制服警官二人が上がってきたので、柴がここの警戒を命じた。それが済むと、両手を叩き合わせ、「病院に行くか？」と切り出す。

「そうするか」桜川とぶつかるのは面倒だったが、この部屋にいても何かが分かるとは思えない。社員への事情聴取なら、他の刑事でもできると思う。

僕は……興味を抱いている。劉という男は興味深い。

非常に興味深い。

7

病院で、桜川は、大友の顔を見た途端に唇を捻じ曲げた。だが怒鳴りもしなければ、皮肉の一つさえ言わない。珍しいことだな、と大友は逆に警戒した。何か事情が変わったのか……最初からぶつからないよう、何も言わずに素直に頭を下げるだけにする。

「参事官から話は聞いている」桜川の口調は硬かった。

「前回の爆破事件で現場にいましたから……」

「今日だけにしておけよ」いきなり釘を刺した。「それ以上の勝手は許さない」

大友は何も言わず、うなずくだけにした。一日だけは見逃してやる……執行猶予のようなものか。それで何ができるかは分からないが、まず、劉に会ってみないと何も始まらない。

「劉さんには話を聴いたんですか？」

「まだだ。今は手当てを終えて休んでいる」

「同席させていただいてよろしいですか？」大人しくしていますので、という台詞を呑みこむ。そこまで卑屈にならなくてもいい、と思った。

「お前は黙ってろよ。余計な質問はなしだ」

またも無言でうなずく。声を出さなければ証拠が残らないというわけではないが、何となくそういう気分だった。

「ちょっと時間がかかる」桜川が腕時計を覗きこんだ。やたらとボタンがたくさんついたオメガだった。

「一服してきます。話が聴けるようになったら呼んで下さい」

柴がさっと頭を下げ、踵を返した。大友はすぐに後を追いかけ、横に並んだ。朝の病院も、救急搬送口付近は静かだった。待合室に回れば、もう順番待ちの人で一杯だろうが……柴はそちらを避けて、裏の駐車場に回った。外に出ると、すぐに煙草に火を点ける。盛大に煙を噴き上げ、「雨になりそうだな」とぽつりと言った。

「今日の降水確率は七十パーセントだった」

「そんなの、一々調べてるのか？」

「洗濯物があるから」

「あー、お前は……」柴が呆れたように溜息をついた。「飯を作るぐらいならいいけど、本当に所帯じみてるな」

「しょうがないだろう」柴の言う通りだな、と思いながらも大友は反論した。「浴室乾燥を使ってると、ガス代が滅茶苦茶高くなるんだ。部屋干しするにしても、雨の日は乾きが悪くなるから」

「へいへい、分かったよ」柴が肩をすくめる。「そう言えばお前、高畑に飯を奢ったらしいじゃないか」

「成り行き上、ね」大友は肩をすくめた。

「成り行きでも何でも、羨ましい限りだな。そのうち、俺にも飯を食わせろよ。優斗にもしばらく会ってないし……最近、どうだ？」

「段々生意気になってきた」

「パパとしては心配な限りだな、ええ？」面白そうに柴が言った。

「茶化すなよ。親としては、結構深刻な問題なんだから」

「だけど、それが普通だろう？　小学校の高学年から中学生にかけてなんて、反抗期真っ盛りで親とは口もきかないのが普通だぜ。俺もそうだった」

「別に話さないわけじゃないけどさ」

「だったら十分だろう。だいたい――」携帯が甲高い呼び出し音を立て、柴が背広の内ポケットに手を突っこんだ。ちらりと見て、「係長だ」と告げてから電話に出た。

「はい――はい、分かりました。すぐ行きます」勢いをつけて携帯を畳む。

「面会できるようになった？」

「ああ、行くか」煙草を携帯灰皿に突っこむ。「お前は大人しくしてろよ」

「誰かが適切な質問をしてくれる限りは」

「そういうことを言うから、係長辺りに嫌われるんだぜ」

大友は肩をすくめた。正論だと思っているが……今回の事情聴取は難しそうだ。何か隠している相手と対決する場合、やはりそれなりのテクニックが必要になる。なるべく口を挟まないようにして、観察に徹しよう。

人は口だけで喋るわけではない。目つき、手の動き、表情の変化――言葉とまったく別の本音が透けて見えることもある。

事情聴取は、桜川自身が担当した。劉は個室に移されていたが、それほど広いわけではなく、刑事が四人中に入ると、かなり密集した感じになる。大友はドアに背中を押しつけ、ベッドから一番遠い場所に陣取った。一人椅子に座る桜川の背中は、異常に緊張している。

劉自身は、中肉中背の男だった。病院お仕着せだろうか、薄いトレーナーのような服を着て、ベッドで胡坐をかいている。豊かな髪はほとんど白くなっているが、一部が焦げ茶色になっている。出血の名残だろう。ネット型の包帯が丸く頭を包み、ひどく痛々しい感じだった。ただし劉本人は元気な様子で、顔色も悪くない。事前に医者に聴いた話でも、傷は浅く、軽傷ということだった。

「劉光祖《こうそ》さん……この名前でよろしいですか」

「はい、私は劉光祖です。発音は違いますが、日本では『こうそ』で大丈夫です。私は、商売でもその名前を使っています。りゅう・こうそ」

基礎データの確認が続く。生年月日は一九五五年八月七日、生まれは山東省。地名に関して大友が分かるのはそこまでだった。

「日本にはいつから？」

「あー、何回か来ています。最初は学生時代、留学しました」

「その後は？」

「都合、五回。短い時は半年。長い時は二年で、二年前から私はずっと日本にいます」

「会社を作ったんですね」

「そうです」

「具体的には、どんな仕事なんですか？」

「今は、電子機器を扱っています。中国から日本へ、輸出」

劉の日本語は滑らかだった。イントネーションの揺れもほとんどなく、事前情報なしで話をしていたら、中国人とは思わないかもしれない。唯一、かすかな違和感があるのは「私」が頻出することかもしれない。日本語を学んだ外国人は、しばしば「私」を使い過ぎる傾向がある、と誰かに聞いたことがあった。日本語は主語を省いても意味が通じてしまうので、普段の会話では「私」なり「僕」なりが頻出することはない。

桜川の事情聴取は、定型に添って進んだ。人定の確認をしているうちに、大友も劉の人生の曖昧なストーリーを摑んだ。八〇年代前半に日本の大学で日本語と経済学を学び、中国に戻ってから、まず通訳の仕事から始めた。中国をビジネスで訪れた日本の電気機器メーカー担当者の通訳を務めたことから、この会社とのコネクションができた。その後、改革開放政策に乗って、中国産の電子パーツを日本へ輸出する仕事を始め、二年前からは日本で会社を作り、本腰を据えて貿易の仕事に乗り出したのだという。

「会社の従業員は何人ですか？」

「あー、私を入れて十人です。日本人五人、中国人五人」

「強盗の件ですが――」

「それは、誤解です」劉の声が急に硬くなった。「私が自分で転んだんです」

「転んで、そんな怪我になりますか」桜川が突っこんだ。

「実際そうなんだから、仕方ないです」劉がそっと包帯に触れた。

嘘。

医者の話では、怪我は細い金属製の物体で殴られたようだ、という。刃物ではない……例えば伸縮式の警棒のようなものか、と大友は想像していた。あるいはブラックジャック。

ブラックジャック?

敦美の負傷は、おそらくその手軽で物騒な武器によるものだった。ブラックジャックを凶器に使った事件が、日本でどれぐらいあったか……アメリカではそれほど珍しくない武器だと聞いたことがあるが、日本ではあまり見かけないのではないだろうか。

もちろんブラックジャックと決まったわけではないが、偶然が微妙に重なり合っているようだ。

「しばらく前に、あのビルに強盗が入ろうとしたことがありましたね」桜川が話題を変えた——変えたようで、微妙に同じネタを展開しているのだが。

「聞いていますよ」

「その時に被害は?」

「何もありません」劉が慎重に首を横に振った。

「昨夜は仕事ですか」

「年末が近いので」

「午前二時まで?」

「ぎりぎりの仕事です」それで分かるだろう、とでも言いたげに、劉が肩をすくめる。

「他の社員の人は?」

「いませんでした。最終チェックは、社長の仕事です」

「非常通報がありましたが、あなたがやったんじゃないですか」

「あー、それはよく覚えていません。痛かったので、何をしたか、記憶にないです」

惚《とぼ》けている、と大友は確信した。やはりあの事務所には、その存在を知られてはならない物があったのではないだろうか。

「自分で通報用のボタンを押したんじゃないですか」

「そうかもしれませんけど、私は覚えていません」

「一一〇番通報しなかったのはどうしてですか」

劉がきょとんと目を見開いた。次の瞬間には苦笑して、肩をすくめる。

「警察に電話するようなことは、何も起きていませんよ」

「転んで頭をぶつけただけでは、そういう怪我にはならないものです」桜川が、指を突き立てるように劉の頭の包帯を指した。手の動きを見ただけで、苛立ちが分かる。

「それは、私には分かりません。怪我のことは、全然知りませんから」

桜川の言葉が一瞬途切れた。劉の答えはあまりにも淀みないもので、疑いを抱く余地はない。大友も一瞬、彼が本当のことを言っている、と信じかけた。桜川がちらりと振り向き、大友と目を合わせる。「助けてくれ」の合図か？　まさか……僕がここにいることさえ、鬱陶しがっていたじゃないですか。部外者は口を出しませんよ——と口を引き結んだ瞬間、柴に腕を小突かれた。今にも笑い出しそうな顔で、劉に向かって顎をしゃくって見せる。

大友は一つ息を吐いて、ドアから背中を引き剝がした。一歩だけ前に出て、「ちょっとよろしいですか」と告げる。桜川が何も言わなかったので、そのまま劉に向かって話しかけた。

「刑事総務課の大友と言います」

「はい、大友さん」劉の言葉は素直で、何かを疑っているような様子はなかった。「総務課」という言葉に引っかかる人もいるのだが、劉は特に疑問には思わなかったようだった。

「この前の強盗騒ぎの時には、会社にいなかったんですか」

「よく覚えていませんけど、いなかったと思います」劉が口元に杯を持っていく振りをして、にやりと笑った。「私、毎晩晩酌しないといけない。あの日もきっと、呑んでいましたよ」

「それは証明できますか」

「ノートを見てみないと。会社にあります」

「日記のようなものですか」

「そう、日記。私は毎日の業務日誌を書いています。それを見れば分かりますよ」

「見せてもらっていいですか？」

「ああ、まあ」劉の顔が初めて歪んだ。「商売上の秘密もあるので……どうしましょう」

「仮に何か分かっても、私たちは劉さんの商売を邪魔しませんよ」桜川が辛うじて微笑みを浮かべる。劉は反応しなかった。「それに、これから会社の中も調べます。何が起きたか知りたいので」

「私が自分で転んで頭をぶつけた、それだけです」劉の表情が少しだけ強張る。「調べても何も出ませんよ。それに、ちょっと困ります。普通に仕事させてもらえませんか？　年末が近いので、やっておかなくてはならないことがたくさんあるんです」

「半日で済みます」

「半日、ねえ」

劉が溜息をついたが、大友にはどこかわざとらしく見えた。そう考えてしまうと、全ての仕草や言葉が芝居がかって見えてくる。大友は、劉の拳を見た。緩く握っているだけで、そこからは緊張感が窺えない。それもまた怪しかった。本当に自分で転んで怪我しただけなら、警察官が何人も病室に押しかけてきて質問攻めにされるような状況には耐えられないだろう。怒り出してもおかしくはない状況だ。それなのに彼は、妙に穏便に事情聴取に応じている。よほどの大人《たいじん》でなければ、最初から演技で防御壁を張り巡らせてしまったに違いない。

「劉さんは、病院にどれぐらいいる予定なんですか」

「今日はずっといるんじゃないですか」劉が頭にそっと触れた。「レントゲンを撮りました。何でもないんですけど、頭だから念のため、と言われています」

「ああ、脳震盪《のうしんとう》を起こしているかもしれないし」

「そうらしいですねえ。何ともないんですけど……早く会社に戻りたいです」

「それは、病院と相談していただかないと。あと、誰か連絡を取らないといけない人はいませんか？　ご家族とか」

「ああー、それは大丈夫」サイドテーブルから携帯電話を取り上げた。「これ一本あれば困りません。誰とでも話せます」

「頭の怪我ですから、無理しない方がいいですよ」

「そんなに大変なことではないですよ」劉が苦笑した。「どうも、お騒がせしまして……しかし、警備会社も大袈裟です」

「警備会社は、普通の仕事をしただけだと思いますよ。後で文句を言っておきます」

劉は何も言わず、肩をすくめるだけだった。その後も桜川が攻め続けたが、役に立ちそうな情報は出てこない。あくまで「何もなかった」「転んで怪我した」と繰り返すだけだった。

桜川が立ち上がった。諦めた様子ではないが、ひどく疲れている。たぶん、内心の怒りを押し殺し過ぎたのだ。しかしここは、一度引くしかない。現場を調べて、そこで見つかった物証と証言を照らし合わせる。そうすれば、劉の言葉に矛盾が見つかる可能性もあるのだ。

話し合う必要もなく、方針は決まっている。だからこの時点では落ちこんだり悩んだりする必要はないのだが、何故か全員が敗北感を共有していた。まんまと煙に巻かれた、という感覚が強い。

「では、会社の中は調べさせていただきます」

桜川の言葉は要請ではなく宣言だった。被害者本人が「事故だ」と言っている以上、無理はできないのだが、桜川はあくまで強気に押した。日本人でも、こういうやり方が正しいかどうか分からない人は多いし、まして日本の法律には疎い中国人には理解できまい、という計算が透けて見える。嫌らしいやり方だったが、劉は特に拒絶しなかった。ただ、「手短にお願いします」と頭を下げただけだった。

病室を出て、一行は無言で駐車場に向かった。桜川は終始無言で、不機嫌そうに肩が上がっている。覆面パトカーのところまで来ると他の三人に向き直り、「何で奴は嘘をつくんだ？」と問いかけた。決めつける言い方は危険だが、大友自身もそう感じているので何も言えない。

「大友、どうだ？　奴は嘘をついていると思うか」

「少なくとも、怪我については嘘ですね。あの傷は、間違いなく誰かに殴られたものでしょう。医者の見立てが外れているとは思えません」

「じゃあ、どうして奴は嘘をつく？」

「パターンは二つ、考えられます」大友は人差し指と中指を立てた。「一つは、何か警察に知られたくない物があの会社にあるかもしれない、ということ。盗品かもしれません。もう一つが、犯人を我々に教えたくない、ということです」

「何だ、それは」

「例えば、内輪揉めかもしれません。殴られたにしても、仲間を警察に売りたくないのか……あるいは自分で落とし前をつけようとしているのか」

「ヤクザじゃないんだから」桜川が苦笑したが、一瞬のことだった。すぐに真顔になり、「チャイニーズマフィアか?」とつぶやく。

「それは、会社のことをよく調べてみないと分かりません。劉の個人的な背景も知る必要がありますね。それと、本人は否定していましたけど、前回の爆破事件との絡みもあるかもしれません。窃盗団は中国人グループの可能性もありますし、劉も中国人ですから……」

「中国人なんか、日本国内にはごろごろしてるぞ。全員が悪人っていうわけでもないだろう。とにかく、ご指摘どうも」

桜川が皮肉っぽく言った。こちらはごく自然に意見を述べただけなのだが、と大友はむっとした。だいたい、最初に意見を求めてきたのは桜川の方ではないか。だが、彼への対処法は決まっている。何も喋らないことだ。

「引き上げるぞ。まず会社を調べる。それから、劉に関する情報収集だ」

言い残して、桜川は覆面パトカーの助手席に滑りこんだ。若い刑事が慌てて運転席に乗りこみ、エンジンをかける。車が走り去るのを見て、柴が短く笑った。

「しかしあのオッサン、どうしようもないな」

「そうかな」

「お前が言ったことを繰り返してただけじゃないか。ああいう時は、きちんとお礼を言うべきじゃないのかね？　自分の代わりに考えてくれてありがとう、って」

「桜川さんにお礼を言われても、あまり嬉しくない」

「言うねえ」柴がにやりと笑った。「俺たちも戻るか。お前、もう少し手伝ってくれるんだろう？」

「今日一日は」

うなずき、柴が覆面パトカーのキーを宙に放り投げた。手を横に振るようにしてキャッチする。柴がにやりと笑い、「お前は本当に事件づいてるね」と感想を漏らす。

「こんなのは、十年に一度かもしれないね」

「ちょうどいいだろう。たまには死ぬ気で仕事しないとな」

しかし考えてみれば、僕が忙しいのは当たり前だ。柴たちは、発生した事件の一つ一つに対処する。何か——より大きな事件でもなければ、その事件が解決するまでつき合うのが普通だ。それに対して僕は、「つまみ食い」するようにあちこちの捜査に首を突っこむ。これでは、一線の一課の刑事より忙しくなるのも自然である。

「ほら、行くぞ」柴が車のドアに手をかけながら言った。

「ああ」車に乗りこみながら、ふと「ワークライフバランス」などという言葉を思い出していた。それは日々変わっていくものだろうが、最終的にどこに着地するのだろう。

誰でも、仕事と私生活の配分に悩んでいるはずで、それが終わるのは、勤め人なら退職する時だ。

考えても仕方ないことだと思いつつ、最近ろくに話もしていない優斗の顔を思い浮かべてしまう。

8

会社は混乱していた。

出勤してきた社員立ち会いの元で現場検証が行われていたのだが、当然全員が室内に入れるわけもなく、何人かは廊下で待機を強いられている。ここで待っていても仕方ないのだから、外でお茶でも飲んでいればいいのにと思ったが、やはり心配で立ち去る気にはなれないようだった。時々、開いたドアの隙間から中を覗きこんでいる。

そんな様子を遠目に見ながら、大友は社員のリストを柴と一緒に検討した。

「今、事務所の中に入っているのは？」

「高《こう》という中国人と、浅羽《あさば》という日本人」柴がリストに太い指を走らせる。「この二人が幹部格なんだろうな」

「役員？」

「そこまで大きな会社じゃないよ」柴が苦笑した。「そもそも劉の個人商店みたいなものだろう」

「誰か摑まえて、話を聴こう。どうせ暇なんだろうし」大友はドアの前に固まっている五人に目をやった。

「誰かって、誰を？」

「誰でもいいんだ。小さな会社なら、誰に話を聴いても同じじゃないかな」

「そうだな」

「勝手にやるから」

「係長に黙って？　いいのかよ」

「何か言われたら、適当に誤魔化しておいてくれないか？」

「面倒臭いな。一回、貸しだぞ」柴が人差し指を立てた。

「分かってる」うなずいて言ってから、大友はもう一度リストを見下ろした。廊下にいる五人の顔と名前は一致しないので、適当に声をかけよう。何となく勘が働き、「古谷《こたに》」という名前に目をつけた。

ドアに向かって歩き出し、途中で「古谷さん」と呼びかける。五人が一斉にこちらを見た――全員がコピーしたように不安そうな表情だった――が、そのうち一人が「はい？」と返事をした。

三十代半ば、というところだろうか。ひょろりと背の高い男で、丈の短いトレンチコートを着たままだった。事情を知らずに出勤して来て、いきなり廊下で足止めを食らったのだろう、と想像する。

その場に固まったままだったので、手招きする。困惑した表情のまま、他の社員たちと顔を見合わせたが、結局恐る恐る大友に近づいて来た。

「刑事総務課の大友と申します」自己紹介しながら、顔の横でバッジを開いた。「ちょっと話を聴かせてもらっていいですか？」

「あ、はい」

自信なさげに一歩を踏み出す。大友は半身の姿勢を作って、エレベーターホールの方に向かって右手を差し上げた。

「ここじゃないんですか？」古谷が露骨にひるんだ表情を浮かべる。

「立ち話も何ですから」

とはいえ、このビルには空いている部屋などない。仕方ない、外でお茶でも飲むか……桜川に知られたら確実に文句を言われるだろうが、相手をリラックスさせるためには、こういうやり方も仕方がない。それに今日は、家を出てからまだ何も口にしていないのだ。遅い朝食を古谷と一緒に食べるわけにはいかないが、せめて糖分の補給ぐらいはしないと。

「面倒な話ではありません。他の方にも伺いますので……」

小声で言ったつもりだったが、他の社員にも声は伝わってしまった。全員が揃って、顔を引き攣らせる。そんなに緊張しなくても、と声をかけても無駄だろう。

「とにかく、おつき合い願います」

大友は古谷にうなずきかけた。古谷が不安気な表情を浮かべたまま歩き出したのを見て、横に並ぶ。こういう時は、必ず相手の歩調に合わせて、横にいなければならない。先導しているとしばしば振り向いて相手を緊張させてしまうし、背後についたらついたで、監視されている緊張感を強いることになる。一緒に歩いていますよ、ひどいことをするつもりはありません、と態度で示す必要があるのだ。

ビルの外へ出て、近くのスターバックスへ入った。

「その辺の席で待っていて下さい」

「自分で払いますよ」古谷が尻ポケットから財布を抜いた。長財布で、これではポケットからはみ出してしまうだろうが、気にならないのだろうか。

「大丈夫です。これぐらいは、役所で払いますから」

古谷が財布を手にしたまま、大友の顔をじっと見た。ここでコーヒーを奢ってもらうだけで、何かマイナスになるのでは、と心配している様子だった。大友は「席で待っていて下さい」と繰り返し、うなずきかけた。古谷は納得した様子ではなかったが、財布をポケットに戻して、空いている席へ向かう。

大友は、自分の分のラテにはアーモンドシロップを加えてもらった。相当甘いので、飲めばしばらく空腹を気にしないで済むだろう。

カップを二つ持って、席へ向かう。午前十時過ぎ——店は比較的暇な時間なのだろう、客は少ない。オフィスビルの一階にあって、壁もない店舗なので、ひどくざわついている。古谷は落ち着かない様子で、周囲を見回していた。大友は甘ったるいラテを一口飲み、悲鳴を上げていた胃が落ち着くのを待った。やがて周囲を警戒するのにも飽きたのか、古谷はカップの蓋を取った。長居はしない、という宣言のようなものである。蓋を開けると、ラテは急激に冷えて、飲む時間を短縮できるのだ。

「あの、中の調査……いつまでやってるんですか」

「ああ、すみませんね、仕事の邪魔になってしまって」大友はまた一口ラテを飲んだ。何だか癖になりそうな感じがする。「でも、順番に調べて行くのでそれなりに時間がかかります」

「だけど、いったい何を調べてるんですか？」

「何か盗まれた物がないかどうか」

「だって、社長が自分で転んだっていう話ですよね？　そう聞いてますけど」

「話に矛盾がありましてね。強盗の可能性もあるんです」

「まさか」古谷が声を上げて笑ったが、強がっているようにしか聞こえなかった。「うちには盗まれるような物は、何もありませんよ」

「現金は？」

「それは、少しはありますけど、わざわざ忍びこんでまで盗もうとするほどじゃないはずです」

「いくらあるんですか？」

「それは——」古谷が言葉を切った。「本当に少しですよ。現金が必要になるのって、着払いの宅配便が来る時ぐらいだから……十万とか二十万かな？」

「金庫があるんですか？」あるのは分かっている。大友は部屋に入ってまず、それを確認したのだ——小さな手提げ金庫がデスクに乗っていた。蓋は開いていなかった。

「ありますよ。小さいやつですけどね」

「他に、金目のものは？」

「いや……ないと思います。ないです。他に盗まれるとしたら、パソコンぐらいじゃないですか？　ああいうのは、売り払えば多少の金になるでしょう」

「商売をしていると、他にも何かありそうですけどね」

「基本、書類だけですから。だって、うちは直接物を扱うわけじゃなくて、仲介しているだけなんですよ」

「今まで、こういう事件が起きたことはないんですか？」

「ないです」

古谷がラテを飲もうとカップを口元に持っていったが、手が震えて安定しない。ゆっくりとテーブルに戻した。脚の長さが合っていないのか、彼がカップを置いただけでぐらりと揺れる。

「社長が、誰かに個人的に恨みをかっている可能性はないですか？」

「いや、まさか」思い切り首を横に振る。「そんな話、聞いたことないです」

「社長のこともよく知ってるんですね」

古谷が唇を引き結んだ。実際にはあまり知らないのだ、と分かる。小さな会社だからと言って、社員がお互いの裏の裏まで知っているわけではないのだ。

「ご存じない？」

「あの……あまり、詳しくは」

「それはそうですよね。私も、警視総監のことなんか何も知りませんから」

警視総監と聞いて、古谷の顔がまた引き攣った。どうもこの男は、気が小さ過ぎるのではないだろうか……これできちんと仕事ができているとは思えない。

「社長はどんな人でしたか？　古谷さん個人の印象でいいので、教えて下さい」

「いや、あそこでまだ半年しか働いていないので……よく分からないんですけど」

「でも、小さい会社だから、よく話をするでしょう？」

「それは、まあ。いい人ですよ」

「ちょっと曖昧な表現ですね」

「よく飯を奢ってくれたり……でも面倒臭い人じゃないです」

「面倒臭いというのは、どういう意味ですかね」

「小さい会社だから、社長が全部の仕事に口出ししてきてもおかしくないじゃないですか。俺も最初はそう思ってたんですけど、そんなことはないんです。ある程度は自分たちに任せてくれるし……中国語の勉強のためにも、金を出してくれますしね」

「やっぱり、中国語は必要なんですか？」

「商売相手が中国ですから。先輩で、中国語が得意な人は、向こうへがんがん出張に行ってますけど、自分はまだ……これからですね」

「かなり活発な……活発って言うのも変だけど、忙しいビジネスなんですね」

「何だかんだ言って、今は中国抜きでは世界経済は回らないし、日本の電子や電気産業を支えてるのも中国ですからね」

「それだけ手広く商売をしていると、いろいろトラブルもあるんじゃないですか」

「いえ」古谷が短く断じた。

「中国との関係は、いろいろ微妙でしょう。日本と中国、両方でトラブルの材料があってもおかしくない」

「ないと思います……ないですよ」

「間違いないですか？」

「ええ」少しずつ口調が弱くなっていく。

　実際には何も知らないのではないか、と大友は疑った。入社して半年、人数が少ない会社だから仕事は任されていたはずだが、そもそも肝心なことは劉本人しか知らなかった可能性が高い。会社を、あるいは劉を守ろうとして、反射的に言葉を吐き出しているだけではないか、と思った。

「でも、劉さんは嘘をついてるんですよねえ」

「嘘？」古谷がはっと顔を上げた。「何で嘘をつかなくちゃいけないんですか」

「それは、あなたの方がよくご存じなのでは？　社員はあなたですよ」

古谷が唇を噛んだ。眉間に皺が寄るほど必死の表情なのに、上唇にフォームミルクがついているので、少し間抜けな顔つきになってしまっている。

「劉さんの傷は、転んでできるようなものではないんです。間違いなく、誰かに殴られたんですよ」

「そんなこと、自分は知りませんよ」

「劉さんは、普段から夜遅くまで仕事しているんですか」大友は古谷の反応を無視して質問を続けた。

「徹夜することもあるようですけど……」

「劉さんが一人で？」

「最後は社長が判子を押さないと終わらないので」

大友の携帯が鳴った。メールの着信……スーツのポケットから取り出して素早く確かめると、柴からだった。

『盗まれた物はなさそう』

となると、強盗の線は捨てていいか……いや、いきなりドアのところで出くわし、驚いて一撃を加えたものの、犯人も驚いて何も取らずに逃げてしまったとも考えられる。

よくあることだ。

顔を上げると、古谷が不安そうに大友の顔を見ていた。「大したことはありません。同僚からの報告です」と告げて、メールの残りを素早く読む。

『襲撃場所はドア近く、しかしその後室内を動き回った形跡がある。ルミ反で、血痕が拭い去られた跡が見つかった』

これは明らかに変だ。ルミ反――ルミノール反応は、血液が付着した跡を探す一番簡単で効果的な方法である。相当綺麗に拭い去ったつもりでも検出可能で、一度大友は、風呂場でペンキをぶちまけたような跡を見たことがある。犯人は「洗い流した」と証言したのだが、それでも流し切れなかったようだ。床だと、拭い去ったつもりでも、不十分だろう。それこそ水を流して、モップで徹底的に拭い去らない限り、血痕を綺麗になくすのは難しい。

「最近、社内で喧嘩沙汰はありませんか？」

「はい？」古谷が目を剝く。

「殴られて誰かが鼻血を流したりとか、そういうことは？」

「ないですよ……何ですか、それ」古谷が不審気に大友を見た。

「室内で血痕が見つかっているんです。劉さんが倒れていた場所はもちろん、他の場所でも。倒れるほど強く殴られた人が、室内を歩き回っていたとは考えられないんですけどね」

実際には歩き回っていたはずだ。警備会社への通報ベルを押したのは劉本人なのだから。本人がよく覚えていないといっても、この事実は曲げられない。しかし、それがいったい何を意味するのか……「意識朦朧としていて、何をしたか自分でも分からない」と言えば、筋は通る。だが血痕を拭い去った跡は、いかにも不自然だ。無意識の内に室内をうろつき、ベルを押したというところまでは、まあ、理解できる。しかし床の血痕を拭き取るのは、明確な意思がなければできないことだ。犯人か？ 証拠を消すために、そんなことをしたとか……それもおかしい。犯人が血だらけになった床を掃除している間に、一瞬の隙を突いて劉がベルを押した？ 考えられない。

「劉さんが、襲われたのを隠さなければならない理由は何ですか」

「知りませんよ、そんなこと」

「社長じゃないと、知らないことはあるんですね？」

「そりゃそうでしょう。どこの会社でも一緒じゃないんですか」むきになって古谷が言った。

「それは内部の理屈で、外に対しては通用しませんよ。あなたたちの会社は、本当はどんな仕事をしていたんですか」

「それは――」古谷が声を張り上げる。立ち上がろうとしてコーヒーカップを倒しそうになり、慌てて押さえてそろそろと腰を下ろした。ひどく恥ずかしそうに顔を伏せ、カップをきつく握り締める。ようやく顔を上げた時には、怒りのためか顔が真っ赤になっていた。「失礼なこと、言わないで下さい。うちはまともな会社です。取引先のリストを見てもらえれば、きちんとした仕事をやってるのは分かりますよ。いい加減な会社だったら、相手にしないような取引先ばかりですから」

そういう会社が騙されることは珍しくないのだが。世間的に「一流企業」と評される会社も、完璧な防衛機能を備えているとは限らない。「騙そう」という意図を持って近づいてくる相手を、正確に見抜けるとは限らないのだ。そうでなければ、世の中にこれほど詐欺師が跋扈しているわけがない。時に大友は、会社と会社の取り引きというのは、半分ぐらいが騙し合いではないかと思ってしまう。

「ところであなた、夕べは何時ぐらいまで会社にいました？」

古谷の顔から血の気が引いた。

「俺を疑ってるんですか？」と小声で訊ねる。

「そういうわけじゃないです。毎日何時ぐらいまで仕事をしているのかな、と思って」

少し反応が過敏過ぎる、と思った。

「昨日は……七時過ぎまでいました」

「他の人たちも？」

「自分が最後でした。社長以外は」

「いつもそんな感じですか？　劉さんが一人で居残っているような？」この話だけは劉の証言と合っている。

「そういうことは多いです。社長は午後にならないと出てこないこともありますから」

確かに、社長が最後の決裁をしないと仕事は進まないのは事実だろう。しかし、社員が七時過ぎに引き上げた後、夜中の二時頃までずっと一人で仕事をしていたのは、いかにも不自然ではないだろうか。何となく、劉には裏の顔があるような気がする。別の商売をしていたとか……劉本人に関する調査は必須だな、と大友は頭の中でメモした。

「また話を聴くことになると思いますので、よろしくお願いします」

「勘弁して下さいよ。社長もいないのに、これ以上仕事が遅れたら大変です。年末でクソ忙しいのに」古谷が泣き言を連ねた。

「誰もが納得できるまでは、調べないといけないんです。今後も協力していただきますから、連絡が取れるようにしておいて下さい」

古谷の顔には、ついに血の気が戻らなかった。

「案外ちゃんと映ってるな」桜川がようやく元気を取り戻した口調で言った。

「そうですね」大友も応じた。

極亜貿易公司の入っているビルのセキュリティを担当する、警備会社の一室。大友たちは、極亜貿易公司のあるフロアの廊下を映した防犯カメラの映像を確認していた。白黒の画面の中、怪しい二人組の動きが映っている。

時刻は午前二時七分十六秒。エレベーターホールの方から、男が二人、ゆっくりと歩いて来た。大きい。各部屋のドアと見比べると、二人とも百八十センチはありそうだ。体格もがっしりしている。見た目は運動選手のような感じがしたが、身のこなしは鈍重で、体重を持て余しているようでもある。

二人は真っ直ぐ、極亜貿易公司のドアの前に立つと、インタフォンに向かって何事か語りかけた。すぐにドアが開き、二人は獲物に襲いかかるように部屋に押し入った。

しばらく動くものがなくなる。二人がドアを出て来た時、時計は午前二時十分三十一秒を示していた。室内滞在時間、約三分。部屋を出て来た二人は、しかし手ぶらだった。今度は防犯カメラの方向へ歩いて来ることになったが、二人とも帽子を被っているので、顔ははっきり見えない。だが、先を歩いていた男が、突然帽子を被り直した。一度、完全に帽子を脱いだので、不完全ながら顔が見える。

日本人ではなかった。中国人でもない。

「ロシア人……ですかね？」大友はぽつりと感想を漏らした。

「そんな感じだな」

桜川も同調した。やけに大柄なのも、それなら納得がいく。ロシア人といえば大柄、というイメージは強いのだ。実際にはオランダやデンマークの方が、成人男子の平均身長は高いはずだが、筋肉の分厚い衣に覆われ、非常にがっしりしている……そして、顔の印象もいかにもロシア人っぽかった。もちろん、大友にはロシア人の知り合いがいるわけでもなく、ほとんど曖昧なイメージだけなので、断言するわけにはいかなかったが。

「ロシア人は、日本には多いのか?」桜川が、誰にともなく訊ねる。誰も答えないでいると、「どうなんだ、大友」と話を振って来た。

「多くもないですけど、少なくもないと思います」

「ワルも多いはずだな」

「ええ。盗難車の密輸出や海産物の密漁にかかわっているという情報はあります。何年か前には、北海道でロシア人が射殺された事件もあったはずですよ」

「ロシアンマフィアか」

「ロシアンマフィアは相当大規模なもののようですが、日本ではまだそれほど広く活動していません。ヨーロッパ辺りとは違いますね。ただ、ロシア人の犯罪があって犯人を捕まえても、まともな供述が得られないパターンが多いと聞いています。組織の報復が怖いんでしょうね」

「そうか」桜川がさらりと言って立ち上がった。「ま、どうでもいいことだ」

「どうでもよくはないんじゃないですか」大友はむっとして反論した。桜川は視野が狭い。自分が取り組む事件のことしか頭にないようだが、現実には犯罪ネットワークは国境を越えて広がっている。「いつ、日本がロシアンマフィアの大きなターゲットになるかは分からないんです。連中は武器も扱いますから、非常に危険ですよ」

「ああ、分かった、分かった……とにかくこれで、劉が嘘をついているのは確実になった。アラームが鳴った時刻に、誰かがあの会社に入って行ったのは間違いないんだからな。絞り上げれば、何があったか分かるだろう。それにしても、怪しい男だな」

同意を求めるように、大友の顔を見る。大友は無言でうなずいた。桜川は気に食わない男だが、今の意見には賛成せざるを得ない。

「何かあったのは間違いないんだから、後は普通に捜査できる。この二人組については、別途手配しよう。ロシア人だとしてそんなに多くいないなら、割り出す手はある。俺はそれより、劉の方が気になるな……さて、大友はこれでおしまいでいいだろう。刑事総務課のエース様を、こんな下らん現場でこき使ったら申し訳ない」

皮肉がちくちくと胸に刺さった。要するにさっさと出て行け、ということか。

それは承知している。今回は後山の指示ではなく、自分の勝手で出て来た現場だ。目処が立てば引くべきだとは分かっていたが、まだ引っかかることもある。前回の強盗未遂事件だ。あれはいったい何だったのか……今回の事件とつながりはあるのか。

まだ引けない、と思った。正義感というより純粋な好奇心からであり、刑事としては褒められたものではないのだが……時には自分の勘や好奇心を押し出してもいいだろう。多くの人に迷惑をかけ、不快な気分にさせてきたという実感はあるが、僕だっていろいろなことを我慢してきたのだ。こういう気持ちが押さえ切れないのは、やはり自分が根っから刑事であるからだと思う。謎を謎のまま、残しておけないのだ。

警備会社を後にすると、既に午後も遅くなっていた。一日があっという間に過ぎ去っていく。大友は思い切って桜川に切り出した。

「今日一日だけお手伝いさせていただく約束ですけど……最後にもう一度、劉さんに会わせてもらえませんか」

「事情聴取に、お前の手助けはいらないよ。奴が嘘をついている証拠は上がったんだから、この事実をぶつければ、嫌でも吐くだろう。誰がやっても同じことだ」

「分かります。その場にいさせてもらえばいいですから。どんな弁解をするのか、直接聴いてみたいだけです」

「――聴いてるだけだぞ？　お前からの質問はなしだ」

先ほどと同じような展開……ただし午前中は、手詰まりになった桜川が、無言で大友に協力を依頼してきたのだが。

「分かりました」

「それなら、いい。大人しくしてろ」車のドアに手をかけようとした瞬間、桜川が表情を歪めた。電話がかかってきたようで、いかにも面倒臭そうに、スーツのポケットから引っ張り出す。

「ああ……何だ？」口ぶりから、部下らしいと分かる。次の瞬間には、その顔から血の気が引いた。「劉がいなくなった？」

第三部　追跡の果て

1

担当者は間違いなく痛い目に遭うな、と大友は同情した。桜川は、病室近くに私服の刑事二人を配していたのだが、劉はまんまと監視の目を欺いて、病院から脱出してしまったのだ。

二人は極秘に監視していたので、劉が病室を出た時にも、声をかけずに追跡するしかなかった。トイレに入ったのを見届けて、何もないだろうと思い――劉は病院の寝間着とスリッパという格好で、そのままではどこかへ行けそうになかった――病室の方へ戻ってしまったのが失敗だった。なかなか戻って来ないのでトイレに確認に行ったら、姿が見えなくなっていたという。慌てて調べると、病院の前に停まっているタクシー運転手の「劉らしき人物を乗せた車が走り去るのを見た」という証言を得て、桜川に連絡してきたのである。

「畜生《ちくしょう》、畜生！」桜川が息巻き、覆面パトカーのタイヤを蹴飛ばした。

「係長、落ち着いて下さい」大友は反射的に言った。

「ふざけるな！　マル対を目の前で逃がすような奴は俺の下に——警察にはいらん！」

「でも、劉はどうして逃げたんでしょうね」大友はわざと低い声で言った。

「何だと？」桜川の声が急に低くなった。

「逃げ出した理由、です。警察に絡まれたくないのか、どうしてもやらなければならないことがあるのか、どちらかでしょう。でも、極亜貿易公司の仕事だったら、何もわざわざ寝間着のまま、慌てて逃げ出す必要はないはずです。電話で部下に指示すればいいだけの話ですし」

「……そうだな」桜川の声は急速に落ち着いてきた。

「だから、極亜貿易公司の仕事とは関係ない事情があったんですよ。それも、我々に知られたくない事情に決まってます。さらに怪しいと分かったわけですから、今はそれでいいんじゃないですか」

「ヘマした奴らを庇うのか」桜川が大友を睨みつけた。

「そうじゃありません」大友は首を横に振った。「外国籍の人が逃げ回るのは難しいでしょう。見つければ、今度は追及する材料があるんですから、もっと積極的に叩けます」

「よくもまあ、そんな風に前向きになれるな」桜川が肩をすくめる。

「後ろ向きになっても、犯人に辿り着けるわけじゃないですから」

「で、お前はどうするんだ?」桜川が皮肉っぽく言った。「また気まぐれで、こっちの事件に首を突っこむのか」

「少しでも力になれるなら……捜索するなら、人手は多い方がいいでしょう」

「勝手にしろ――バックがいる人間はいいな。いつでも好き勝手にできて」

好き勝手……それは認めざるを得ない。大友は言い訳せず、黙って一礼するだけにした。勝手な思いが、悪を追う原動力になることもあるのだ。

ただし今、劉が悪だという具体的な証拠はまだない。


事態は、大友の予想を越えて動き始めた。

大友は、劉は何か裏の仕事――襲われる原因になりそうな仕事――をしているのではないかと予想していた。その仕事のために、どうしても病院から抜け出さざるを得なかった、と。携帯電話を持っていても、どうにもならない仕事はあるはずだ。

だが、病院に到着した瞬間に大友たちが聞いたのは、「劉が拉致された」という、まったく別の情報だった。

桜川の怒りは沸点に達し、まだ来院者や見舞客がいる待合室で、大声で怒鳴り散らし始めた。

「お前らの目は節穴か!　目の前の駐車場で拉致されたのを、どうして見逃した!」

若い二人の刑事は、今にも殺されるのではないかと恐れるように身を縮めていた。大友は思わず割って入った。

「係長」

「何だ！」振り向いた桜川の目は血走り、必死の形相になっている。

「ここではまずいです。人が見てますよ。駐車場に回りましょう」

実際、受付の職員が、何事かと驚いた顔で待合室に出て来ていた。それに気づいた桜川が、何事もなかったかのようにさっさと待合室を出て行く。若い刑事二人が、慌てて後を追った。

「面白くなってきたな」どこからか現れた柴が嬉しそうに言った。

「よせよ」大友は顔をしかめた。「そんなことを言ってる場合じゃないだろう」

「難しい事件ほど面白い。そんなこと、分かり切ってるだろうが」

大友は首を振り、先に行ってしまった三人を小走りに追いかけた。既に夕闇が迫りつつあり、しかも雨が降っている。駐車場のアスファルトが黒く濡れ始めていた。まずい……何か証拠があっても、この雨で流されてしまいそうだ。

事態はさらに複雑になった。タクシーの運転手は「車に乗った」と証言したのだが、その後目撃者を探すと、違う証言をする人が出てきたのだ。見舞客で、たまたま自分の車を降りたところで、騒動が起こっている場面に出くわしたのだという。寝間着姿の男が二人の男に両脇を摑まれ、黒いワゴン車に押しこまれた。寝間着の男は激しく抵抗し、中国語らしき言葉で何か叫んでいたが、拉致を企てた二人の男は大柄で、抵抗は無駄だった。

中国語……そして、ワゴン車が停まっていた場所に包帯が落ちていたことから、劉が拉致されたのは間違いないと判断された。桜川の顔色は赤から蒼に変わったが、目撃者が「ナンバーを見た」と言い出したので、急に生気を取り戻した。全部ではなかったが、追跡の手がかりにはなる。

その手配を終え、現場に少しだけほっとした空気が流れた。大友は、コートの肩や腕についた雨滴を手で払い、次の手を考えた。まずは、車両の捜索。会社の方もしっかり調べなければならないだろう。一度、聖子と優斗に電話しておかないと……と思った瞬間、電話が鳴った。聖子が夕飯のことでも訊ねてきたのではないかと思ったら、敦美だった。大友は桜川たちのところを離れ、駐車場の片隅で話し始めた。

「また変なところに首を突っこんでるんだって？」からかうように敦美が切り出した。

「本当に変な話になってきたんだ」大友は、今日の出来事をざっと説明した。話しているうちに、自分でも混乱してくる。この事件は、糸が切れた凧のようなものだ。どこに流されていくのか、まったく想像がつかない。

「まだこっちの事件の方が分かりやすいんじゃない？　一応、普通の事件だし」

「僕は、そっちの特捜からは外されてる」自虐的に言うと、かすかな怒りがこみ上げてくる。誰に対してでもない、自分に向けた怒りだった。

「いじけてるの？　案外人間が小さいのね」

「君が同じ立場だったらどうしてる？」

「暴れまくって、自棄酒を呑んで、次の日からはけろっとしている」

「ああ」彼女ならそうだろう。周りの人間は迷惑だが、そうやって簡単に気持ちを切り替えられるのは偉いと思う。普通の人間——大友も含めて——は、失敗をいつまでも引きずるものだ。「それより、そっちはどんな具合なんだ？」

「あなたがいなくなったのは昨日でしょう」敦美が苦笑する。「そんなに急に、捜査が動くわけないわ」

「そうか」

「あ、一つだけ。中原が、中国に電話をかけていた話、あったでしょう」

「ああ」

「電話していた先が分かったわよ。ただし、その電話はやっぱり削除……というか、契約が解除されているみたいだけど」

「よく分かったな」大友は素直に感心した。中国が相手では、絶対にこの情報は得られないだろうと諦めていたのだが。「で、相手は？　個人？」

「会社名義だった」

「となると、やっぱりビジネスの話か……あの会社は、中国とは取り引きはなかったはずだけどな」

「相手は、極亜貿易公司っていう会社なんだけど」

「何だって?」

劉の一件は、特捜本部事件にはならなかった。いかにも怪しいのだが、今のところはあくまで、強盗未遂と拉致事件である。基本的に特捜本部は、殺人などの重大事件で犯人が分からない場合に作られるもので、その原則は官僚主義的にここでも守られたことになった。

拉致事件の方は緊急を要する事件ではあったが、既に機動捜査隊、所轄などが街に散って、劉の捜索を続けている。しかし捜査一課の仕事の本筋は、別のところにある。大友と柴は桜川に従って、台場署の特捜本部に出向いた。昨日暇を告げた場所に翌日顔を出すのはどこか気恥ずかしかったが、事態が事態だけに仕方がない。

敦美と顔を合わせると、彼女は表情を厳しく引き締めてうなずきかけてきた。大友はうなずき返してから、永橋のところへ足を運ぶ。書類から顔を上げた永橋が苦笑しながら、「出戻りだな」と珍しく冗談を言った。それから桜川に顔を向け、さっと頭を下げる。

「悪いな、こんなところまで」

ほぼ同い年に見えるが、喋り方から、永橋の方が年長だと分かった。

「いや、とんでもないです」桜川が少しだけ緊張した面持ちで答える。「取り敢えず、情報の擦り合わせをしようと思いまして」

「お運びいただいて恐縮ですな……座って下さい。ざっくばらんにいこう」

全員がすぐに腰を下ろす。永橋が書類をめくり、必要な情報を探し出した。

「ああ、これだ……こっちの事件の被害者が、中国に電話をかけていたんだが、その電話の契約者が極亜貿易公司だ。ただ、現在は既に解約されている」

「極亜貿易公司の本社——中国の本社はどこなんですか」大友は訊ねた。

「山東省済南市。山東省の省都だ」

敦美が黙って手元のノートパソコンを操作し、こちらに向ける。画面一杯に地図が表示されていた。北京の数百キロほど南、緯度で言えば金沢辺りというところか。大友は地図を拡大し、済南市の中心部を表示した。地図を航空写真に切り替えると、かなり規模の大きい街だということが分かる。市街地は建物で埋まり、巨大な運動施設らしき物も見えた。

「極亜貿易公司の日本の所在地は東京……赤坂になっています」

指摘すると、永橋が首を捻った。

「東京に作ったのと同じ名前の会社か……法律的にどうなっているか分からないが、支社のようなものなのか、それとも同じ名前の別の会社なのか」

「いずれにせよ、極亜貿易公司は日中間の貿易に嚙んでいますから、両方に事務所があっても不思議ではないです」大友は指摘した。

「極亜貿易公司の社員から、改めて事情を聴いています」桜川がつけ加える。

「日本人の社員も、ちゃんと事情を知っているのかね」永橋が懸念を口にした。

「それが心配なので、中国人社員の方を重点的にやっています」桜川が答える。「ただし極亜貿易公司は――日本の会社の方は実質的に劉のワンマン会社のようですから、社員もあまり事情を知らない可能性はありますね」

「高畑、新エネルギー研究開発と極亜貿易公司の関係は？」永橋が訊ねる。

「ゼロですね」敦美が即答する。「新エネルギー開発の方では、現在も過去もそういう会社との取り引きはないと言ってます。嘘をつく理由はないと思います」

本当に？　これは後で佐緒里にこっそり確かめる必要がある、と大友は思った。

「だったら、中原が極亜貿易公司と個人的に接触していたわけか……」永橋が右手を広げて顎を撫でながら、大友に視線を向けた。「どう思う、大友？」

「接点がないのは、特に不自然ではないと思います。極亜貿易公司は電子機器部品を扱う商社ですし、新エネルギー研究開発の専門は資源ビジネスです。しかし中原本人が、何らかの仕事の関係で連絡を取っていたとも考えられません。あくまで純粋な研究者で、ビジネスマインドもないと聞いていますから。中国の技術者と情報交換でもしていたんですかね」

「そうかもしれない」永橋が勢いよく顎を擦った。「しかし、会話の内容までは分からないからな……高畑、メールは？」

「今のところ会社、自宅のパソコン、携帯とも、極亜貿易公司らしき会社とのメールのやり取りはありません。そもそも、中国語でメールの送受信をしていた形跡はないですね」

「ふむ……」

永橋が腕を組み、黙りこんだ。湿り気のある沈黙が、特捜本部の一角を支配する。それを破るように、桜川の携帯が鳴り出した。テーブルの上に出してあったのを勢いよく引っつかむと、耳に押し当てる。

「はい、ああ……そうか、分かった」相手の言葉に耳を傾けながら、手帳にメモを書き殴る。「詳しい情報はメールで送ってくれ」と言って電話を切った。少しだけ明るい表情になり、永橋に目を向ける。

「極亜貿易公司の人間に裏が取れました。中国側の会社は、日本とは別の登記になっているそうです。ただし、代表者はどちらも劉」

「どちらかを本社にして、片方を支社にするのが普通じゃないのかね」永橋が首を傾げる。

「税金対策か何かじゃないんですかねえ」柴が首を傾げる。中国の税制が分かっているとは思えなかったが。

「そうかもしれない。しかし、中国の方の会社の実態は、分かるのか？」

永橋の疑念に対して、桜川が眉間に皺を寄せて黙りこんだ。無理。大友は両手を緩く組み、人差し指同士を叩き合わせた。自分の中でゆっくりとしたリズムを刻む。まだ材料が少ないことは意識していたが、その少ない材料を何とか結びつけられないものかと必死で考える……爆破事件。中国。メタンハイドレート。二件の殺人事件。強盗未遂の否定、後に拉致。

駄目だ。あまりにもばらばら過ぎる。逆に言えば、これだけ材料が揃っている中でつながっているのは、中原が中国の極亜貿易公司に電話をかけていた、という事実だけである。

「そう言えば、済南市にある極亜貿易公司の電話は、今は使われていないんだよね」敦美に念押しする。

「そう」敦美がさらりと答えた。「契約を解除したっていうことしか分からないけどね」

「でも、向こうに会社はまだあるんですよね」今度は桜川に訊ねる。

「ああ……ちょっと待て」桜川が携帯を弄った。「少し前から、メールが来たようだ。眉間に皺を寄せながら内容を確認していたが、やがて中国側は業務を縮小しているようだ。最終的に向こうは消滅させるつもりのようだな」と告げる。

「どういうことだ？」永橋が訊ねる。

「日本で業務を一本化する予定のようです。中国側では、別の会社を代理店として使うつもりのようですね。主に経費の関係らしいですが」

「そういう会社に、中原が電話していたわけか……分からんな」永橋が髪をかきむしった。

大友は立ち上がり、窓辺に寄った。街灯の灯りに雨が細く浮き上がっており、ガラスの冷たい感触を額に感じる。もやもやする……捜査は、一直線に進む場合とそうでない場合がある。前者の場合、現場で重大な手がかりが見つかるなどして早くに犯人が割れて、問題はいかに身柄を確保するかに絞られる。後者の典型が今回の事件で、小さな手がかりが群島のように散らばっているが、それぞれの島をつなぐ交通手段がない。

柴が横に立ち、顎を撫でた。いつの間にか、唇には煙草がさしこまれている。

「禁煙だぞ」大友はすかさず忠告した。

「匂いだけだよ、匂いだけ……何だか気に食わないな」柴が鼻に皺を寄せる。

「ああ」

「もしかしたら、何の関係もないかもしれない。中原の中国への電話だって、事件につながりがあるとは限らないからな」

「それをはっきりさせる手はあるよ」

「どんな？」

「劉さんを救出することだ。彼が何か知っている可能性は高いと思う」

「しかし、見つかるかね？　俺、何か嫌な予感がするんだけどな」柴の唇の先で、煙草が頼りなく揺れた。

「どうして」

「劉には裏の顔がありそうだからさ。裏の連中とつながっていたら、ろくなことにならないぜ」

「ああ」

携帯が鳴り出した。首を捻って後ろを見ると、桜川が蒼い顔で立ち上がっていた。

「見つかった？　よし、すぐにそっちへ向かう」

大友と柴は顔を見合わせ、ダッシュで桜川の元へ駆け寄った。

「劉ですか？」

「いや、車だ。それらしい車が、表参道で見つかっている」

表参道？　病院は信濃町だったが……いくら何でも近過ぎないか？　拉致したなら、車でできるだけ遠くへ逃げようと考えるのが普通のはずだ。表参道付近に犯人のアジトがあるのだろうか。大友は、早くもドアの方へ向かい始めた桜川の背中に向かって疑問をぶつけた。

「車はどんな状況で見つかったんですか」

「乗り捨てられていた」それだけ言って、桜川が部屋を飛び出す。

大友は永橋に視線を送った。そちらも来ますか？　しかし永橋は、首を横に振るだけだった。

「そこまで余裕はないよ。何か分かったら連絡してくれ……お前が」

「それは桜川係長の仕事だと思いますが」

「あいつは苦手なんだよ」
その一言で大友はほっとした。自分だけがそう感じているのではないと分かると、桜川の暴言も我慢できる、という気になってくる。

黒いワゴン車は、表通りから一本裏に入った道路に違法駐車されていた。表参道の交差点付近は、銀座と同様に高級ブランドの路面店が建ち並んでいるのだが、少し離れたこの辺りは別世界のようだった。道路の上には「原二本通り」のアーチ。いかにも昭和の名残のようなイメージだが、実際には小さいが高級なブティックやレストランが軒を連ねている場所である。ワゴン車は、一階が女性向けブティックになっている三階建てのマンションの前に停めてあった。いかにも乗り捨てた感じで、歩道——ガードレールはない——を塞ぐ形で斜めになっている。マンションに向かって、鼻先を突っこむような格好だった。

目の前のブティックの店員に事情聴取を進めると、車が停まったのは一時間ほど前だったらしい。ということは、病院から拉致されて間もなく だ……大友は腕時計を見た。一時間あれば何でもできる。

「降りて来たのはどんな人たちでしたか？　日本人か、あるいはロシア人とか」大友は怯えた様子の女性店員に声をかけた。普段は相手を落ち着かせようと笑みを浮かべるのだが、今日はそんな余裕はない。

「それは見てないんです」答える声は震えていた。

「少なくとも三人乗っていたはずなんです」

「見てないんです」今にも泣き出しそうに繰り返した。「本当に、すみません」

「謝ることじゃないですよ」これ以上は無理だと判断する。「店の前が塞がれていたんで、警察に連絡してくれたんですね？」

「はい」

「ありがとうございました」頭を下げ、他の店員にも話を聴く。車が停まった時は店の奥の方にいたり接客中だったりで、外の様子は見ていない、という答えばかりが集まった。

焦る必要はない、と大友は自分に言い聞かせた。ここは細い通りだが、人通りは多い。道路の両脇に店舗も密集している。目撃者が必ず見つかるはずだ。だいたい、拉致してきた人間を車から降ろしたら、絶対に目立つ――生きていようが死んでいようが。

聞き込みの範囲を広げようと店の外へ飛び出すと、柴が近づいて来た。

「車の持ち主、分かったぞ」

「誰だ？」大友は手帳を広げた。雨粒がページを濡らすのが鬱陶しくなって閉じた。

「雨野《あまの》勇作《ゆうさく》、昭和六十年七月二日生まれ、現住所は杉並区下井草……」

「ちょっと待て」その名前にぴんときた。

「何だよ」説明を遮られ、柴が不快そうに目を細めた。

「それ、極亜貿易公司の人間じゃないか？　出張中で話が聞けなかった……」

「おいおい」柴が慌てて手帳のページを繰って確かめる。「本当だ。マジだぜ、これ」

顔を上げて言うと、唇を歪めた。

「確か今、大阪かどこかに出張しているという話だったと思う」

「何なんだ？　会社の中で内ゲバか？」

「分からない。とにかく、すぐに身柄を押さえないと……」大友は携帯電話を取り出した。が、誰に電話すべきか判断に迷う。

「どうする？　捜査共助課経由で府警に頼みこむか？」

「それでもいいけど、時間がかかり過ぎる」

傍らを桜川が通り過ぎたので、大友は声をかけ、自分の計画を説明した。桜川は終始渋い表情で乗り気ではなかったが、最後は「お前の責任でやれよ」と一任してくれた。まあ、面倒なことにはならないだろう、と自分を安心させる。筋は通すのだ。ただし、裏の手を先行させて使う。

「お前、府警に知り合いはいないのか？」柴に訊ねた。

「いるわけないだろう」柴が唇を尖らせる。「それが普通だろうが。普段一緒に仕事をするわけじゃないし……この件は、お前に任せていいな？」

「ああ」

「俺は家の方に回ってみる。何か分かるかもしれない。後で落ち合おうぜ」

「分かった」

駆け出した柴が突然立ち止まり、体を捻ってこちらを見る。

「お前、優斗は大丈夫なのか？」

「それどころじゃない」

さらりと言ってしまった台詞が、鋭い針のように心に食いこんだ。それどころじゃない？　優斗を優先しなかったことなど、今まで一度もなかった。もちろん優斗は、聖子の家にいて安全だし、ちゃんと食事もとっているから、何も心配することはない。聖子があれこれ文句を言うのもゲームのようなもので……だが自分の中で、一瞬だが優斗よりも仕事を優先させてしまった。

「どうした」柴が怪訝そうに訊ねる。

「いや、何でもない。後で連絡する」

大友は首を振って、先ほどの自分の言葉を頭から追い出そうとした。だが、一度口にしてしまった言葉は、記憶に食いこんで容易に引き抜けそうにない。誰が気にするわけではない、自分だけの問題なのだが……こんなことで悩んでいては駄目だと思い直し、本庁の捜査一課追跡捜査係の直通番号を呼び出す。大阪府警に知り合いがいないのは自分も柴と同じだが、別ルートがある。

「はい、追跡捜査係」

面倒臭そうな声。沖田《おきた》大輝《だいき》だとすぐに分かった。それはそうか……追跡捜査係で沖田と両輪を形作る西川大和《にしかわやまと》は、何もなければ毎日必ず定時に帰る。自分のように子育てのためではなく――だいたい奥さんは専業主婦のはずだ――単にそういう主義だから。一方の沖田は、何もなくても毎日だらだらと居残っているか、そうでなければ何かを求めて街を歩く。昔はこういうタイプ――猟犬のような刑事が珍しくなかったというが、今や希少な生き残りだ。柴とよく似ている。

「刑事総務課の大友です」

「おお、テツか。どうした？　呑み会の誘いか？」

「違いますよ」思わず苦笑してしまった。沖田は相変わらず沖田だった。「ちょっとお願いがあるんですけど」

「高くつくぜ。百万円」

「後で刑事総務課に請求して下さい……沖田さん、確か大阪府警に知り合いがいますよね」

「いるよ」

「ちょっと頼み事をしてもらうわけにはいきませんか？」

「構わないけど、極秘事項か？」

乗ってきた、と分かった。沖田はどちらかと言えば、「ルールなどクソ食らえ」というタイプである。裏から手を回して、上司が何も知らないうちに解決してしまう、というようなやり方が大好きだ。

「極秘というか、緊急事態です。後で捜査共助課にも話を通しますけど、それじゃ時間がかかり過ぎる」

「クソ官僚主義の弊害ってやつだな。で、何をして欲しい？」

「所在確認です」大友は簡単に事情を説明した。電話の向こうで、沖田がメモを取っている様子がうかがえる。

「何でお前、こんなに面白い事件をやってるんだよ」

「別に、面白いとか面白くないとかで仕事を選ぶわけじゃないですよ」

「未解決のままだといいんだがな。そうしたら、こっちに話が回ってくる」

大友はまた苦笑せざるを得なかった。追跡捜査係は、捜査一課の「尻拭い係」とも言われている。捜査が長引き、凍りついてしまった事件を再検討するのが仕事だ。要するに「再捜査」「てこ入れ」の専門部署なのだが、上から指示が降りて捜査に取りかかる他に、常に都内で起きた事件に目を光らせており、自分たちの意思で再捜査に乗り出していくことも珍しくない。「尻拭い」より悪い呼び方は、「つまみ食い班」。しかしその実力は、多くの人が認めるところだった。迷宮入りしてしまったと思われた事件の真相を、闇の中から引きずり出したことは一度や二度ではない。その原動力が、捜査一課で随一の「書斎派」と言われる西川の頭脳と、疲れを知らない沖田の行動力だ。「水と油」「犬猿の仲」と評されながら、二人のコンビネーションは抜群である。

「分かった。そんなに難しい話じゃないな」

「大丈夫ですかね。頼まれる方からしたら、面倒な話じゃないですか」

「大丈夫だ。府警にいる俺らの相方は、俺より腰が軽いから」

そんな人間がいるのだろうかと思ったが、沖田が言うなら間違いないだろう。

「ありがとうございます。何かで返しますから」

「ああ、あのな……今度IT研修があるだろう?」

「来月のやつですか?」拡大するサイバー犯罪に関しては、専門部署が捜査する他にも、それ以外の刑事たちにも知識が求められる。最近は頻繁に研修を開いて、基礎知識を叩きこんでいるのだ。

「俺もリストに入ってるんだけど、外してもらえないかな」

「駄目ですよ。あれは、二十一世紀の刑事には必須です」

「面倒なんだよなあ。うちの係は、西川が知ってればそれでいいだろう? 奴はその手の話にも詳しいからさ」

「それは認められませんよ。何か、別のことでお返ししますから」

「高くつくぜ」

「じゃあ、百万でどうですか」先ほどの沖田の台詞をそのまま返した。

「もっと高いかもな。何か考えておくから、頼むぜ」

「分かりました」今はそう言うしかない。

よし、これで何かが動き出すかもしれない——動き出さないと困る、と思った。いつまでも、訳が分からないまま走り回っているわけにはいかない。

2

事態は急速に動いた。だが大友は未だに、全体の流れを摑みかねている。自分だけではなく、指揮を執る桜川も同じようだった。

劉を拉致するのに使われたと見られるワゴン車は、近くの所轄へ運びこまれて徹底的な検査を受けた。すぐに血痕が発見され、簡単な鑑定の結果、劉の血液型と一致した。

大阪へ出張中という雨野は、まだ摑まらなかった。会社側が把握している宿泊先のホテルにはチェックインしているが、今夜はまだ戻っていないらしい。商談先の会社に話を聴くと、夕方までは間違いなくいたということだが、そこから先の足取りが摑めなくなっている。極亜貿易公司側の説明だと、出張は明後日までで、その日の夜に東京へ戻る予定だという。

東京にいる極亜貿易公司の人間は、全員が警察に引っ張られた。社員の車が社長の拉致に使われたという異常事態なので、会社そのものに対する疑惑が一気に高まったのだ。雨野の車は盗まれたわけではない——少なくとも、キーはついていた。もちろん、自宅に忍びこむなどしてキーを盗み、それから車を持ち出すということもあるかもしれないが、わざわざそんなに手のこんだことをする理由が見当たらない。

何もかもが不可解だった。普通、これだけ材料が揃うと、事件の本筋に関する推測ぐらいはできるものだが、今回は駄目だった。

しかし、手がかりは少しずつ集まってくる。大友はワゴン車が放置されていた場所で聞き込みを続けていたのだが、そのうち、劉は別の車に乗り換えさせられたらしいという情報が入ってきた。黒のワンボックスカー。

「つまり、この辺に本格的なアジトがあるわけじゃないんだな？」

午後七時過ぎ、桜川が疲れた表情で確認した。雨はますますひどくなり、傘を手に入れていない刑事は濡れネズミになっている。桜川も例外ではなかった。大友はたまたま、近くのコンビニエンスストアで五百円のビニール傘を仕入れていたが……さすがに見かねて、傘をさしかけてやる。桜川は、雨が遮られたのにも気づかず、手帳にボールペンを走らせていた。ページが濡れているので文字がかすれ、大きく舌打ちする。大友は、低い声で意見を述べた。

「まだ分かりませんが、わざわざ車を乗り換えたということは、目くらましでしょう。他の場所へ移したんだと思います。それにこの辺で、普段ロシア人らしき人間を見かけたという話も聞きません」

「だったら、この辺にアジトはない、ということなんだろう。こんなところで、ロシア人が普通に歩き回ってたら目立つからな」

「とにかく、乗り換えたもう一台の車のナンバーも分かっています」ここでも防犯カメラが役にたった。一市民としては、常に監視されていると思うと落ち着かない気分になるが、警察官としてはありがたいと思う。特に都心部で防犯カメラが増えてから、捜査の重要なポイントで役立つものだと実感している。他人に無関心な都心部では、目撃者証言よりも防犯カメラの映像の方が頼りになる。ワンボックスカーは、渋谷方面に走り去ったようだ。

「所有者の確認は？」

「先ほどお願いしました。もう割れると思いますが……」言っている側から携帯が鳴った。大友は相手の声に耳を傾け、すぐに復唱した。左手で傘、右手で携帯を持っているので、メモを取っている余裕もない。「三浦亮介《みうらりようすけ》、住所は渋谷区東……了解です」

「近いな」桜川が、手帳にボールペンの先を叩きつけた。

「どうも妙ですね」電話を切って、大友は首を傾げた。全ての出来事が、半径五キロの範囲内で起こっている感じがする。

「とにかくその家に直行だ。行くぞ！」

桜川が声をかけると、その場にいた数人の刑事たちがぞろぞろと動き出した。現場に戻って来ていた柴が大友の横に並び、ぼそりと疑問を口にする。

「ロシア人が全然出てこないな」

「そうだな」

「三浦っていうのは、極亜貿易公司とは関係ないんだよな？」念押しするような口調。

「ああ。少なくとも僕らが持っている名簿に名前はない」

「何なんだ、いったい？」難しい事件が大好きな柴も、さすがに今回は混乱しているようだった。時間が経つに連れ、関係者の数が増えてくる。それが、それぞれ関係しているようなしていないような……手がかりの群島。

「分からない。とにかく、一つずつ追っていくしかないな」

「クソ、苛つくな、まったく」柴が右の拳を左手に叩きつけた。乾いた音が、銃声のように大友の耳を撃つ。


渋谷区東。JR渋谷駅の南西方向にあたるこの地帯は、恵比寿駅の北側近くまで広がっている。学校が多い一帯でもあるのだが、それ以外の場所は、駅に近いにもかかわらず、基本的に静かな住宅街だった。

その一角に、刑事たちが集まる。目的の家——三浦亮介の自宅は一戸建てで、窓に灯りはない。玄関の上が円筒形になった三階建てで、洒落たデザインからも、建て売り住宅ではないと分かる。円筒形の部分は吹き抜けなのか階段室なのか、細長いスリットのような窓が、デザイン上の特徴になっていた。

少し離れた場所で、桜川が配置を決める。

「柴、お前がノックだ」

「了解」

「大友は柴の後ろだ。他の者は、家を囲む形で配置につけ」

「ノックは何分後にしますか？」柴が確認する。

「五分」桜川が右手を広げる。「その間に周辺を確認しろ」

刑事たちが散った。大友も、家の周りをぐるりと回った。といっても、北側は隣の家とほぼくっついているので、それ以外の三方向、ということになる。玄関の前には車止めのスペースがあったが、今は空だった。細い通りに面した壁には外階段がある……それで初めて、ここが一戸建てのようで実はアパートなのだと分かった。と言っても、一階に大家が住んでいて、二階と三階を人に貸しているらしい。階段の前のブロック塀に、六部屋分の郵便受けがついていた。

「住んでるのはアパートの方か」柴が鼻を鳴らした。確かに郵便受けには、二〇一号室に三浦の名前がある。

「やりにくそうな場所だな」大友は階段を見上げた。上がったところから内廊下になっている。これだと、相手も逃げ出しにくいのだが、こちらとしては張り込みがしにくい。外階段と違って音が籠りがちで、部屋の中にいる人間が、異変に気づきやすいのだ。

窓はこの道路側と、裏の二階建てアパートに向いた方と、二か所にある。両方に人を配すれば、逃亡は阻止できるだろう。

「クソ寒いな」柴が両腕を交差させるようにして、肩を擦った。

「ああ」大友はあまり寒さを感じていなかった。興奮しているからかもしれないと一瞬思ったが、決してそういうわけではない。気持ちは落ち着いていた。ちらりと腕時計を見て、ドアをノックする一分前になっていると気づく。

「そろそろだ」

「分かった」柴が無線を口元に引き寄せ、「配置につきます」と低い声で報告した。大友は無線を持っていないが、柴がうなずいたので、桜川の指示が「オールグリーン」になったのが分かった。予定通り。時間になったら迷わずインタフォンのボタンを押せ。

柴が、足音をたてないように気をつけながら階段を上った。大友は、彼が二階の踊り場に達してこちらを向くまで、手すりに手をかけたまま下で待機していた。柴が振り向き、うなずきかける。うなずき返して、階段を上り始めた。コンクリートの階段は雨で滑りやすくなっており、手すりを摑む手に力が入る。

内廊下にも雨が吹きこんでいたが、それでも直接雨に濡れなくなったのでほっとする。柴は既にドアの前に立ち、インタフォンに手を伸ばしていた。大友は踊り場の隅で、床に片膝をついたまま、彼の動きを見守った。クラウチングスタートの姿勢……何かあったら、すぐにダッシュで助けに入る。

柴が一度だけ後ろを振り向いた。大友がうなずきかけると、すぐにインタフォンを鳴らす。澄んだ音が、大友にもかすかに聞こえた……反応、なし。柴が少し間を置いて、もう一度インタフォンのボタンを押す。音は聞こえているが、やはり反応はなかった。柴が振り向き、肩をすくめて見せる。大友は、右手を後ろへ引く真似をした。ドアを開けろ。柴が一瞬渋い表情を浮かべたが、結局ドアノブに手をかけた。ゆっくり手首を回して腕を引くと、ドアに細い隙間ができる。

「おい」柴が低い声を出した。

「開けよう」大友は立ち上がり、ドアの横まで移動した。ここならすぐに、中を覗きこめる。

柴が、ゆっくりとドアを開ける。室内の照明は消えているようで、隙間から灯りが零れることはなかった。人が一人入れるほどの隙間が開いた時、大友は全身が総毛立つのを感じた。何かある……嫌な予感が背筋を駆け上った。

柴がドアを全開にする。大友はすぐに中を覗きこみ、嫌な予感が現実になったのを目撃した。

血塗れの男が、玄関先で倒れていた。

男——三浦は死んではいなかった。顔面をぼこぼこにされ、頭から出血もあったが、意識ははっきりしていた。ただし猿ぐつわを噛まされ、両手足を縛られて身動きが取れなくなっている。大友と柴はすぐに縛《いまし》めを解き、三浦を救出した。玄関先に他の刑事たちが集まり、狭い空間で三浦を取り囲む。廊下で胡坐をかいた三浦は、久しぶりに吸う空気を満喫するように深呼吸を繰り返していたが、自分を取り囲む刑事たちの姿を見て、顔を引き攣らせた。

「何があったんですか」大友が聴いても、すぐには答えようとしない。言えないことがあるのだ、と大友は読んだ。何というか……三浦は素人ではない。殴られたショックや痛みで言葉を失っているわけではなく、この状況が自分の命運をどう左右するか、必死で計算している様子である。

大友はハンカチを差し出した。よく死なずに済んだと思う。鼻からの出血がひどく、猿ぐつわを嚙まされた状態では、呼吸も満足にできなかったはずだ。三浦はしばし戸惑っていたが、結局ハンカチを受け取って、鼻を拭った。べったりと血がついたのを見て、嫌そうに唇を歪める。

「誰にやられたんですか」

大友の問いにも答えない。全員が黙りこみ、しばし重苦しい沈黙が満ちた。柴が突然しゃがみこんで、自分の煙草を差し出した。喫煙者は、見ただけで相手が煙草を吸うかどうか分かるということか……しかし三浦は、力なく首を振って煙草を拒絶した。

「救急車を呼びましたから、まず病院へ」

大友が告げると、三浦が激しく首を横に振る。しかし、頭に負った怪我のせいか、うめき声を上げながら頭を抱えてしまった。

「あなた、自分で考えているより重傷なんですよ」

「……病院へは行かない」

「結構です。あなたの判断ですからね」

三浦が怯えた視線を大友に向けた。大友は笑みを浮かべ、真っ直ぐ見詰め返す。

「病院へ行かないなら、今すぐ警察に来てもらいます。これは警察の判断です」

三浦の血塗れの顔がまた引き攣った。


出血量が多かったので一見重傷に見えたが、三浦の怪我は実際には大したことはなかった。額を一撃されて切れた傷からの出血が目立ったが、縫うほどではなさそうだ。他には、顔面に何発かくらって右目が腫れ上がり、右の唇も切れている上に、腹と胸を蹴り上げられて痛みを訴えたが、あくまで病院には行かない、と言い張った。いったい何を怖がっているのか、大友には謎だったが……取調室で向き合った三浦は明らかに怯えた様子で、落ち着きなく周囲を見回しつつ、自分で体を押し潰そうとするように背中を丸めている。唇の脇が切れているが、他にもその周りが赤く擦過傷のようになっているのに気づいた。猿ぐつわは女性用のストッキングだったのだが——手近な材料としては猿ぐつわに最も適している——その跡が残ったようだった。他にも、手首に赤く跡が残っている。こうやって対峙している限りは見えないが、足首にも同様の跡があるだろう。どうやら相手は複数、しかもこういうことに手慣れた人間らしい。

「ロシア人に知り合いは？」

大友が切り出すと、三浦がぴくりと肩を震わせる。大友はこの話題を一時棚上げにして、次の矢を放った。

「あなたの車が、拉致事件に使われました」

「……知らない」

「知らないというのは、何を知らないんですか？　事件が起きたということ？」

「何も知らない」

「車はどうしたんですか」

「駐車場ですよ」

「表参道で、その車が目撃されています。どうしてでしょうね」

「じゃあ、盗まれたんじゃないですか」三浦が開き直った。

「盗まれたのに気づかなかったんですか？」

「車なんて、週に一回も乗らないから。駐車場も遠いんで、そこにあるかどうかなんて、毎日は見ませんよ」

「キーは？」

「さあ……見当たらないけど」

「誰にやられたんですか」前の質問をまったく引き継がず、大友は攻め手を変えた。三浦の表情に戸惑いが浮かぶ。「自宅で襲われて縛られた……あり得ないですよね。しかも夜中でもないんですよ？」

間違いなく顔見知りの犯行だ、と分かっている。一階に住んでいる大家は病気で一日中臥せっていたのだが――だから家の灯りが消えていた――物音や怒鳴り声はまったく聞いていなかった、という。知り合いが訪ねて来て、室内で話しているうちに揉めて襲われた、と考えるのが自然だ。

「誰にやられたんです？　顔見知りでしょう」

「知らない」

「自分で頭を殴って、自分の手足を縛ったんですか？　私には理解できない趣味ですけど、そういうことなんですか」

普段の大友は、こういう皮肉めいた台詞は吐かない。取り調べはあくまで真面目に、一対一の真剣勝負であるべきだと思うからだ。しかし今は、吐かせるためなら何でもやろうと決めている。劉は依然として拉致されたままで、身の危険が迫っている。

三浦という男は何者なのか……大友の手元にはデータがない。車検と免許証のデータから分かっているのは、今年三十八歳だということ、そして住所だけだ。

「人の命がかかっているんです。協力してもらわないと困る」

「俺には関係ない」

「あなたの車が犯行に使われているんですよ。盗まれたのか、あるいはあなたが提供したのか、それによって事情が変わってくる」

「俺には何も関係ない」三浦は機械じかけのように繰り返すだけだった。

これは時間がかかる……多分、僕の言葉だけでは落とせないな、と大友は思った。何か重要な事実、否定できない材料をぶつけるしかない。それは、今も必死に情報収集している柴たちに任せるしかないのだが……ここが自分の仕事場だ、と大友は自分を奮い立たせた。何よりも、人に喋らせるのが得意で、自供を得るための取り調べを期待されている。それに応えないでどうする？　大友は両手を組み合わせ、テーブルの上にぐっと身を乗り出した。

「いつまでも黙っていてもいいけど、後で真相がばれた時に、まずいことになりますよ」

「俺は何も知らない！」怒鳴り上げたが、声に焦りが感じられた。

「あなたに関する情報はどんどん集まっているんですよ。どうしますか？　早い段階で喋っておいた方が、後々面倒はないと思うけど」

「何も喋らない」

「誰を庇ってるのかな？　あるいは何を守ってるんだろう」

三浦の頬がぴくりと動く。壁に穴を穿《うが》ちつつある、と大友は意識した。

「ここで誰かを守っても、あなたが安全でいられるとは限らない。何の仕事をしているか知らないけど、今後に差し障りますよ」

「俺は——」

ノックなしにドアが開いた。柴が顔を覗かせ、手招きする。大友は立ち上がり、高い位置から三浦を一瞬睨みつけて部屋を出た。ドアは開け放ち、中が見えるようにしておいてから、廊下の向かいの壁まで後退した。

「前科《まえ》はない」柴が短く告げる。

「いかにも何かやっていそうな感じだけど……その筋の人間じゃないのか？」

「違うな。暴対にも確認したけど、そういう名前の構成員はいない。リストに載っていないチンピラだったら別だけど」

「じゃあ、いったい――」

「まあまあ」柴の声には多少の余裕があった。何か摑んだ時の癖である。「気になる情報があるんだ。奴はこの三年ほど、頻繁にロシアに行ってる。十二回」

「多いね」大友は眉をひそめた。観光ではあり得ない。

「しかも今年に入ってからは七回だ。二か月に一回以上のペースで行っている計算だし、一度行くと二週間、三週間と滞在していたこともある」

「だったら、今年は一年のうち三分の一ぐらいはロシアにいた感じじゃないのか？」

「そうかもしれない――まだあるぞ」柴がにやけ始めた。

「もったいぶるなよ」

「ああ」

柴が、開いたドアから取調室を覗きこむ。釣られて大友も中を見た。三浦の視線は不安気に泳ぎ、体が左右に揺れている。柴が露骨ににやりと笑った。少し距離はあるが、その笑いはしっかり三浦の目に焼きついたようである。

「おい！」立ち上がり、拳をテーブルに叩きつける。若い刑事が背後から肩を押さえつけ、力ずくで座らせた。三浦の焦りは消えないようで、右手を外に向けて伸ばすと、「おい、何なんだ！」と叫んだ。

「そう簡単に教えるかよ、馬鹿」柴が小声で吐き捨てる。

「もったいぶるなって」大友は繰り返した。今夜の柴は、常軌を逸している。

「前置きありか、なしか？」

「なしで頼む。劉はまだ拉致されたままなんだぜ」

「この男は昔、新エネルギー研究開発に勤めていたんだ」

顎が外れるものなら、廊下に落ちたはずだ、と大友は思った。

柴も取調室に入り、二人がかりで——もう一人の若い刑事は、記録係兼宥め役になった——三浦を絞り上げ始めた。

「あんた、三年前に新エネルギー研究開発を辞めてるな。その後、頻繁にロシアに行くようになった。何なんだ？　向こうでビジネスでもやってるのか」柴が乱暴な口調で迫っていく。

「言えないね」三浦の態度はまだふてぶてしかった。その態度を防御壁に使って、辛うじて証言を拒んでいる。

「どうして。警察に言えないってことは、何か違法なビジネスに手を染めてるからだろうが？　それを認めるも同然だぜ」柴が追いこむ。

「関係ないね」

「ふざけるな！」立ったまま三浦を見下ろしていた柴が、いきなり体を捻ってドアを蹴飛ばした。彼にしてはぎりぎりの怒りの表現である。最近は、取り調べの際の「圧迫」に関して、さらに煩《うるさ》く指導が入るようになっている。少し前までは、デスクを叩くぐらいのことは平気で行われていたのだが……音を立てて脅すにしても、容疑者と距離を置け、ということか。

「ロシアとビジネスをやっていて……あなた、裏切られたんでしょう」

大友が指摘すると、傷だらけの三浦の顔が歪んだ。攻めるべきポイントが見つかったと確信し、大友はひたすら喋り続けることにした。想像でもでっち上げでも何でもいい。一つでもヒットすれば、すぐに落ちるはずだ。

「こういうことを言うと、脅迫だと言われるかもしれませんが、ロシア人というのは、ビジネスパートナーとしてどうなんですか？　いろいろ難しいこともありそうですけどね。もしもビジネスが上手くいかなくなったら、こちらに全責任を押しつけてきそうじゃないですか。まさかとは思いますけど、消される、ということもあるかもしれない」

「勘弁してくれ！」三浦がついに泣きついた。

「警察的には、勘弁も何もないんですよ。我々は、劉さんという中国人ビジネスマンを救出したいだけなんです。もちろんあなたに何かあっては困りますけど、現段階ではどうしようもないですね……あなたのように非協力的な人を守るためだけに、人手は割けませんから。でも、ロシア人というのは、結構残酷なんじゃないですか？　ビジネスが上手くいかなかった時、アメリカ人なら裁判を起こすでしょう。でもロシア人の場合、いきなり頭に銃弾を撃ちこむかもしれませんよ」

「やめてくれ！」三浦の声が震え始めた。無事な左目は潤み、腫れ上がってほとんど閉じた右目からは涙が零れている。

「すぐにやめるよ、あんたが話してくれれば」柴が選手交代した。「いい加減に吐けって。何を隠してるのか知らないけど、仮に無事にここから出られても、今度はロシア人につけ狙われることになるんだぜ？　一人で逃げ切れるのか？　連中もしつこいそうだけどな。どうする？　むしろ、ここにいた方が安全じゃないのかね」

「ここにいる限り、身の安全は保証します」大友は、柴の言葉を引き取った。「警察署内が、日本で一番安全な場所なのは間違いないですから。だから、事情を話して下さい。劉さんはどこにいるんですか？」

「勘弁してくれ！」三浦がついに泣き叫び始めた。

3

何を「勘弁してくれ」なのかは分からなかったが、三浦は情報を語り始めた。断片的なのは、全体像を知らないのか、出し惜しみしているのかは分からないが……。

「どうしてロシア人が劉を拉致するんだ?」肝心の動機部分について、大友は追及した。

「さあね」

「君はロシア人と組んでいたんだから、理由は分かってるだろう」

「もう、切れたよ。あいつらとは仕事はできない」

「何の仕事を」

三浦が黙りこむ。相当深い事情がある、と大友は読み取った。だとしたら、追及は後回しだ。まず、劉を見つけ出さなければならない。そのための材料は、取り敢えず手に入っていた。

「連中のアジトは葛西、間違いないな」

「ああ。京葉線の葛西臨海公園に近い方だけどな」

大友は、地図をテーブルの上で広げた。三浦が「細かい住所は知らない」と言うので、地図で確認するしかない。

「どの辺りだ」

三浦の指が地図の上を彷徨《さまよ》った。痺れを切らしたのか、柴が三浦の手首を摑んで引っ張る。三浦の体がぐらりと揺れた。

「惚けてるんじゃねえよ!　さっさとしろ」

「地図を見ても分かるかよ」三浦が低い声で抵抗した。「夜中に車で行っただけなんだから、簡単には思い出せないって」

大友は低い声で忠告した。柴が手を離し、三浦を自由にする。三浦は大袈裟に手を振って、柴を睨みつけた。

「一々反抗するな、阿呆！」

柴がぴしりと怒鳴りつけると、三浦が肩をすくめる。前科はないにしても、修羅場はくぐっているな、と大友は察した。警察に取り調べられる、やくざと渡り合う、そんなことよりももっと厳しい状況があるのかもしれない——例えば、ロシアには。

三浦の指が、「臨海町」付近を彷徨う。助けを求めるように顔を上げ、「市場はどこだ？」と訊ねる。

「中央卸売市場だったら、ここだ」大友は、首都高湾岸線の少し北側を指差した。

「ああ……それならこの辺かな」三浦が人差し指で示したのは、倉庫街だった。

「こんなところに、アジトに使えそうな建物があるのか」

「嘘じゃない。俺はちゃんと行ったからね。今夜、連中がそこにいるかどうかは分からないけど」

「分かった。ところで、連中が表参道で車を乗り換えたのはどうしてなんだ？」

「目くらましのつもりじゃねえの？　でも、分からないね……俺は車を貸すように言われただけだから」

「いつ？」

「柴」

「今夜。滅茶苦茶だよ……半年ぶりに来て、車を貸せって言い出しやがって」

「拒否した？」

「当たり前じゃないか。やばいことに使われたら、こっちも面倒なことになる」

「本当にそれだけか？　連中に積極的に協力していたわけじゃない？」

「今回は違うって。だいたい、あいつらと仕事をするのは最初から無理だったんだよ。俺はもう、関係を切ったつもりでいたんだぜ……」溜息。「断ったらこのザマだよ。それで勝手にキーを盗っていきやがった。あいつら、やっぱり手に負えない」

「自分が拉致の共犯だということは認めるんだな？」

「冗談じゃない。俺だって被害者じゃないか。車は貸したんじゃなくて、勝手に持っていかれたんだから」

「それを決めるのは、君じゃなくて警察なんだ」

「じゃあ、何で俺はこんなにぼこぼこになってるんだよ」

「それは、相手を逮捕してみないと分からないな」

「勝手にしろ」

またそっぽを向いてしまう。柴が小突きたそうにうずうずしていたが、大友は慌てて首を横に振って牽制した。今は余計なことはすべきではない。

「よし、出かけよう」大友は立ち上がった。

「ご苦労さん」馬鹿にしたように三浦が言ったが、すぐに柴が襟首を摑んで立たせた。

「何しやがる」と抵抗したが、柴は無視した。三浦は、今度は大友に向かって、唾を飛ばしそうな勢いで抗議し始めた。

「ちゃんと喋ったじゃないかよ。何で俺があんなところへ行かなくちゃいけないんだ」

「ああ、それは簡単なことだ」大友は人差し指を三浦に突きつけた。「僕は――僕たちは君を信用していない。嘘をついていたら、すぐにその場で正しい情報を教えてもらわないといけないから」

「そんな面倒なことをしなくても……」三浦が唇を尖らせる。

「いい加減黙れよ、阿呆」柴が三浦の頭の後ろから罵声を浴びせた。「お前は人質なんだよ。何かあったら、取り引き材料にするからな」

「ふざけるな」小馬鹿にしたように三浦が言った。「取り引きなんかが通用するような相手じゃないんだ」

「と言うと？」大友は胃を誰かに掴まれたような痛みを感じた。

「車を借りに来ただけで、俺をぼこぼこにするような奴らだぜ。何も言わないでいきなり撃ってくるよ。あんたら、撃ち合いになって大丈夫なの？」


拳銃携行を指示されると、途端に緊張感が高まる。普段、私服の刑事は拳銃を持ち歩かない。実際日本の警察官は、現場で一度も銃を撃たずに現役時代を終える者がほとんどである。その事実を考えると、日本は決して銃社会ではない、と実感できるのだが……そういう社会状況やルールに関係なく生きている連中もいる。

「やばいことにならないといいがな」柴が心配そうに言った。その手は、車に乗りこんで以来、ずっと拳銃を押さえている。まるで、そうしないと暴発してしまうとでも言うように。

「大丈夫だろう」大友は自分に言い聞かせるように言った。少なくとも、戦力という点では……何が起きるか分からないというので桜川が大騒ぎを始め、とうとう機動隊の応援まで頼んでしまったのである。現場に一番近い第二機動隊から、一個小隊が応援に駆けつけることになっている。他に所轄の制服組と機動捜査隊員も加勢する予定だ。

「しかし、相手がロシア人だとすると、本格的にヤバいんじゃないか？」柴はまだ心配そうだった。「何考えてるか分からないし」

「確かに」

柴が首を振った。顔色は悪く、唇にも色がない。いつも豪放磊落《らいらく》なこの男でも緊張することがあるのだ、と大友はむしろほっとした。

「だいたい桜川さんも、こんなに大袈裟にしてどうするんだろう」大友はわざと軽い口調で言った。「現場の人数、五十人ぐらいになるんじゃないか？　これでもぬけの殻だったら、始末書を書かされるよ。最初に偵察してから、応援を要請した方がよかったんじゃないかな」

「あのオッサンは、テンパると意味不明な行動を取るからな」柴が小声で答えた。桜川は別の車に乗っており、話を聞かれる心配はないのだが。

「まあ、気の小さい人ではあるね」

「だからお前を嫌うんだな」

「どういう意味かな？」

「お前の使い方が分からないんだよ。肝の据わった上司なら、お前を上手く使おうとする……リスクがあるのは承知でな。福原さんがいい例じゃないか」

「その福原さんも、もういないけど」福原は刑事部指導官という特別なポジションを離れ、現在は三方面本部長に就いている。退職前の最後のご奉公だ、と本人は言っていた。

「まあな……滅茶苦茶だったけど、いい上司だったな」

柴と大友が同時に捜査一課に上がってきた時、福原は課長を務めていた。大友にとっては、警察官になってから最大の恩人である。福原の後釜に後山が来て……大友は胸に顎を埋めた。キャリア官僚にしてはやけに慇懃無礼なあの男とは、なかなかリズムが合わない。合わせるべきかどうかも分からなかったが、福原とのやり取りをしばしば懐かしく思い出すのは事実である。

目指す一角には、巨大な集合住宅と倉庫ばかりが並んでいた。まずいな、とにわかに不安になる。倉庫街には、この時間になると人気が少ないが、道路一本挟んで向こう側にはマンションが建ち並んでいる。もしもこんなところで発砲したら……やはり機動隊員を増員すべきではないかと思った。人間の盾——いや、僕にはこんなことを考える権利はない。自分がやれることをやるだけだ。

先行する車には、三浦が乗っている。環七から左折して片側一車線の道路に入ると、右側に団地が建ち並び、左側が問題の倉庫街になっているのが分かった。何かあったら、距離は数十メートル……暗い中、狙って当てられる距離ではないが、流れ弾の危険性は否定できない。

三浦を乗せた車が停まった。二機の一個小隊は既に到着しており、五十メートルほど先に車が停まっている。お馴染みの青い機動隊車両の存在は心強かったが、それでも大友は、自分の中の危険度を感知するメーターの針が、ぐんぐん上昇しているのを感じた。車の外に出ると、息が白い。雨が降っている上に一気に気温が下がっており、トレンチコート一枚では辛い陽気である。コートすら着ていない柴は、思い切り体を震わせた。

三浦が車の外に引っ立てられてくる。頭に包帯を巻かれているので、ひどく痛々しい様子だった。同行している桜川が耳元に口を寄せる。より詳しい説明を求めている様子だった。すぐに三浦が、目の前の建物を指差す。乏しい街灯の灯りでは細部まで見えなかったが、三階建てで、かなり古びた建物なのは分かった。街路樹が、一部森のように鬱蒼となっているせいで、一階部分が完全に隠れてしまっているのが不気味である。

桜川が大友たちを手招きした。歩み寄ると、「この建物らしい」と指差す。

「誰かいるんですか？　灯りも点いてませんよ」と柴が指摘する。

「いや……点いてる」大友は彼の指摘を訂正した。三階の小さな窓が、薄いオレンジ色に染まっている。照明は裸電球だけではないか、と想像した。

「この倉庫は、何なんだ」桜川が三浦に訊ねる。

「それは、俺は知らない」

「お前、ロシア人たちとどれぐらいずぶずぶの関係だったんだ？　何度もロシアに行ってたのは、連中とやばい儲け話でもしてたからだろう」

桜川が追及すると、三浦が不機嫌に黙りこむ。桜川も同様。ここへ来るまでの道中、三浦を厳しく攻め立てたはずだが、最後まで素直にならなかったのだろう。

「大友、柴、偵察だ」

「了解」桜川の命令に柴が即答したが、すぐには動き出そうとしなかった。

彼が何を心配しているかが分かり、大友は「機動隊から防弾チョッキを借りていきます」と言った。柴がほっとした表情を浮かべる。自分で言い出すのは、弱さを見せるようで嫌だったのだろう。

「ああ、そうしてくれ」

桜川があっさり認めたので、大友は機動隊の車両へ向かい、防弾チョッキを二枚、借り出した。ただし、着用に難儀する。コートの上からでは着られず、無理に着たら動きが妨げられそうだった。仕方なくコートと背広の上着を脱ぎ、ワイシャツの上から装着する。その上に上着を着ることはできず、寒さを我慢してそのまま出発した。しかしすぐに、体が温まってくる。防弾チョッキがかなり重い上に、尋常でない緊張感のせいもあった。

「防弾ヘルメットはいらないかな」柴が心配そうに言う。

「何でそんなにビビってるんだ？」

「嫌な予感がするんだよ、嫌な予感が」

彼が「ビビってる」という指摘を否定しなかったので、大友は驚いた。普段は絶対に、弱い部分を見せない男なのだ。しかし彼に言われると、自分も相当怯えているのを意識する。

「とにかく、行こう。いないかもしれないし」自分に勢いをつけるために大友は言った。

「ちょっと待て」柴が無線のイヤフォンを押さえる。渋い表情で無線の声に耳を傾けていたが、すぐに唇を捻じ曲げるようにして「いるよ」と告げた。

「今の話は？」

「近くで車が乗り捨てられているのが見つかった」

大友は唾を呑んだ。ここが一つのポイントになる……開き直ったのか、柴が先に立って歩き出した。街路樹の植え込みを両手で分けるようにして入りこみ、倉庫の敷地に足を踏み入れる。大友は、街路樹の枝が顔を叩くのを手で払いのけながら、後に続いた。

間近で見ると、倉庫はそれほど小さくはなかった。こちらが裏側になるようで、地面は雨に濡れて所々に水溜りができている。あちこちに雑草が生えていて、しばらくこちら側には誰も足を踏み入れていないのは明らかだった。見上げると、三階の窓の灯りは照明ではなく、街灯の灯りが照り返しているように思えた。むしろ二階……木立に隠れて外からは見えなかった窓に灯りが灯っている。

「あそこだな」柴が小声でつぶやき、無線に報告した。

こうなると無線がないのが痛い。全体の動きがどうなっているか、逐一分からないと、ヘマをしかねないのだ。とにかく柴の動きを頼りにしよう。

「どうする？」背後から柴に訊ねる。

「二階まで行くのは、取り敢えずやめよう。ここから何とか動きが分かれば……」身を屈めて歩きながら、柴が答える。

しかし、実際に誰がいるのか確認しないと、今後の計画が立てられない。柴は腹を固めたようで、躊躇せずに前進を続ける。

建物の横から前へ入りこむ。大友は壁に耳を押しつけ、中の様子を窺おうとしたが、物音はしない。柴も気づいて同じようにしたが、蒼白い顔で首を振るだけだった。雨粒が首筋を叩き、先ほどまで体の中心に巣食っていた熱がすっと引いていく。風邪を引かないといいのだが……アドレナリンに頼るにも限界がある。

柴がちらりと大友の顔を見て、右手をさっと振った。前進、続行。

その瞬間、銃声が鳴り響く。大友は慌てて身を屈め、拳銃に手をやった。銃声は一発では止まらない。二発、三発……そのうち、数えていられなくなった。これではまるで戦場だ。警察側でも応射しているようだ。これだけ銃弾を撃ちまくって、双方無傷というわけにはいくまい。近くのマンションに被害が出ないかとも不安になった。

銃声が止んだ。かすかに硝煙の臭いが漂い出す。柴が大友の肩を叩き、「テッ、上だ」と指摘した。

見ると、先ほど自分たちがアプローチしてきた方の窓――灯りが灯っていた窓だ――から硝煙がかすかに漂い出している。ほんの数十秒前にあそこのすぐ側を通過したのだと思うと、大友は顔から血の気が引くのを感じた。

「誰か撃たれた」無線に耳を傾けていた柴がつぶやく。凍りついたような声だった。

「どうする？」

「正面に回ろう」

「まずいぞ。応援を待たないと」柴がまた弱音を漏らす。

「そんなことしてたら、逃げられる」

柴の前に出ようとしたが、肩をきつく摑まれた。

「よせ、危ない」

「行くぞ」

大友は柴の手を振り払って、低く前傾姿勢を保ったまま前進した。右手で銃を抜き、建物の角に来たところでスピードを落とす。壁に手をかけながら、もう一度耳を押しつけた。どたどたと誰かが走り回るような音……いや、違う。規則正しいリズムは、階段を下りるそれだ。こっちへ来る……大友は一瞬だけ目を閉じ、気合いを入れ直した。耳に全神経を集中し、足音が変わるのを待つ。

「どうだ、テツ」いつの間にかすぐ後ろに迫っていた柴が訊ねる。

「降りて来る」

「無茶するなよ」

次の瞬間、ドアが開く音がした。といっても普通のドアではなく、車が直接出入りできるような巨大な金属製の引き戸のようだ。ここで前に飛び出て確保する……しかし大友は躊躇した。相手の人数が分からない以上、無理はできない。外に飛び出して来た時点で判断しよう。

ドアが開く軋み音が止まった。意外と短い……人一人が通り抜けられる隙間だけを開けたのだろう。大友は思い切って壁から離れ、ダッシュした。三人——大柄な男が全力疾走で建物から離れようとしている。

「停まれ！」

叫ぶと、三人のうち一番後ろにいた一人が振り向いた。大友は銃を構え、「停まれ！」ともう一度警告する。

いきなり撃ってきた。大友の頭上で何かが炸裂し、木の破片が頭に降りかかる。一瞬、心臓が停まったかのような衝撃が走った。

「テツ！」柴が叫び、大友の横に並ぶ。銃を構えて、逃げ去る男たちに狙いを定める。

「撃て！」

大友は叫んだが、柴はゆっくりと銃を下ろした。

「無理だ。暗過ぎる」

確かに……敷地内を照らし出すのは、建物から漏れ出るかすかな光だけで、ほぼ暗闇だった。無闇に発砲すると、何が起きるか分からない。

「中を確認しよう」激しい鼓動が収まらない。大友は声の震えを抑えながら言った。

「了解」柴が無線に向かって、「三人、逃亡。これより建物内の捜索に入る」と報告した。それからイヤフォンを引き抜き、「何だか余計なことを言ってやがるぜ」と吐き捨てた。

「いいのか?」

「無視だよ、無視」

恐らく「待て」の指示が出たのだろう。だがアドレナリンに支配されて、恐怖を乗り越えてしまった柴を止めることはできない。先ほどまでの弱気はどこへやら、すぐに建物に飛びこんで行く。大友もすぐ後に続いた。一瞬、完全な暗闇に包まれる。かすかにオイルと埃の臭いが漂い、鼻を刺激した。人の気配は感じられない。マグライトを点けて、周囲をさっと見回した。光が収束するので、広い範囲は照らせないが、やはり誰もいないようだった。

「二階じゃないか?」柴が指摘する。

「よし、行こう」奥の方に階段を見つけた。上の方から灯りが漏れ出ている。大友は先に立ち、マグライトを上方へ向けながら慎重に階段を上った。もしも誰かが顔を出しても、マグライトの強力な光を顔に浴びせれば、一瞬だが目潰しできる。

階段の踊り場にドアがあり、そこが開いていた。二人はドアの手前でしゃがみこみ、中の様子に耳を傾けた。やはり人の気配はない……大友は思い切って、「劉さん?」と呼びかけ、また耳を澄ませた。何か音が……呻き声のような声が聞こえる。

大友は部屋へ飛びこみ、縛られて放置された劉を見つけることになった。

4

三浦が撃たれた。倉庫の二階の窓からの乱射で、腹に一発くらって緊急搬送されたが意識がないという。

混乱の中での出来事だったので大友は批判を呑みこんだが、明らかに桜川の判断ミスである。万が一のことを考え、せめて車の中で保護しておくべきだった。ここへ連れ出した大友にも、責任の一端はあるとも言える。

現場にいるとなかなか情報が入ってこないので、大友の焦りは脳みそを焦がすほどになった。しかし、三浦の心配をする以前に、やることがある。

劉は、普通に喋った。だが相当無理をしているのは間違いなく、両脇を支えられないと歩けないほどだった。すぐに救急車が呼ばれ、病院へ逆戻りになる。大友は救急車に同乗し、道すがら事情を聞くことになった。
寝かされ、固定された劉は、静かに目を閉じている。呼吸、脈拍ともに安定している
が、怪我が増えていた。何度も殴られたのか顔面は腫れ上がり、特に右目はほとんど塞
がっている——三浦と同じように。病院にいた時と同じ寝間着で、胸元には血が点々と
飛び散っている。下唇も割れ、そこから血が滴ったようだった。
「気分はどうですか」
訊ねると、薄っすらと目を開ける。右目は塞がったままで、痛みが走ったのか、急に
顔をしかめた。
「顔の右側の怪我が酷いですね。相手はサウスポーでしたか？　ロシア人のヘビー級の
サウスポーを相手にするのは大変ですよね」
無反応。心の中がまったく読めない。まだ恐怖に捉われて話せないのか、何か別の思
惑があるのか。大友は、劉の上に屈みこむようにした。
「どんな厄介ごとに巻きこまれているのかは分かりませんが、警察はあなたを守ります
よ」
「守るも何も、私は事件とは関係ない」
意外にしっかりした声だった。大友はすっと背筋を伸ばし、劉の無事な左目を見詰め
た。充血して、薄っすらと涙の幕が張っていたが、ダメージは大きくなさそうである。
どんな人間でも、これだけ顔面をぼこぼこにされれば精神的に弱ってしまうものだが、

劉は毅然とした内面を保っているようだ。あり得ない……いや、散々タフな経験を積み重ねてくれれば、この程度の暴力では何とも思わないのかもしれないが。

「あなたは拉致されて、しかも暴行を受けたんですよ？　これで事件に関係ないと言えるんですか。被害者なんですから……」

劉がゆっくり目を閉じた。「被害者」という言葉を最大限に利用するつもりかもしれない。殴られ、ダメージを受けているのだから今は喋れない……劉のしたたかさを、大友は既に味わっていた。同時に、この男が重大な秘密を胸の奥に秘めている、と確信する。普通、人はこんな目に遭えば自分の窮状を訴える。犯人を憎む気持ちで、胸の中が煮えくり返るようになる。しかし劉は、全ての感情を折り畳み、どこか深いところにしまいこんでしまったようだった。

おそらく人に――警察に言えないことがあるから。

一度「喋らない」と決めた人間の口を開かせるのは難しい。もちろん大友は、これまで何度も、難攻不落と思われた人間の口を割っている。だが劉に関しては、自分の経験やテクニックが通用しない予感がしていた。そもそも外国人の発想は日本人とまったく違うし、いくら劉の日本語が流暢だといっても、言葉の壁がないわけではない。

人は、自分の最も大事な部分が侵されたと思った時、被害を訴える。本当のことを話す。劉にとって、最も大事な部分は何なのだろう。静かに目を閉じて横たわる姿は、大友には夜の大海のように見えた。光を反射せず、全てを呑みこんでしまうような。

劉は病院で簡単な検査を受けた結果、命に別状はないと診断された。桜川は病室の監視を四人に増やし、逃亡並びに拉致を阻止する対策を取った。大友はここではお役ご免になったのだが、どこかへ行く気にはなれない。何か——この一件の裏にあるものをはっきりさせない限り、夜は終わらない気がした。

劉の病室の前のベンチに腰かけ、壁に頭を預ける。ちらりと腕時計を見ると、既に午後十時……今日一日は長かった。そろそろエネルギーが切れかけているのを意識し、ゆっくりと深呼吸する。冬眠する動物のように……呼吸と鼓動の回数を少なくし、半分死んだように春の訪れを待つのだ。

まさか。

ここにいてもどうしようもないと分かっている。今夜はもう、劉から事情聴取はできないのだ。病院に運びこまれた瞬間、突然それまでの態度を覆して全身の痛みを訴え、まんまと鎮痛剤を入手した劉は、すぐに朦朧とした状態になって、既に眠りについている。わざとだな、と大友には分かったが、呑みこんでしまった薬を取り出すことはできない。

立ち上がり、ふらふらと待合室に下りて行く。この時間になっても病院は完全に眠りについたわけではなく、パジャマ姿の若い入院患者が、片隅のベンチに腰かけていた。傍らには松葉杖。薄暗い照明の下、うつむいた彼の顔が様々な光にぼんやりと照らされるのが見えた。ああ……骨折で入院して暇を持て余して、待合室でゲームをしているのだと分かった。同室の入院患者に迷惑をかけるわけにもいかず、待合室に一人ぽつんと座り、夜の長い時間を潰すつもりか。

自販機でブラックの缶コーヒーを買い、二口で飲み干す。冷たさに胃がきゅっと縮まり、お陰で目が覚めた。同時に激しい空腹を意識する。夕食はまだ食べていないし、この先食べられるかどうかも分からない。この辺りに、遅くまでやっている飲食店があったかどうか……ふと人の気配を感じて顔を上げると、柴が何かを探すように左右を見渡していた。声を上げる気にもなれず——夜の待合室では大きな音はご法度だ——手を上げて彼の注意を引こうとした。気づいた柴が手を上げ返すと、持っていたコンビニエンスストアのビニール袋が、がさがさと音を立てる。何かの機材のハム音しか聞こえない中、やけに耳障りな音だった。

「食い物を仕入れてきた」柴が小声で告げる。

「悪い。飲み物は？」

「あ……忘れた」

柴が気の抜けた声で言った。さすがの彼も、エネルギーが切れかけているのだろう。顔色がよくない……これは僕も同じか、と大友は自覚した。何しろ二人とも、ほんの一時間前には死の間際にいたのだ。銃撃戦の死角になる位置ではあったが、流れ弾を食らって死んでいたかもしれない。そう考えると、頭からすっと血が引いてしまうようだった。

大友は温かいお茶を二つ買い、一つを柴に渡した。無言で受け取った柴が、倒れこむようにベンチに腰を下ろす。今にも横になってしまいそうに体が傾いでいたが、何とか気を持ち直して、真っ直ぐに座る。大友は柴の脇に、少し間を置いて座り、お茶のキャップを開けた。一口飲むと、缶コーヒーのせいで冷えた胃が温まる。

「肉まんだけど」

「悪い」

差し出されたビニール袋に手を突っこむ。ほの温かく柔らかい肉まんの感触に、少しだけ気持ちが緩んだ。久々に胃に入れるものだと思うと、また空腹を意識する。大口を開けてかぶりつくと、肉まん特有の匂いが周囲に漂い出した。これはまずいかな……見ると、ゲームをしていた若者が、不審そうに周りを見回し始める。鼻に皺を寄せ、一瞬こちらを睨んだ——睨むだけの理由はあると大友は申し訳なく思ったが、二対一の状況で喧嘩を売るのは馬鹿馬鹿しいと思ったのか、松葉杖を使って立ち上がり、ゆっくりと去って行った。

「悪いことをしたな」

「ああ、何が？」柴も肉まんを頬張りながら訊ねる。何も気づいていない様子だった。捜査以外のことでは案外鈍い。

「いや、何でもない」

首を振り、ひたすらカロリーを補給することに専念する。あっという間に二個を食べ終え、お茶を飲むと、ようやく人心地ついた。ベンチの背もたれは腰の低い位置までしかなく、何となく落ち着かないのだが、そこに体重を預けて、少しでもリラックスしようと努めた。

「劉は？　意識不明と聞いてるけど」

「自分から意識不明になったんだ」

「どういう意味だ？」

強力な痛み止めを自ら求めて呑んだ、と説明する。柴が鼻を鳴らし、怒りを封じこめるようにビニール袋を手の中で小さく丸めこんだ。

「野郎、相当場数を踏んでるな」

「ああ」

「本当は何者なんだ？　ただのビジネスマンってことはないよな」

「そうだな」大友はうなずいた。だったら何なのだ？　正体不明。気を取り直して訊ねる。「現場はどうなった？」

「鑑識が入ってる。本当にアジトだったみたいだな。寝袋や食料が残ってたよ」

「他には？」何のアジトか分からないが、そこで「仕事」をしようとするなら、必要な機材を揃えているはずだ。今は、何をするにもパソコンやスマートフォンは必須なはずだし……劉を救出した時に確認した限りでは、そういう物はなかった。

「何もない」

「銃も？」

「ああ。持って逃げたんだろう。しかし、ロシア人ね……何なんだ、この状況は？　ロシア人が中国人を拉致して逃げる？　ここは日本だろうが」

「外国人同士の争いだってあるよ」

実際、ここ二十年ほど、外国人の間での犯罪は増えている。世界各国から様々な人が日本に入って来て独自のコミュニティを作っている結果、トラブルも増えているのだ。イラン人、ブラジル人、中国人……大友としては、何とも歯がゆい感じもする。外国人がいないと成り立たないビジネスもある一方、トラブルを起こされるのは困る。沈黙を利用して、大友は現段階の問題点――疑問点を頭の中に書き出した。ざっと考えをまとめたところで、柴とブレーンストーミングを始める。

「取り敢えず手持ちの材料をまとめてみないか？　今立ち止まって考えないと、いつまで経ってもまとまらない」

「そうだな」柴が脚を伸ばし、だらしない姿勢を取った。リラックスしようとしているようだが、表情が強張っているので、上手くいっていないことが分かる。

「今日の一件は、劉が事務所で襲われたことから始まっている」

「本人は否定しているけどな」

「二度も襲われたんだぜ？　否定しても無駄だよ」

「で？　ここへ運びこまれた時には、何て言ってたんだ」柴が皮肉っぽい口調で訊ねる。

「私は事件とは関係ない、だ」

「よほど、警察とはかかわり合いになりたくないんだろうな」

「ああ……」やはり、劉本人も何か犯罪にかかわっている。しかしそれを証明する材料はなく、しかも本人は被害者として警察に協力しようともしていないから、今後の捜査が難航するのは容易に予想できた。

「野郎、もう少し強く揺さぶってもいいんじゃないか」

「よせよ……それよりこの件、中原殺しと何か関連があると思うんだ」

「中原が中国に電話をかけていた、という話か。だけど、何なんだ？」

「分からない。その件は劉に確認できなかったし」大友は首を振った。会社側は、どこまで事実関係を摑んでいるのか……何も分からないだろう。電話をかけた事実は証明できても、その内容までは分からない。佐緒里に助けを求めようかとも思ったが、恐らくいい情報は得られないだろうと考え、その案は却下した。却下した途端、彼女の声を聞きたくなったのだが。

「こうなったら、極亜貿易公司の人間をもっと締め上げるしかないな」柴が両手を強く揉み合わせる。

「そうだね。だけど、何か出てくる可能性は少ないと思う。あの会社は基本的に劉のワンマンカンパニーだろうし、重要な仕事は裏で一人でやっていた可能性が高いよ」

「極亜貿易公司自体が、ダミーかもしれないな」

「ダミーか……ちょっと待ってくれ」携帯電話が鳴り出した。後山。ブレーンストーミングの邪魔だが、無視もできない。

「一つ、気になる情報がありましてね」

「何でしょう」

「極亜貿易公司のことですが……中国にも同じ名前の会社がありますね」

「ええ」

「そちらは、貿易関係の仕事をしていたわけではないですよ。資源ビジネスです」

「資源ビジネス？」まさか。ここで、新エネルギー研究開発とのつながりが出てくるとは。殺された中原は、やはり自分の仕事との絡みで、中国に電話していたのだろうか。これは、劉を攻める材料に使えるかもしれない。「どんな資源ビジネスですか」

「中国国内ではなく、海外で資源採掘のアドバイザーをしていたようですね。アフリカにもしばしば出向いていたようです。最近、中国はアフリカに目をつけているんですよ。様々な開発に嚙んで、中国人を現地へ送りこんでいる。彼らの言い分はともかく、これは形を変えた帝国主義の侵略だと思います。十九世紀にヨーロッパ列強が行ったことの繰り返しですよ」

　後山の憤りは、大友には理解しがたいほど大きかった。この男が、反帝国主義的な気持ちを抱いているなど、想像もできない。あまり深い話をしたこともないのだが……。

「よく、そんな情報が手に入りましたね」

「外務省にもコネぐらいはあります。警察庁から出向している連中もいますから」

後山はそれ以上説明する気がないようだったが、何となく想像がつく。中国駐在の人間に調べさせたのだろう。だとすれば、彼の能力とコネクションは尊敬せざるを得ない。

電話を切り、事情を柴に説明する。

「ということは、中原との関係を考えないといけないな」

「いずれ、ぶつけてみるよ。しかし、中国側はまともな会社だったのかな」

表向きは、まっとうにビジネスを展開しながら、裏では犯罪に手を染める——ヤクザの世界ではよくある話だ。

「取り敢えずのポイントは、三浦なんだけどな……」柴が目を細めた。「奴とロシア人の関係が分かれば、どうして劉が狙われたのかもはっきりするはずだ」

「三浦は意識不明だよ」一応、命に別状はないという情報は入っている。しかし、しばらくは事情聴取できないだろう。周辺から三浦という男の人となりを調べていくしかないが、これも時間がかかりそうだ。しかし一つ、大きなポイントがある。三浦がかつて、新エネルギー研究開発で働いていたことだ。どうして辞めたのか、その後で何故ロシアとつながりができたのかは、興味深い。ただ三浦は、この件については曖昧な供述を繰り返すだけで、新エネルギー研究開発時代の話、そして何故ロシアと関係するようになったのかは吐かなかった。

新エネルギー研究開発の事件と、極亜貿易公司の事件、二つはつながりそうでつながらない。大友は両手で顔を擦って、残ったお茶を一気に飲み干した。苛立ちが募り、じりじりと時間が過ぎていくだけで、何もできない、何のアイディアも浮かばない自分に腹が立ってくる。

ふと、妙な考え——考えの断片というべきだろうか——が頭に入りこむ。どこかで何かを見た記憶……何だったのか。「A」を「B」でも見たことがあるような……記憶の一致のようなものだが、それが何なのか分からない。人なのか、物だったのか。集中して考えようとした瞬間、携帯電話が鳴り出し、少しずつ濃くなり始めた考えは消散した。思わず舌打ちをして電話を取り出すと、沖田の携帯電話の番号が浮かんでいる。話をするために立ち上がってどこかへ行こうとしたのだが、柴に引きとめられた。

「誰もいないんだから、ここで話せばいいじゃないか。文句を言われたら、出て行けばいい……俺に聞かれたくない話だったら別だけど」

「いや、追跡捜査係の沖田さんだ」

「大阪の件か？」

「たぶん、そうだと思う」沖田から電話がかかってくるということは、間違いなくあの件だ。

「雨野を逮捕したぞ」

沖田の第一声に、大友は思わず「ええ？」と甲高い疑問の声を上げてしまった。

「そこまではお願いしてなかったですよ」無理をしたのではないか、と心配になった。全国どこでも均一——というか同じ教育を受けている警察官でも、地方によって特徴はある。大阪の警官は「ノリ」だけで動いてしまうところがある、という評判だ。「いったい何があったんですか」

「ああー、少しばかり現場で逆らいやがったそうでねえ」

公妨か、と大友は苦々しく思った。公務執行妨害が、非常に便利に使われていることを、大友は常日頃から疑問に感じている。確かに捜査を妨害されたら大変な迷惑なのだが、取り敢えず相手の身柄を拘束するためにしばしば使われているのだ。

「大丈夫なんでしょうね」さすがに心配になり、大友は念押しした。

「俺の大阪の相方は、そういうことでヘマする人間じゃないんでね。張り込みしていた刑事をいきなり突き飛ばして逃げたんだから、公妨で問題ないだろう。実際、突き飛ばされた男は怪我してるんだぜ」

それも自作自演かもしれないが。相手の身柄を抑えるために、負傷を演じる警官はいくらでもいる。何となく、ペナルティ狙いで大袈裟に倒れるサッカー選手のような感じだ。

「ま、それはテツが心配することじゃないよ」沖田がさらりと言った。「問題になったとしても、大阪府警の責任だからさ」

「そうですか……」確かに、自分が心配しても仕方ないことだ。この一件が起きた大阪は、あまりにも遠い。「それで、状況はどうなんでしょう」

「ああ」沖田がかすかに笑ったようだった。「大袈裟に暴れた割には気が小さい奴でさ。ちょいちょい喋り始めてるようだぜ」

沖田の説明を聞くうちに、大友は頭の芯が熱くなってきたように感じた。これが本当なら……あまりにも話が大き過ぎる。だが、散らばった手がかりが上手く結びつくかもしれない。

「──つまりだな、その極亜貿易公司って会社は、必ずしもダミーではないと思うんだ」沖田が結論づけた。「社員の中にも、裏の商売にかかわっている人間がいる。雨野勇作は、間違いなくその一人だ」

大友は、自分が事情聴取した古谷の顔を思い浮かべた。あの男は……違うだろう。とても、裏で何か悪さをするようなタイプには見えなかった。若い小心者、それ以上でもそれ以下でもない気がする。

「しかし、どうするんだよ」沖田が急に、一歩引いたような口調になった。「これ、刑事部で扱うような事件なのか」

「沖田さんならどうします？」

沖田が一瞬沈黙する。大友には答えは分かっていたが、彼の口から直接聞きたかった。

「まあ……」遠慮がちに沖田が切り出す。「一度摑んだ事件は離さないだろうなあ。そういう執念がない奴には、刑事をやってる資格はないよ」

我が意を得たり、の答えだ。そして大友は、自分の中でそういう執念が育つ……というか蘇りつつあるのを意識した。自分で事件を解明したい、伏せられている多くの謎を最後までひっくり返したいという意識が強い人間でない限り、そもそも刑事になろうなどとは思わないものだ。

「雨野の身柄はどうするんですか」

「公妨でも摑んでおけるけど、東京へ持ってきたいだろう？」

「ええ」

「捜査の参考に、ということで大丈夫じゃないかな。ま、その辺は正規ルートでちゃんとやった方がいいけどね」

「そうですね。取り敢えず、大阪府警の方……お名前は？」

「捜査一課の三輪《みわ》」

「お礼を伝えて下さい」

「心配するな。気のいい奴だし、暇になると不機嫌になるタイプだから」

電話を切り、柴に事情を説明した。

「おいおい」一言漏らしただけで、柴が黙りこんだ。髭の浮いた顎を撫で、眉間に皺を寄せる。「これ、後々面倒なことになりそうだな。うちが捜査していいのか……合同捜査にでもなると、収拾がつかなくなるぞ」

「ああ。でも、容疑は何なんだろう？　そもそも容疑があるのか？」

「それは――」柴が声を上げかけ、ゆっくりと口をつぐんだ。いかにも怪しい。しかし、刑法のどの条文に触れるか考えると、大友と同じように混乱してしまったようだった。

「となると、結局うちがやることになるのかね。人が殺されているのは間違いないんだし」

「それはそうだ……でも、これは事件全体から見たら『半分』じゃないかと思う」

「ああ。劉が襲われた理由が分からないからな」

「逃げたロシア人を捕まえないとね……そっちの方はどうなってるんだ？」

「緊配をかけたけど、まだ手がかりはないみたいだ。どこかに車を隠しておいて、それで逃げたと思うけどな」

大友は目を閉じ、あの短い時間に起きた出来事を頭の中でおさらいした。自分に向けて発砲してきた男。一瞬止まった時間。撃ち返せなかった自分と柴――車が発進する音は聞いただろうか？　記憶にない。普通、敷地内まで車で乗り入れるものだと思うが。あの倉庫の前面は、大型のトラックが乗り入れられるほどのスペースになっていたわけだし。心配するのはやめよう、と思った。何でもかんでも自分一人でできるわけではない。今は、ロシア人たちを捜して夜の街に散っている仲間がいるのだから、彼らに任せるべきだ。

そして自分にできることは――大友は立ち上がった。

「どうした」

「極亜貿易公司の方には、まだ誰かいるんだろうか」

「いや、分からない。午後にガサは終わったはずだけど、その後社員がいるかどうか……もう時間も遅いしな」

「もう一度、ガサをかけてみないか？　状況が分かったんだから、改めて調べてみる価値がある」

「それを言うなら、劉の家の捜索も必要だぜ」

「それは厳しいかな。本人が寝ているんだから、許可が取れない」この時点ではあくまで劉は「被害者」であり、本人の許可を得ない家宅捜索はあり得ない。

「だったらやっぱり、極亜貿易公司の連中を絞り上げるしかないな。雨野は裏を知っているだろうし、他の連中も嚙んでいる可能性が高い」

「そうだな」

「よし、ちょっと手配を回そうか」柴も立ち上がった。

「桜川さんは大丈夫なのか？」

「ああー、まあな」柴が顔をしかめた。「相当ダメージを受けてる。まともな判断ができるかどうか、分からんぜ」

「そっちは任せるよ。桜川さんが当てにならないんだったら、上の管理官にでも頼んでくれ」

「こんな風に上司を見捨てる日が来るとは思わなかったな」柴が肩をすくめる。

見捨てるわけではないのだが、と大友は苦笑した。どんなにタフな人間でも、一時的に使い物にならなくなる時はある。今の自分は大丈夫か、と自問する。元々タフを売り物にしている人間ではないし、様々なことが短い時間の中で起こり過ぎて、混乱しているのは分かっている。

大丈夫か？

まだやれる――自分の中にある硬い芯が、請け合ってくれた。

極亜貿易公司の前まで来た時、大友は失敗を予感した。

「鍵が閉まってるんじゃないか？」

「あ、そうか」柴もここまで気づかなかったとすると、二人ともかなり混乱している。だが柴が舌打ちしてドアノブに手をかけると、あっさりと回った。柴が怪訝そうな表情を浮かべ、大友の顔を見る。

「誰か、残業しているのかな」言って、大友は自分の言葉の矛盾に気づいた。古谷は、この会社では残業などほとんどない、というように言っていたではないか。

「ま、突入だな」

物騒な言葉と裏腹に、柴は丁寧にゆっくりとドアを開けた。顔を突っこむと、「どうも」と短く挨拶をする。それで、中に社員がいるのだと気づいた。柴に続いて中に入ると、古谷がいた――いたというか、書類を両手に抱えたまま固まっている。足元には段ボール箱。その顔が引き攣っているのに、大友はすぐに気づいた。柴の脇を通り抜け、古谷の正面に立つ。

「こんな時間に、まだ仕事ですか？」

「いや、それは……」古谷の目が泳ぐ。

大友は、彼が抱えた書類にちらりと目をやった。中国語のレポートらしく、中身は分からない。次いで、足元に視線を落とす。段ボール箱は三つ……二つは既に容量以上に中身が入っているようで、テープで止められているのだが、蓋は盛り上がっている。

「引っ越しみたいですね」

無言。鍵をかけておかなかったのが失敗なのだ、と大友は皮肉に思った。鍵さえかけておけば、時間が稼げたはずなのに。

「他の人は？」大友はわざとらしく室内を見回した。一人きり。暖房も止まっており、寒々としている。

柴が、キャビネットを次々と勝手に開けていった。

「ちょっと！」古谷が抵抗しようと声をかけたが、柴が一睨みすると黙ってしまった。

やがて柴は、ぽっかりと開いた一角を見つけ出した。そこを凝視してから、古谷の足元の段ボール箱に視線を移した。人差し指でキャビネット、次いで段ボール箱を指し、無言で古谷に問いかける。ここにあったのを、そっちに移したのか？　古谷は顔を背けてしまった。

「ちょっと失礼」大友は古谷が持った書類に手を伸ばした。

「やめて下さい」古谷が体を捻って逃れようとする。

「いやいや、見せてもらうだけですから」大友はさらに手を伸ばした。

「困ります」

「まあ、そう言わずに。見られるとまずい物なんですか？」

大友が相手をしているうちに、古谷が体を捻った方に柴が回りこむ。行き場をなくした古谷が、今度は大友の方に向き直ろうとしたが、勢い余って書類が手から飛び出してしまった。慌てて胸に抱えこもうとしたが間に合わず、書類は全て床に投げ出される。古谷が屈みこみ、書類の上に体を投げ出すようにした。拾うというより覆い隠そうとしたのだが、床に広くぶちまけられた書類全てを隠せる訳もない。柴の目が鋭く光った。

「おっと、これは失礼」

柴がさっと屈みこみ、一枚の書類を拾い上げた。目を通していくうちに、顔に嫌らしい笑みが浮かび上がる。古谷が顔を上げてその様子を見て、急に蒼い顔になった。慌てて立ち上がり、柴から書類を奪い返そうとしたが、それより一瞬早く、柴が大友に書類を渡す。

メールをプリントアウトしたものだった。タイトルは「NSシステムについて」。

まさか、こんな間抜けなことが……大友は驚くよりも呆れてしまった。古谷の目の前で紙を折り畳むと、背広の内ポケットに丁寧に滑りこませる。古谷が口をぱくぱくさせながら目を見開いたが、既に手遅れだ。

「このメールは、誰が受け取ったものですか」宛先は「雨野」だったが、敢えて訊ねてみた。「送り主は？　あなたはどうして、このメールを処分しようと思っていたんですか」

大友はちらりとデスクに目をやった。各デスクにはパソコンが並んでいる。昼間、ここを調べた連中は、パソコンの中身までは見ていないはずだ。あくまで「被害者」の事務所の「任意」の捜査なのだから。それにしても、ここの連中も迂闊というべきか……デジタルデータはデジタルデータのままにしておいた方が隠しやすい。こうやってプリントアウトすると、人目に触れやすくなるのだ。

しつこく調べるべきだったかもしれない。だが昼間の段階では、まだ強く出られなかったのも事実だ。古谷がこんな風にドジを踏まなければ、事実は隠蔽されたままだったかもしれない。

「場所を変えて、話を聴かせてもらいましょうか」

大友が告げると、古谷ががっくりとうなだれた。その姿は、昼間直面した弱気な若者そのままだったが、それを早い段階で見抜けなかった自分の間抜けさに、大友は腸《はらわた》がにえくり返る思いだった。

誰でも二つ以上の顔を持っている。裏にある顔を見抜くことこそ、自分の仕事なのに。

夜になっても取り調べを続けると、いろいろと問題が出てくる。よほどの緊急時なら別だが、今夜はこれ以上古谷を絞り上げるのは無理だ、と桜川は判断した。極亜貿易公司の他の社員も同様である。まだ直接の容疑がないので、逮捕もできない。結局それぞれに監視をつけて、今夜は帰すことにした。

「あいつ、絞れば吐きますよ」柴は不満そうだった。

「まあ、そう言うな」

桜川は弱気だった。三浦が撃たれたことを未だに悔いている。実際まだ意識は戻らず、事情聴取もできない状態なのだ。

明らかに指揮官のヘマなのだが、こういう時、上層部はすぐには調査を始めない。捜査が動いているうちは、責任者の邪魔はすべきではないという発想があるからだ。ただし、周囲の人間からの事情聴取は始めている。大友も、桜川の上司の管理官から連絡を受けた。手が空き次第、状況を報告するように――しばらく無理です、と断った。事情聴取で時間を食われるのはたまらなかったし、そもそも撃ち合いが起こった時に、直接現場を見ていたわけではない。三浦が撃たれた瞬間については、何も知らないのだ。

それより何より、疲れていた。朝早く――というか未明に叩き起こされたのに、長い

5

一日はなかなか終わらない。完全にガス欠状態で、これ以上誰かと難しい話をするのは無理だった。

翌朝は、大阪から連れて来られる雨野を引き取らなければならない。新大阪始発の東海道新幹線が東京駅に着くのは、午前八時二十六分。まだ終電があったので、家に帰れないこともなかったが、その気力さえなかった。明日の朝、六時に起きて家を出る自信がない。かといって、本庁に戻って、刑事総務課のデスクに布団を広げて眠る気にもなれなかった。柔らかいベッドが――せめてソファがあればいいのだが。

「うちへ泊まっていけよ」あまりにもへばった様子を見かねたのか、柴が声をかけてくれた。

「それじゃ悪いよ」

「別にいいよ。こっちは気楽な一人暮らしなんだからさ」

抗い難い誘惑だった。柴は都心部にほど近い――というより都心部の人形町に住んでいる。中央区に住むというのは大友には信じがたかったが、つき合いで呑む以外に金を使う機会もないので、その分を家賃に回せるのだろう。実際、警察官の給料は、同年代の他の公務員に比べれば高いのだし。

タクシーを奢ろうぜ、という柴の提案に、大友は黙って従った。臨時の捜査本部は、極亜貿易公司の近くにある港中央署に置かれたのだが、そこから日本橋までは決して行きやすくない。赤坂から千代田線に乗り、日比谷で乗り換えて……という程度のことすら面倒に感じてしまう。

タクシーの中で、柴はまったく口を開かなかった。仕事の話を運転手に聞かれたくないようで、かといって他の話をする元気もないのだろう。自宅の住所を告げるとすぐに、目を閉じて軽い寝息を立て始めた。

一方大友は、激しい眠気を感じながらも眠れなかった。考えることが多過ぎる……それに先ほど感じた微妙な疑問が、また脳裏に蘇ってきたのだ。誰かを見た——それが誰だったのか、何故引っかかるのかが分からない。今のところは捜査の大筋には関係ないことのように思えるが、やけに気になった。

大友は自分の勘を信じている。勘というのは、一瞬の閃きだと思われがちだが、実際にはそんなものではない。それまで見て記憶に残っていたもの——あるいは経験が、何かのきっかけで新たな結論を生み出すのである。今回は、そういうきっかけが見つからない。

タクシーは外堀通りから昭和通りに入り、その後真っ直ぐ北上した。ほとんど信号にも邪魔されなかったので、柴は完全に眠りこんでいる。首都高の下を潜り抜けるとタクシーは右折し、新大橋通りに入ってからすぐにまた右折して細い一方通行に入った。古い雑居ビルに挟まれるように建った、まだ新しい茶色のマンションが、柴の自宅だった。タクシーが停まっても、柴はまだぼんやりとしていたので、大友は自分の財布を尻ポケットから抜いた。一晩泊めてもらう——ホテル代だと考えれば、安いものである。

「おう、金……いいよ」柴がぼやけた口調で言った。

「いや、もう払った」

「何だ、悪いな」言って、柴が狭いシートの中で無理に伸びをした。

車を降りると、途端に冷気に全身を包まれる。雨は上がっていたが、まだ空気は湿っており、そのせいか体がだるい。柴がもう一度背伸びをする。全身の凝りを解そうとするその動きはいかにも魅力的に見えたが、大友は彼に倣う気にはなれなかった。どうにも上手くいかない捜査……その罰を自分に科すように、背中を丸めて、緊張感と凝りを内側に閉じこめる。自分には、まだ体を解放してやる権利すらないのだ。

「家に何もないんだけど、コンビニにでも寄って行くか？」

「宴会する元気はないよ」

「いや、そうじゃなくて……」柴が脂ぎった顔を両手で擦る。そもそも柴は、つき合い以外で酒はほとんど呑まない男なのだ。「飲み物もないってことだ」

「そこに自動販売機がある」コンビニに寄るのも面倒になり、大友はマンションの前で明るく頼もしい光を放っている自販機の列を指差した。「氾濫している」とも言える自販機が、防犯上重要な役割を果たしていることを大友は知っている。自販機は街に灯りを振り撒き、闇を駆逐してくれるのだ。

「水でも買っていくか」柴が溜息をついてから言った。

二人はそれぞれミネラルウォーターのペットボトルを買い、マンションに入った。柴は郵便受けを確かめもせずに、さっさとエレベーターホールに向かう。

「散らかってるぜ」エレベーターのドアを押さえたまま、疲れた声で言った。

「分かってるよ」独身男の部屋が片づいているわけがない。まあ、埃っぽくなければ我慢しよう……と思ったが、実際には柴の部屋は綺麗に整頓されていた。

大友は思わず首を傾げた。柴の家に行くのは独身時代以来だから、それこそ十年以上もご無沙汰していることになる。以前訪ねた時は、典型的な一人暮らしの部屋、という感じだった。元々綺麗好きの大友としては、ぎりぎり我慢できるかの散らかり方。

しかし、久しぶりに訪れた柴の部屋は、落ち着いたものだった。独身男の部屋としてはやや不自然なほどに……煙草の臭いが染みついているのだけが、不健康な感じだった。

呆気に取られて言葉を失うと、柴が照れたように「あまり家に帰ってないから綺麗なだけだよ」と説明した。

「本当は、掃除してくれる人ができたんじゃないか？」

「阿呆か、お前は。そんな奇特な人がいるわけないよ」

「愛があれば、掃除ぐらいはしてくれると思うけど」

「臭いこと言ってるんじゃないよ……先にシャワー、浴びろ」

言われるままに大友はバスタオルを受け取ったが、そこでまたも、柴に恋人ができたのでは、と疑念を抱かざるを得なかった。タオルも綺麗に洗濯して畳まれており、しかもいい洗剤を使っているせいか、ふっくらとしている。一人暮らしでは、なかなかここまでできないものだ。

さっとシャワーを浴び、柴が用意してくれたTシャツに着替える。少し小さいのだが、この際文句は言っていられない。それほど広くない部屋は、既に暖房で温まっていたので、Tシャツ一枚で十分だった。

「しかしお前、こんないい部屋に住んでたのか」大友は呆れたように言った。「うちより広いよ。相当高いだろう？」

「まあな。でも一人暮らしだし、時間を買うと思えば安いもんだ」

「だけどこの辺、暮らしにくいんじゃないか？　普段の買い物とかどうしてる？」

「買い物はしない」柴がにやりと笑った。「自炊は諦めた。東京なら、飯を食う場所なんかいくらでもあるし、コンビニがあれば飢え死にはしない……そうだ、美味い朝飯を食わせる店が近くにあるんだけど、明日、行ってみるか？」

「そんな時間、あるかな」

「八時半ぐらいに東京駅だろう？　楽勝だよ。その時間だったら、タクシーを飛ばせば十分もかからない。基本料金で行けるよ」

「そうか」今日は一日、まともな物を食べていない。明日一日を気合いを入れて始めるには、しっかりした朝食を食べるのもいいかもしれない——そう考えると、急に空腹を覚えた。しばらく前に食べた肉まん二個は、とうに胃から消えている。「ところで、食べる物は何もないのか？」

「ある」柴が寂しそうに笑った。「非常用のカップ麺とカップやきそば。でも、やめておいた方がいいと思うぜ。こんな時間にインスタント食品を食うと、精神的にダメージを受けるからな」

「ああ……」彼の言う通りだ。ジャンクフードは確実に空腹を満たしてくれるが、食べると惨めに感じることもある。今夜は空腹を我慢して、さっさと寝てしまおう。

柴がシャワーを浴びている間に、刑事の悪い癖でつい部屋を観察してしまう。柴は、2DKの部屋を実質的に1LDKとして使っていた。リビングルームとつながる一部屋は、引き戸を完全に開け放して、開放感を生じさせている。しかもゆったりしたソファとテーブル、テレビがあるぐらいで、ダイニングテーブルも置いていないから、余計に広々としていた。それにしても素っ気無い……観葉植物もなければ、ちょっとした置物もなし。インテリアといえば小さな本棚があるぐらいで、それを見ても本人の読書の趣味は分からなかった。何しろ、警察関係の本があるぐらいである。それも、警視庁の売店で売っているような専門書……一冊引き抜いて、ぱらぱらとめくってみる。相当読みこんでいるようで、あちこちがアンダーラインやマーカーで汚れていた。奥付を見ると、一年前に出たばかりの参考書——昇任試験用の参考書だった。どうやら柴は、さらに上を目指すつもりらしい。大友はそういう気持ちをすっかり失っていたが、柴が昇任試験を受けるつもりなのが、ひどく意外だった。現場第一主義で、出世になど興味がない男だと思っていたのだが。

シャワーが終わる音がしたので、本を棚に戻す。テレビのスウィッチを入れて音量を絞ったが、画面を見ているだけで鬱陶しくなってきた。深夜帯特有の、だらだら流れるバラエティ番組……柴がバスタオルで乱暴に頭を拭きながら出て来る。

「冷蔵庫にビールがあったかもしれない。呑んでもいいぜ」

「今日はやめておく」

「そうか……」柴が冷蔵庫を開け、先ほど買って来たミネラルウォーターを取り出す。一気に傾けて喉に流しこむと、満足そうに吐息を漏らした。大友も自分のペットボトルを開けて、ミネラルウォーターをちびちびと飲んだ。

「この事件、これからどう転がるかな」柴が不安そうに言った。

「だいたい想像はついてるだろう」

「いや、ロシア人の件がまだ分からない」

「それは明日、雨野が来れば、ある程度はっきりすると思う」

「三浦はどうかな」

「しばらくは話も無理だと思う。取り敢えず、雨野の証言に期待したい」

「簡単に喋るようなタイプかね」

「どうだろう」大友は手の中でペットボトルを転がした。「ただ、雨野が面倒な奴でも、他にも手があるんじゃないかな。極亜貿易公司の中は、バラバラだと思うんだ」

「劉が全てをコントロールしてるんじゃないのか?」

「いや、裏切り者がいたかもしれない——それこそ、雨野とか。もしも雨野がロシア人とつながっているとしたらどうする？　劉もそうなのか？　中国人とロシア人が手を組むようなことがあるのかな」

「金の問題なら、国籍は関係ないかもしれないぜ」

「ああ」その可能性は低そうだ、と大友は判断していた。

「それだけ利権が大きいんだろうが」柴が溜息をつき、ボトルをきつく握り締める。ミネラルウォーターを持て余しているようだった。「しかしこの事件、まとめられるのかね？」

「一部は何とかなると思うけど、どうしようもないこともあるだろうな。まず、新エネルギー研究開発の二件の殺しを解決するのが先決だ」

「そうだな……」柴が顎を撫でた。シャワーを浴びながら髭を剃ったらしく、さっぱりしている。「とにかく今夜は寝ようや。明日の朝、七時半起きでいいか？」

「ちゃんと朝食を摂るなら、七時だね」

「了解」柴が、テレビの横に置いた目覚まし時計を調整した。「俺の部屋にも目覚ましはあるし、心配だったら携帯のアラームをセットしろよ」

「何もなくても起きられるよ。いつも六時半には起きてるから」

「えらく早いな」

「いろいろあるんだ」その「いろいろ」を思い出すだけで疲れる。朝食の支度をしながら洗濯を済ませ、少しでも余裕があったら掃除機をかける――そんなことをしている間に、出勤までの一時間少しの時間は、あっという間に流れ去ってしまう。

「パパは大変だよな」茶化すように言ってから、柴が欠伸を嚙み殺す。「布団、用意するわ」

「ソファでいいよ」

「掛け布団がないと、風邪引くぜ」

「じゃあ、それだけ借りる」

布団を借り、ソファに横になった。適度な硬さが背中に心地好い。あれこれと思いが脳裏に去来したが、さすがに今日は疲れ過ぎていた。ほぼ徹夜の後の、ハードな一日……大友はあっという間に眠りに引きこまれていた。

久々に気合い十分、という感じだった。睡眠もたっぷり取り、柴お勧めの定食屋――こんな朝早くから開いている店は東京では珍しいのではないか――で品数豊富な朝食を食べて、胃袋も気力も充実した。人間とは、実に単純な生き物だと思う。よく寝て、腹一杯食べていれば、大抵の悩みは忘れてしまう。

今日も湿った曇り空。二人は、大阪からの最初の新幹線が滑りこむ十分前に、東京駅のホームに到着した。寒風が吹き抜け、コートはその効果を発揮していない。昨日の寒さに懲りたのか、柴はダウンジャケットを着こんでいた。顔の周りでファーがふわふわと揺れ、いかにも暖かそうである。大友は自分の腕時計と携帯、ホームの時計を順番にちらちらと見ながら、その場で足踏みを続けた。

「焦るなよ」柴が忠告した。

「焦るさ」

「新幹線はダイヤ通りにくるよ。日本の鉄道ダイヤは、世界に冠たる正確さなんだからさ」

柴が指摘する通り、新幹線は予定通りの八時二十六分、ホームに滑りこんできた。朝一番の会議に間に合わせるためか、早朝に大阪を出たサラリーマンたちが、一斉に吐き出される。大友は目を凝らしながら、三輪の姿を探した。外見については沖田から聞いていたのだが、それだけでは心もとない。護送してくる刑事は三輪の他にもう一人いるはずで、さらに手錠をかけられた雨野が目印に……いた。コートが二の腕から先にかかっている。その横で震えているのが、コートを提供してやった三輪だろう。小柄で俊敏な男、という沖田の説明通りの感じだった。向こうも大友に気づき、強張った笑みを浮かべる。近づくと右手を上げて、「どうも、どうも」と軽い調子で挨拶をした。

「すぐ分かりましたか?」

「そりゃ、これだけのイケメンはなかなかいませんから」三輪がにやにや笑った。「沖田さんも言うてましたよ。ホームで一番のイケメンを探せば、間違いないからって」

「そうですか」苦笑せざるを得ない。大友は三輪に改めて礼を言ってから、雨野に目を向けた。

手錠をかけられ、それを三輪のコートで隠された雨野は、ひどくしおれた感じだった。いきなり警官に暴行を働いたという話が、にわかには信じられない――やはり警察側が仕かけた公妨だったのか。実年齢二十八歳よりも少し老けて見えるのは、突き出た腹のせいかもしれない。コートを着ていてもはっきり分かるほどなのだ。

雨野がのろのろと顔を上げ、大友を見る。何が気持ちに触れたのか分からないが、突然「すみませんでした！」と大声で謝って頭を下げる。大友は呆気にとられ、言葉を失った。助けを求めて柴の顔を見たが、彼も困ったように眉をひそめるだけだった。

「お前、また特殊能力を身につけたのか？　何もしてないのにゲロっちまったじゃないか」柴が低い声で訊ねる。

「まさか」

「ああ、大友さんの特殊能力は女性にしか通用しない、と沖田さんが言うてましたわ」三輪が軽い調子で割りこんできた。

「そうそう、こいつは女たらしだからね」柴が嬉しそうに同調した。

「それが、男にも効くようになったんですかねえ」

「いやいや、女性にも効きませんから」大友は否定した。よくそういう風に言われるが、調べる相手が男だろうが女だろうが、やり方や態度を変えることはない。

「それにしても、こいつは謝るしかないでしょうな」三輪が少し自慢気に言って、雨野の顔をちらりと見た。

「どうしてですか？」

「ここへ来るまで二時間半……たっぷり喋る時間がありましたからねえ。私ら、何の責任もありませんから、まあ、いろいろと」三輪がにやにや笑いながら言った。

この人は……大阪人らしいノリは、後で問題になりかねない。警察官は人を怯えさせるのが得意で、あることないこと吹きこんで、容疑者を自供に追いこむことがある。三輪としては、大友たちの捜査を後押ししてくれたつもりなのだろうが……まあ、いい。雨野がまだ怯えているうちに、必要なことは全て喋らせてしまおう。後で問題になったら、「あれは大阪府警の刑事が勝手にやったこと」と言い逃れすればいい。

普段は、そんな卑怯なことは決して考えない。少しでも問題になりそうなことは先に排除して、仕事を進めていくのが大友のやり方だ。

それだけ今の自分は焦っている、と大友は意識していた。

初っ端でいきなり謝ったものの、雨野は決して改心したわけではなく、その後は口が重くなった。東京駅から港中央署へ移動する短い時間に、気持ちがマイナス方向へふれてしまったらしい。

ここは焦らず理詰めでいこう、と大友は決めた。この男が事件の中心の一つであるのは間違いなく、確実に喋らせなければならない。

「あなたは、ロシア人に車を貸しましたね」

「知りません」

「盗まれたわけじゃないですよね？　キーが使われていましたよ。それとも、キーを盗まれたんですか」

「そうかもしれません」雨野は、大友が持ち出した可能性にすがりついた。「泥棒に入られて……」

「いつですか？　どうしてそれを警察に届けなかったんですか？　泥棒に入られたのに、警察に何も言わないのは変でしょう」

雨野が黙りこむ。言い訳が上手くいきそうにないことを悟ったようだ。このまま沈黙されるのは怖い……大友は、次々と質問を続けた。

「大阪で、警察官を振り払おうとしたのは何故ですか？　何もしていなければ、そこまでして逃げる必要はないと思いますが」

「それは……いきなりだったから」

「どれほどいきなりでも、ただ話を聴かせて欲しいと言ってきた人間に対して手を上げる必要はないはずですよ。どういうつもりだったんですか？」

「よく覚えていません」

「あなた、最近何か身の危険を感じるようなことはありませんでしたか」

「いや、特には」否定しながらも、目が泳いでいる。

「三浦さんは酷い目に遭いましたけどね」

大友はさらりと言った。アッパーカットを食らったように、雨野が顔を上げる。昨夜の銃撃戦のことは、雨野の耳には絶対に入れないように、と府警には依頼してあった。その作戦は奏功しつつある。暗闇の中に置かれたまま、いきなり知らなかった事実を教えられると衝撃は大きくなる。

「まさか、いきなり撃たれるとは、彼も考えていなかったでしょうね」

「撃たれた……?」雨野の唇が震え出す。

「昨夜、銃撃戦がありましてね。聞いてないんですか?」

「いや……そんな……」顔から血の気が引き、真っ白になった。

「大変な銃撃戦でしたよ。我々も命からがら、何とか無傷で済んだんです。三浦さんはきっと、どさくさに紛れて狙われたんですね」本当は流れ弾に当たった可能性が高いのだが。

「狙われたって……どうしてですか」

「その理由を、あなたに教えてもらいたいんです。どうしてロシア人に狙われるのか……あなたなら説明してくれるでしょう」

雨野がきつく唇を噛んだ。血が滲み出すのではないかと思えるほどで、前歯が下唇にきつく食いこむ。

「警察にいる分には安全ですけど、抜本的な解決にはなりません。どうですか? ここで全部喋って、ロシア人の逮捕に手を貸してくれたら。それがあなたにとっても、一番いい方法だと思うんですけどね」

「しかし、何を……」

「名前。居場所。手がかりになりそうなことなら何でもいいんです……その前に、一つお伺いしたいことがあります」

「……何でしょう」上目遣いに、おどおどと訊ねる。

「あなたの会社、殺された中原孝文さんと何の取り引きをしていたんですか」

雨野が一気に身を引いた。椅子が床を擦って耳障りな音を立てる。大友は、背筋がぞっとするのを我慢しながら、雨野の次の言葉を待った。これ以上、脅しをかけるつもりはない。既に恐怖は十分頭に染みこみ、喋るのは時間の問題だ、と確信していた。

6

その日の夕方遅く、大友は劉の病室を訪ねた。劉は、大友が入って行くと一瞬だけ顔を上げたが、すぐに手元の携帯電話に視線を戻してしまった。大友はドアのところで立ち止まったまま、しばらく劉の顔を観察した。

相変わらずひどい有様と言ってよかった。監禁中に受けた暴行は、最初考えていたよりも酷く、顔面は崩れかかっている。ただ、それで致命的なダメージを受けているわけではないようだった。痛みや屈辱を平然と受け流し、何事もなかったかのように日常を取り戻している……この男が過去に潜り抜けた地獄を想像した。この世界には、地獄よりもひどい環境がいくらでもあるのだろう。長い間刑事をやっていても、知ることも経験できないこともたくさんある。

「携帯はやめてもらえますか」

劉がゆっくりと顔を上げる。視線は大友を越えて、応援に入って来た他の刑事たちに向いている。計三人。劉はベッドに縛りつけられているようなもので、逃げ出すのはまず無理だ。そもそも病室は五階にあり、出入り口を塞がれたら脱出する手はない。もちろん、トイレに行く振りをして逃げ出すこともできない。

「少し、話をさせてもらいます」

「あー、あなたと話をする意味はないと思いますが」

「こちらにはあります」

大友は椅子を引いて座った。少しだけベッドと距離を置く。これまで、劉という男から危険な――暴力的な臭いを感じたことはないが、何が起きるかは分からない。同行してきた刑事のうち一人が、ベッドの向こう側に回りこんで窓辺に立つ。五階の窓から飛び出して逃げるとは思えなかったが、挟み撃ちでプレッシャーをかけようというのは、部屋に入る前に打ち合わせていた。

改めて近づくと、劉の怪我の酷さが分かる。今は両目もほとんど塞がっており、切れた唇には醜く太い縫い目が残っていた。どうもこの病院は、外傷の処置は上手くないらしい。左手首には包帯が巻かれ、そこから覗いた指先は不自然に蒼白かった。

「大分痛めつけられたようですね」

「いい迷惑です」

「しかしあなたは、何も喋らなかった」

「何のことですか」

「どんな拉致事件でも、目的はだいたい二つに絞られます。一つは復讐――痛めつけること、もう一つは必要な情報を聞き出すことです」

「あー、恐喝もあるでしょう。家族や属する組織を脅して、金を奪い取る」

「極亜貿易公司に対しては、そういう脅迫はなかったようですね」

「ありませんよ。仮にそんなことがあったら、会社が潰れてしまう。私にとって、会社は大事な財産です。困ります」

「あの会社は、あなたにとっては財産ではなくてただの道具だと思いますが」

劉の顎がぴくりと動く。侮辱された、と受け取ったわけではないはずだ。重大な事実を指摘され、脳がフル回転しているだろう。警察はどこまで知ったのか……九十パーセントだ、と伝えてみたかった。そう言われて彼がどんな反応を示すか、分厚い防御壁が崩れた時、どんな素顔が見えるのか、非常に興味深い。しかし今は、ゲームをやっている場合ではなかった。こちらが摑んだ事実を一つずつぶつけ、答えを得ていかねばならない。

劉の右手が携帯を摑んだ。それが命綱であるかのように、きつく。気になる……大友は視線を下に下ろした。

「病室で携帯はまずいでしょう」

「個室では問題ないと思いますが」

「とにかく、携帯はやめて下さい」通話状態になっているのではないか、と大友は懸念した。ここでの会話が誰かに筒抜けになっていたら……バックライトは消えたままだったが。

携帯を摑んだ手の力は緩んだが、劉は依然として手放そうとしなかった。どうしてそこまで携帯にこだわるのだろう？　窮地に追いこまれた時、手近な物に頼りたくなる、ということはよくある。しかし劉は、そういうタイプではないような気がしていた。この携帯は没収だ、と大友は頭の中でメモに書きこんだ。何に使っていたのか、分析しないと。

「複雑な事件でした。二つの事件が絡み合っていました」

「そうですか」ほとんど潰れた劉の瞼の隙間から見える眼光は、特に鋭いものではなかった。相手を睨みつけて、エネルギーを無駄遣いするようなことはしないらしい。

「最初の事件は、新エネルギー研究開発で研究員が殺された一件でした。大きなニュースにもなりましたから、あなたもご存じなのでは？」

「さあ……日本国内のニュースには、あまり興味がないです」

「あなたの目は、常に世界に向いているわけですか？」

皮肉で言ったのだが、劉は真顔で――ぼこぼこにされていて本当に真顔かどうかは分からなかったが――うなずいた。

「人には誰でも、自分の生きるべき場所があります。私は、ええ、国には縛られない」

「そうですか？　あなたは結局、中国の国益のために動いていたんじゃないんですか」

「我々商売人は自由ですよ。国にも縛られません――きちんと税金を納めている限りは。税金は、自由でいるための保証金のようなものです」

これこそ華僑の精神、ということだろうか。だが劉は、もう一歩深いところで動いているはずだ。

これまで関係者から様々な証言を集めて、事件の大筋は見えていた――九十パーセントまでは。同時に、劉という男の懐の大きさと企みの深さも……自分が難敵を相手にしていることは、大友も意識している。自分も試されているのだ。この男を落とせないようでは、僕の将来などないだろう。

「最初からいきます。殺された研究者――中原孝文という人物は、メタンハイドレートの採掘技術で、世界の最先端を走っていた。彼の開発した技術を使えば、採掘コストが現在の数分の一にまで圧縮される、と言われていたようです。近海にメタンハイドレートが大量に埋蔵されている日本にとって、これは朗報ですね」

「ああ、そうでしょうね」劉が気軽な調子で応じた。

「さすがに、経済につながる話には詳しいですね」

「というより、今や常識でしょうか」劉がゆっくりとうなずいた。「シェールガスもそうですし、今、新しい資源は世界のどこでも注目されています」

「あなたは、その技術を、中原さんから買い取ろうとした」

大友は劉の手元に注目した。ぼこぼこになった顔からは、表情の変化が読み取れない。むしろ他の部分に気持ちの変化が出る……携帯を握る手に力が入った。

「あなたは、中国でも極亜貿易公司という会社を経営していましたね。あなたの出身地にあって——今は清算中ですか？」

「会社も永遠には続かないものです。用事がなくなれば終わりにする、そういうものですよ」劉がしれっとした表情で言った。

「既に役割は果たしたと？」

「業務内容については、一々説明するつもりはありませんが」劉が、包帯を巻いた左手で唇に触れた。「この病院は、下手ですね。唇が引き攣れて痛いです」

「ちゃんと全快してもらわないと、我々も困ります」大友は皮肉を吐いた。「これからあなたには、たっぷり喋ってもらわないといけない。どれだけ弁解しても、足りるかどうか分かりませんけど」

「私が弁解？　何故です」

「あなたの証言が必要なんですよ。中原さんが殺された事件の全容を解明するために」

「馬鹿なことを」劉が空疎な笑い声を上げた。「何故私が喋らないといけないんですか?」

「一つ、情報があります」大友は人差し指を立てた。「中原さんは、十月十五日の午後、それに十一月二十一日の未明に、中国に電話をかけています。この時期、あなたは日本ではなく中国にいた。出国記録から明らかになっています。中原さんは、中国にいたあなたと電話で話していた確率が高いと思いますが」

「私は何も認めませんよ」劉の表情が強張る。

「なるほど……それと劉さん、メールはメールだけで済ませておきましょう。そうすれば、警察でも証拠をたどるのは面倒なんです。一々プリントアウトしたら、分かりやすい証拠を残すのと同じなんですよ。どうしてあなたは、中原さんとのやり取りを全部プリントアウトして残していたんですか」

劉の顔が引き攣った。彼にとってまずいポイントに触れた、と大友は確信した。

「メールをまとめて読むのに、昨日の夜から今日の午前中までかかりましたよ……それによると、あなたは中原さんから新しい技術——NSシステムを買い取るのに二億円を用意する、と話を持ちかけた。中原さんはかなりの高給取りでしたけど、二億という金額には、気持ちが揺らいだでしょうね」

「それは、産業スパイということですか?」

「そうかもしれませんが、仮にあなたが中原さんからNSシステムを買ったとしても、彼は惚けて逃げ切ることができたでしょうね。メタンハイドレートの採掘技術自体は、既にほぼ完成している。問題はいかに作業効率を高めるか、そして安く実用化するか、です。そういう研究は、世界中の技術者が競っていて、誰が先に抜け出してもおかしくない。中原さんは、『中国に出し抜かれた』と歯軋りする真似をすれば、会社で責任は問われなかったでしょう」

「それで？」

劉の合いの手が短くなる。それだけ追いこまれている証拠だ、と大友は判断した。

「結局、あなたたちの交渉は決裂した。何故ですか？　金の面で折り合わなかった？　その理由は、メールを読んだだけでは分かりませんでした」

「私は、何も認めていない」

「現段階では、ですね」

大友の言葉が劉にぶつかり、固まって落ちた。劉の衣にはかすかに傷がついているはずだが、まだ全面的に壊したとは言えない。

「あなたが認めなくても、他の人は認めているんです。極亜貿易公司の中の、劉派の人たちが」

「劉派？」

「惚けないで下さい。あの会社の中で、中国の人たちはあなたの下にいて、中原さんから情報を買い取ろうとしていた。一方日本人の社員はこの情報を知って、ロシア人と通じていたんです。つまり社内が中国人と日本人、二つの派閥に分かれて、メタンハイドレートの採掘技術争奪戦を行っていたんですよ。あなたも、日本人の社員たちが裏切ってロシア人と組んでいたことには気づいていたはずですよね？　でも、対策を取るのが遅れた。だから、こんなにぼこぼこにされているんじゃないですか」

劉の眉がぴくりと痙攣する。携帯を握る手にさらに力が入った。

「少しは感謝して欲しいですね。我々が救出しなかったら、あなたは今でも拉致されたままだったかもしれない。最悪、殺されていた可能性もあります。あなたは忍耐強い——というか、ちょっとやそっとではへこたれないタフな人だと思いますが、自分の命と引き換えだったらどうですか？　死んでも秘密を守り切って、何か意味があるんですか。あなたの場合、金につながらないことには意味はないでしょう」

少しペースを上げ過ぎかもしれない、と大友は言葉を切った。喋るに連れて、頭の中で話が整理されてくるのが分かったのだが、劉がまだ何も認めていない以上、空に向かって空砲を撃つようなものである。

「中原さんが、途中で心変わりしたのはどうしてでしょうね。金のことで折り合わなかったから？　あるいは良心の問題ですか」

中原は、十分過ぎるほどの給料を貰っていたはずだが、金銭面で苦労していたのは間違いない。離婚問題もあったし、何かと金遣いが荒かったという話もある。確証はなかったが、女性との複数のトラブルもあったようだ。

「日本人というのは、結局最後は組織に頼るものでしょうかね」劉がしみじみとした口調で言った。「それが私には理解できない。人間は、最後は一人です。信じられるのは自分だけでしょう」

「中原さんはどうだったんですか？」

「日本語で何と言うのでしょうか？　ひよった？」

「ずいぶん難しい日本語をご存じですね。今では、日本人でもそんな言葉を使う人はあまりいませんよ」

「日本語を学んだ教科書が古かったのですかね」

劉の顔に笑みのようなものが浮かぶ。大友はつい引きこまれて笑いそうになったが、何とか表情を引き締めた。

「いずれにせよ、中原さんとあなたたちのビジネスは破談になりました。しかしあなたとしては、どうしてもＮＳシステムが必要だったんでしょうね。それを、誰かに手渡すことになっていたからですね？　どこが高く買ってくれることになっていたんですか」

「現在の中国の経済情勢は、あなたたちには理解できないかもしれませんな」

「つまり、中国国内の誰かに渡そうとしたんですね？」

「終わってしまったビジネスについて、詳しく説明しても意味はないでしょう」

「そうですか？　ビジネスは終わっても、事件の捜査はまだ続いているんですよ」

劉が口をつぐむ。唇が腫れ上がっているせいか、わずかに隙間が開いて歯が覗いている。大友はその隙間から言葉が出て来るのではないかと待ったが、劉は何も言わなかった。必死で計算している、と見て取る。どうすれば罪を免れるか……だが彼が、まだ答えを見つけだしていないのは明らかだった。実際には、それほどゆっくりと考える時間はなかったはずである。ここ数日の彼は、自分の身を物理的な危険から守ることで精一杯だっただろう。

「中原さんのことはひとまず置いておきましょうか」殺人事件に関してまで、ここで認めるとは思えない。それはこれからの課題……今は、事件の全体像を摑んでおきたかった。「一つ、よく分からないことがあるんです。今のところ、中国近海ではメタンハイドレートの存在は確認されていません。採掘技術を持っていても、使う機会がないでしょう」

「技術は輸出できるんですよ。世界中には、近海にメタンハイドレートの存在が確認できている国がたくさんあります。でも、採掘技術は持っていない……そういうところへ、NSシステムのような技術を持っていって、人も派遣する――それで入ってくる金の額について、想像ができますか」

それは、新エネルギー研究開発が描いていた青写真と一致している。考えることは誰でも同じだ。

「将来性は高い」

「だから、他の国も狙ってくる。あなたが言うように、技術を持てば強いですからね」

「そうです」

劉の喉仏が上下した。

「あなたが、一番最初にどんな風に中原さんと接触したかはまだ分かっていません。国内にいいネタ元がいたんですか？……まあ、それはともかく、NSシステムを狙っていたのはあなただけではないんですよね？　もしかしたら、あなたがNSシステムにアプローチしていたことを知って、横取りしようとしたのかもしれませんけど」

劉は何も言わなかったが、それでかえって、自分の推測は当たっている、と大友は確信した。

「そもそも最初の一件……あれが怪しかったですね」

「最初の一件とは？」

「極亜貿易公司の入ったビルに、強盗が押し入ろうとした一件ですよ。あの件は、警察にタレコミがありました……タレコミの意味は分かりますね？」

劉がかすかにうなずく。何となく、全身から力が抜けているように見えた。

「考えてみれば奇妙なタレコミでした。しかし警察としては、強盗が入ろうとしているのが分かっていて、見逃すわけにはいかない。我々は、隠れて待機していたんです。ところが、いきなり爆発がありましてね……とんでもない乱暴な手口です」

「それで？」

「あなたは、警察を用心棒代わりに使おうとしたんじゃないですか？　仮に誰かがあなたの会社へ押し入ろうとしても、警察官が現場にたくさんいれば、簡単にはいかない。思惑通りになりましたね……しかも窃盗団が爆発まで起こしたら、誰も手出しできません。いわば、あなたにとっては二重の防御になっていたんです。窃盗団と我々を使って、上手く襲撃者を撃退したんですね」大友は、かすかな記憶を引っ張り出すことに成功していた。窃盗団の二人組を追いかけた時に、もう一人の男がいた……あれは日本人でも中国人でもなかったはずだ。おそらくロシア人。もしもあの時、身柄を確保していたら、事態はもっと早く明らかになっていたかもしれない。

「警察に料金をお支払いすべきでしたかね？」

劉の顔に笑みが浮かんだが、大友はなおも追及の手を緩めなかった。

「窃盗団もあなたが雇ったんじゃないんですか？　壁を爆破するような乱暴な手口なら、ロシア人を巻きこんで殺せるかもしれないとでも計算したんですか」

劉は無言だった。顔にはずっと、薄い笑みが張りついている。警察がどこまで摑んでいるか見せてもらおう、とでも言いたげだった。

「まったくとんでもない話です。だいたい、NSシステムの概要なんか、どこにでも隠せるじゃないですか。ファイルの形で置いておけば、どこかのサーバにでも……」

「中原さんは、紙の形で残しておくのが好きな方でしたよ。交渉の途中まで、私も何度か、紙の資料を貰っています」

「その資料は、完成品ではない？」

「違います。最終的に交渉は成立しませんでしたからね。しかしそれを、NSシステムの完全なデータだと勘違いした人間もいたようです」

「ロシア派の人たち」

「勘違いなんですけど、事務所から盗もうとしたんでしょうね。私としては、事務所に押し入られると、いろいろ面倒なことになるんですよ。仕事に必要な物がたくさん置いてありますしね。それに私は、暴力的なことは好きではありません」

「我々にタレこんできた人間も、あなたの手下なんですか？　現在は連絡が取れなくなっているようですが」

「用事を終えたら、表舞台からは消えるべきじゃないでしょうか」

「まさか、殺したんじゃないでしょうね」

　劉が声を上げて笑う。馬鹿なことを言うな、とでも言いたそうだった。

「一々そんなことはしませんよ。手が何本あっても足りない」

「あなたには、何本も手がありそうですけどね。命令一つで動く人間が、いくらでもいるでしょう」

「否定はしませんが、だからと言って、私がそんな乱暴なことをするわけがない。だいたい、私はNSシステムを手に入れていません。そのビジネスは、上手くいかずに終わったんです」

「ちなみにあの日、どうして事務所にいたんですか？　自分でもいろいろな物を守ろうとしていた？」

「ある人と連絡を取るために、どうしても事務所にいなければならなかったのです」劉が肩をすくめる。「そういうこと、あるでしょう」

大友はうなずいた。それにしても、この一件で一番度胸が据わっていたのは、美羽かもしれない。昨夜から、慌てて彼女の携帯やパソコンのメールの解析を始めたのだが、事件に深く突き刺さっていたことが分かったのだ。その件は雨野も認めている。今朝になって意識を回復した三浦も——結局命に別状はなかった——事実関係を話し始めた。すっかり萎れて怯えきっている古谷も。

三浦と雨野、それに古谷はロシア人と通じていたグループだが、ロシア人側からすれば、ただの「手先」だった。それ故、三浦などは暴力まで振るわれていたわけで……極亜貿易公司のスタッフは所詮小悪党、実態は腰抜けばかりだったのだ。中国人スタッフだけはまだ黙秘しているが、こちらも認めるのは時間の問題ではないかと大友は読んでいる。黒幕は劉。全ての矢が彼を指すように誘導すれば、喋るはずだ。複数の人間による犯罪が発覚した時、大抵の人は自分を「小者」に貶めたがる。命令されてやっただけ、自分は単なる駒に過ぎない——そうすることで、責任を最小限に押さえようとするわけだ。

「しかし、襲撃者、つまりロシア人グループは諦めなかった。一度失敗しても、次のチャンスを狙っていたんです。それが先日の事務所の襲撃、そして病院からあなたを拉致したことだ。しかし病院での一件は、あなたの責任でもありますよ。大人しく病院に籠っていれば、あんな目には遭わなかったはずです」

「私にもいろいろと用事がありましてね……それよりあなたは、一つ大事なことを見逃している。勘違いと言うべきでしょうか」劉が右手の人差し指を上げた。

「何ですか？」

「研究所に忍びこんだのは誰だと思いますか？　私のチームの者ではないですよ」

「……それもロシア人たち、ですね」

劉が素早くうなずき、続ける。

「彼らもこういう情報戦には長けている。以前から、NSシステムを入手しようと中原さんに接触していたんです。中原さんは基本的に相手にしていませんでしたが……彼らは、我々と中原さんの取り引きが成立したと勘違いしていたんでしょう。だから私の事務所を襲う計画を立てると同時に、直接中原さんを脅してNSシステムを奪い取ろうと企んだのではないでしょうか。両方から手を回したつもりだったんですね」

大友もうなずいた。それは極亜貿易公司内のロシア派——雨野や古谷も認めている。

「つまり、中原さんの技術を巡って、中国とロシアが争っていたようなものだ。いろいろと事情を知っているあなたの会社の人間を手先に使って。あなたの会社は、二つの勢力の間で引き裂かれたんですね」

「あー、その言い方は大袈裟ではありますが」劉が声を上げて笑った。しかし目は真剣で、大友の言葉を認めている。

「中原さんは、中国とロシア、両方を天秤にかけていたんじゃないですか？　しかし最終的には、どちらとも話が折り合わなかった。あなたは手を引いたかもしれないけど、ロシア側はあくまで強硬でした。ビジネスが上手くいかないなら、彼を殺してでもデータを盗もうとしたわけです」

「まあ、中原さんも……」劉が苦笑する。「ロシア人たちとも、何度か会っていたようですね。どういう経緯があったのか知りませんが、最後は自分で研究所に導き入れてしまったんでしょう」

やはり窓からだったのだろう。会社の人間に出入りがばれないように……自分の推測が当たっていた、と確信する。

「しかし結局、失敗した。中原さんを傷つけて脅そうとしたけど、やり過ぎたんでしょうね。中原さんが死んだ後、彼の研究室の中を徹底的に家捜ししている時間まではなかった。何しろ中原さんの研究室は混乱していて、家捜しには相当の時間がかかりますから。とにかく連中はあの夜、二つの計画を同時進行していたんですね。それに失敗すると、再びあなたを襲い、最後には病院から拉致した」

「そうこうしているうちに、あなたたちが私の居場所を見つけ出した……その件には感謝した方がいいですか？」

「どうぞ、ご自由に」この男とのやり取りは、心底疲れる……話は極めて自然に流れているのだが、劉は核心を微妙に外し続けているのだ。時にこういう相手もいる。たっぷり時間をかけて話し、「今日はよくやった」と一応は満足するのだが、実際には何も残っていない。調書に残るのは単なる文字の羅列だ。取り調べる相手として、一番嫌なタイプ……気を取り直して質問を続ける。

「あなたを拉致したロシア人は、最初に会社に押し入ろうと計画したロシア人と同じですね？」

「あー、正体ははっきりとは分かりませんが。あの連中も、いろいろと謎が多い」

「結局あなたもロシア人グループも、ＮＳシステムは入手できなかったということですか？」

「そう思っていただいて結構です」劉が突然、毅然とした口調になった。

「何か言いたいことがあるんですか」

「これは事件なんですか？　警察が調べるようなことなんですか。ロシア人たちは別ですよ？　彼らは、中原さんを殺したのかもしれないんだから」

「産業スパイ事件として……」大友は、不正競争防止法の適用を考えていた。

「あなたは了解していると思うが、どの法律に違反しているんですか？　正直に言えば、こういうことは世界中どこでも行われている。技術を盗まれたくなければ、しっかり握っているべきですね」

痛いところを突かれた。実際に「輸出してはいけない」と法で定められたものもある。武器に転用できる技術とか……しかし特捜本部で検討し、検察庁とも協議した結果、NSシステムについてはそのような範疇《はんちゅう》には入らない、と結論が出ている。

「病院の方から話を聞いたんですが」

「はい？」突然話が変わったせいか、劉が珍しく戸惑いを見せた。

「あなたの怪我は、見た目よりは重傷ではないそうですね。顔に関しては、単なる打撲です。CTスキャンの結果でも脳には異常はない。唇の縫合は下手くそだったようですが、取り敢えず喋るのには苦労していない。その手首も捻挫ということで、留置生活に影響はないという判断です」

「私を逮捕するのか」細い目で、劉が真っ直ぐ大友の顔を見詰めてきた。

「そのつもりでここに来ました」大友は背広の内ポケットから逮捕状を取り出し、劉の眼前に広げた。

「何の容疑ですか」劉の目がますます細くなる。

「最初の窃盗事件について、共犯の容疑です。そちらの社員が、あなたの指示を受けて窃盗団と連絡を取っていたのが分かりました」かなり無理がある逮捕状だが、今のところ、容疑にできるのはこれしかない。「もう一つ、殺人事件があります」

「そういう事件もあったそうですね」

「被害者は瀧本美羽という女性――中原さんと同じ、新エネルギー研究開発の社員です。

彼女は、いろいろな事情があって中原さんを恨んでいた。しかも、中原さんが自分の技術を海外へ売ろうとしていたことに感づいていた――度胸があるというか、悪党ですよ。あなたたちを恐喝しようとしたんですから」

　劉の頰がぴくぴくと動いた。先ほどのロシア人の話の時には見せなかった反応である。屈辱――そう、屈辱を味わっているのだと大友には分かった。まさか女性に脅されるとは思ってもいなかったのだろう。

「事実を公表する、それが嫌なら金を出せ、という話だったんだと思います。あなたはそれを嫌い、彼女を始末させたんでしょう」

「どうしてそんなことが分かります？　死んだ人間は何も喋れませんよ」

「さすがの彼女も、一人でそんなことをしようとは思わなかったんですよ。相棒がいたんです。あなたは、その相棒の存在に気づかなかった。だからこそ、我々はこの筋書きを知ることができたんです」

　劉の目がいっそう細くなり、眼球が見えなくなってしまった。

　相棒――脇屋拓。脇屋は今日の午前中に警察に呼ばれると、あっさりと吐いた。中原の死後、散々圧力をかけられても何も喋らなかったのとは対照的に、あまりにも簡単に落ちたのだ。それも当然かもしれない、と大友は納得していた。脇屋自身は、中原殺しには関与していなかったのだから、何を言われても突っこまれても、「知らない」と言うしかなかった。しかし美羽の事件に関しては、まさに当事者である。図々しく、事実を隠し通すだけの肝の太さはなかった。

中原にアイディアを盗まれ、その後も蹂躙《じゅうりん》されていた脇屋は、ひそかに復讐のチャンスを狙っていたのだ。中原と話しているうちに、彼が技術を海外へ売ろうとしていたことに気づいた。しかも中国とロシア、両方を天秤にかけるようにして……結局中原は殺され、脇屋はある程度は鬱憤を晴らした格好になったのだが、それだけでは収まらなかった。美羽と組んで、NSシステムを買おうとした人間たちから金を脅し取ってやろうと話がまとまったのだ。しかしそこは素人の悲しさ、作戦を詰め切れなかったようだ。結果、直接交渉役を務めていた美羽は殺され、脇屋は頭を低くして、嵐が過ぎ去っていくのを待つしかなかった。

容疑を認めて逮捕された時、脇屋はむしろほっとした様子だった。何しろ、共犯が殺されたのである。いつ自分の存在がばれて、殺意の矢が向くのかと、びくびくしていたという。留置場が一番安全というのは、まさに事実なのだ。

説明を終えて劉の顔を見ると、蒼白になっていた。間違いなく急所を突いた――さまざまな証言や要素を組み合わせて立てた筋書きは間違っていなかったのだと、大友は胸を張りたくなった。

「ロシア人たちのグループは、直接あなたに接触せず、以前新エネルギー研究開発に勤めていた三浦を先導役にして、雨野たちを籠絡する手を取った。かなり簡単に切り崩されたようですよ。あなたは、身内に裏切り者を抱えたまま、計画を進めようとしていたわけです。あなたほどの人が、本当に何も知らなかったんですか？」

「余計なことをすれば、かえって危ないからね」

「何もしない方が、穏便に事を進められると？」

劉は何も言わず、肩をすくめるだけだった。まだ余裕があるのか……大友は少しだけ苛立ちを覚えた。ほぼ追い詰めて王手をかけた感じなのに、向こうは「参った」を言わない……劉は明確な否定の言葉を発していないのだから、負けたも同然ではある。だが、やはりかすかに余裕があるのが気になった。詰んだつもりが、こちらが気づかない抜け道を残しているのかもしれない。

だがここは、正面突破だ。

大友は最後の一手を晒した。

「あなたも悪事を働くつもりなら、部下は選んだ方がいい」

「ほう」

「慣れた人間でないと、絶対に失敗するんです。プロとは言いませんが、もう少し肝の据わった人間を会社に招き入れるべきでしたね……社員はもう、全部吐いているんです。ロシア人に取りこまれたグループではなく、あなたの指揮で中原からNSシステムを買い取ろうとした人間が。つまり、中国派の人たちです」言葉を切り、劉の細い目を覗きこむ。瞳がはっきり見えないせいで、どうしても真意が読めなかった。「瀧本さんを殺した実行犯も割れました。あなたが中国から連れて来た人間ですね？　今、私の同僚が逮捕に向かっています。あなたから指示があった、という証言は社員から得られました」

「なるほど」

「今後、あなたも厳しく追及します」

「で、このままここから連行する？」

「そうなりますね」

劉が布団を撥ね除けた。右手にはまだ携帯を持っている。ゆっくりと足を下ろすとスリッパを突っかけ、そろそろと立ち上がる。少しふらついたが、特に体調が悪い様子ではなかった。

「あー、着替えぐらいはさせてもらえるんでしょうね」

「監視つきでよろしければ」

「まさか、五階のこの部屋から逃げるとでも？　私はそれほど無謀じゃないですよ」劉が声を上げて笑う。「もちろん、気になるなら、ここで見ていても構いません。着替えを見られるぐらいでは、気になりませんからね」

「結構です。では、着替えるまでここで待たせてもらいます」

劉が肩をすくめ、ロッカーに向かう。大友は背広の前を開け、隠し持っていた拳銃に右手をかけた。まさか劉が病室に武器を隠し持っているとは思えなかったが、念のためである。ロシア人グループを追い詰めた時に、一度痛い目に遭っているのだから。

しかし劉は、怪しい素振りを見せなかった。淡々と、時間をかけて着替える。誰かが着替えを持ってきていたのか、倉庫から救出された時のぼろぼろの服装ではなく、綺麗なスーツだった。ネクタイを手にして、嫌らしい笑みを浮かべて振り返る。

「おっと……ネクタイは取り上げられるんでしたかね？」

「それは、警察に着いてからです。今は、ご自由にどうぞ」

「では、失礼しますよ」劉がネクタイを首に回した。手馴れた仕草で、鏡も見ずに締めていく。濃い紫色の無地のネクタイは、太いストライプのスーツと白いシャツに合っていた。

着替え終えると、すかさず携帯を摑む。どこかにメールしようとしているようだが……大友はすかさずストップをかけた。

「今は、携帯はやめていただけますか」

劉がゆっくりと携帯から顔を上げた。無表情……しかし、どこか優位に立ったような感じがする。指先を携帯から離すと、ゆっくりと折り畳んだ。

「よろしいですね」劉が念押しするように言った。

「何がですか」

「いや……連絡を取るチャンスはもうないでしょう」劉が首を振る。

「何のことですか」

「あなたが携帯を使うなというなら、やめておきましょう」

大友はうなずいた。もしかしたら、共犯のことを言っているのかもしれない。あるいはこの男の背後に、もっと大きな存在があるのか……しかし仮にそうであっても、今連絡を取られるのはまずい。大事なのは、この段階では手を広げ過ぎないことだ。まず、劉の容疑を固めること。背後に何かあるにしても、その後で調べるのが筋だ。

劉が携帯電話を背広の胸ポケットに入れ、「まだ没収ではないですね」と確認した。

「携帯電話や財布は、警察に着いてからお預かりすることになります」

「そうですか」劉が両手を前に突き出した。「手錠はかけますか?」

「抵抗する人には、かけます。逮捕したからといって、必ずしも手錠をかけるとは限らないんですよ」

「そうですか」劉がゆるゆると両手を下ろした。左手はあまり自由が効かないようで、一瞬痛みに顔をしかめる。「では、お供しましょう」

大友はうなずいた。妙に素直な態度……何かあるのでは、と気になる。もちろん何かあるだろう。それを探り出すのが、これからの自分の仕事だ。

今は、ここまで辿りついたことに、胸を張っていい。もちろん全容の解明はまだ先のことで、それを考えると頭が痛いが、とにかく「燃える氷」を巡る陰謀は凍りついたのだ。

7

「ということは、犯行現場はやっぱり密室じゃなかったわけね」敦美が感心したように言った。

「本格ミステリみたいなことは、現実の世界ではまず起こらないよ……要するに密室っぽく見えた、というだけの話だ」

「中原の部屋、もう少しちゃんと調べておけば、何か出てきたかもしれないわね」敦美が拳を顎に押し当てる。

「いや、鑑識はきちんとやってくれた。プロが徹底して調べて何も出てこなかったんだから、仕方ないと思う」

「足跡痕は？」助手席から振り返って柴が訊ねた。

「出たよ、たくさん」大友は答えた。「逆に多過ぎて、どうしようもなかった」

「ま、そうだろうな……」柴が疲れた口調で言った。「いずれにせよ、中原本人が、窓からロシア人を引きこんだわけだ。そいつが彼を殺した実行犯だったんだな？」

「ああ。何度も会っていたようだ。中原としてはあの晩、交渉決裂を伝える最後の話し合いにしようと考えたんだろう」

「そんなヤバイ話し合いを自分の会社でやろうっていうのは、ちょっと考えられないわね」敦美が首を捻る。

「脅されたんじゃないかと思う――少なくとも実行犯の男は、すぐにでも会うように要求してきたはずだ。たぶん、中原が断りきれないぐらいの勢いで。中原としても、早く済ませてしまいたかったのかもしれないし、自分の研究室で襲われるとは考えてもいなかったんじゃないかな。油断したとは思うけど、向こうの悪意を読み切れなかったのは、彼の自己責任だ」

「厳しいねえ、テツは」皮肉っぽく柴が言った。

「厳しくもなるさ。とにかく彼は、大事な技術を外国へ売ろうとしていたんだから」

「あなた、いつからそんなナショナリストになったの？」横に座る敦美が、不審気に訊ねる。

「別に、ナショナリストになったわけじゃない。僕は所詮、組織の中の人間だから、そういう立場で考えるんだ。よほど酷いことをされたのならともかく、自分の研究を大々的にプッシュしてもらって、十分な研究予算も得て、それを勝手に他国に売る権利があるのかな。少なくとも、金を出してくれた組織に対する裏切りは許されないと思うんだ」

「まあ……珍しいわね、テツがこんな感じで本音を吐くなんて」

「結局僕も、宮仕えの人間だから。組織の立場に立った考え方をするのも仕方ないと思う」

「脇屋と瀧本の二人もなあ……あいつら、馬鹿だろう?」柴が呆れたように言った。「少なくとも、仕事のやり方を知らなかったのは間違いない」表ではなく、裏の世界の仕事だが。自分たちが有利になって交渉を進めているつもりでも、結局慣れた人間には敵わない。

「これからじっくり責める時間はあるわね」敦美が腕時計を見た。今日は、いつものアナログ時計ではなく、デジタル時計をしている。作戦行動用、ということか。

大阪で逮捕された雨野の供述から、ロシア人たちの別のアジトが判明した。劉の逮捕の翌日いないのは確認されており、まだアジトに潜んでいる可能性が高い。劉の逮捕の翌日……雨野によれば「三人組」であるロシア人を逮捕すれば、関係者全員の身柄を抑えたことになる。大友も、この訳の分からない事件から解放されるのだ。関係者が逮捕され、材料が揃えば、後は起訴に向けて供述を取っていくだけである。相変わらず劉が余裕ある態度を見せていたのは気に食わないが、他の関係者が完落ち状態なので、捜査の行く先は心配していなかった。

心配なのは、目前に迫った逮捕劇である。大友の頭には、先日の銃撃戦の様子があまりにもくっきりと残っていた。自分の頭のすぐ上に着弾した銃弾……もう少し低かったら、即死していただろう。あの恐怖は、時間が経つに連れて鮮明になっていた。直後はアドレナリンが噴出していたせいで、恐怖が興奮に置き換わっていたのだろう。その興奮が引っこんで冷静になると……生きているのは本当に幸運なのだと思う。

逮捕劇には、警察官が大量動員されている。台場と赤坂の事件を担当する係の全刑事に加え、完全装備の機動隊二個小隊、捜査一課の特殊班とSATからも応援。さらに機動捜査隊と交通機動隊、所轄の地域課も脇を固めていた。総勢百人になんなんとする大部隊になったのは、アジトの周辺を封鎖した上に、大勢の人を避難させなければならなかったからである。

ロシア人グループは、多摩ニュータウンの団地の一室に潜んでいた。ここも三浦たちが本人たちに代わって契約したようだが、普通に人々が住み暮らす団地に武装したロシア人が出入りしているとは、考えてみれば冷や汗ものだ。突入前に入念に周辺の捜査が行われ、ロシア人の姿が頻繁に見られた、という目撃証言が得られた。ただし本人たちの正体は、三浦や雨野が知っていた名前ではないようだ。当然偽名を使っているだろうし、逮捕してみなければ、正体を割ることはできない。

大友たちは、突入部隊に選ばれなかった。そのためにはSATという専門部隊があるのだから、当然である。

ここへ来る前に、既に綿密な計画が練られていた。団地の見取り図の確認、突入方法、住民の避難と周辺の交通の封鎖。ロシア人たちのアジトは、何棟か並んだ団地の一番南側で、窓が道路を向いている。そちら側を走る車、歩く人が危険なので、作戦行動開始の十分前からは、完全閉鎖される予定だ。団地の住民は、問題のフロア周辺の全員が退避させられる予定である。これを静かに成功させるのは相当難題で、地元の事情に通じている所轄署が担当することになった。こちらにとって幸運なのは、問題の部屋が最上階にあることである。上のフロアの住人を心配しなくていいし、屋上からの突入も容易だ。

機動隊員たちは、最上階フロアの外廊下で待機。同時に両隣の部屋のベランダにも数人ずつを配置することになっている。全ては無言のうちに進められ、無線や携帯での連絡は一切禁止された。

「何か予定と違うことが起きたら、アウトじゃないか」柴が心配そうに言った。

「大丈夫よ。ＳＡＴは入念に突入訓練をしたんだから。それで、こんなに遅くなったのよ」敦美が反論する。

既に夜十時。問題の部屋には、午後から監視がついて、三人が室内にいることは確認されている。後は突入して身柄を抑えるだけだ。

三人を含めた特捜本部の人間は、最上階の外廊下で待機することになっていた。無事に身柄を抑えれば、その場で逮捕、という方針である。しかし、何とも情けないというか……機動隊員たちの盾に守られて、腰が引けた状態でひたすらＳＡＴの動きを待つしかないとは。だが、前回の銃撃戦のこともある。用心に越したことはないのだ、と大友は自分に言い聞かせた。警察には様々なプロがいる。こういう場はＳＡＴや機動隊員に任せるのが一番安全だし、自分には自分で、人に譲れない部分もある。そこで頑張ればいいのだ。

『突入五分前。作戦行動を開始する。これから一切の無線、携帯の使用を禁止する』

左耳に突っこんだイヤフォンから指示が流れ出す。大友は無線のボリュームを絞ってイヤフォンを引き抜き、肩から垂らした。今日も防弾チョッキを着こんでいるが、先日使ったのより多少軽量な物を選んできたので、動きやすい。もちろん、慣れない格好で、どうにも落ち着かないのだが。柴も同様だが、敦美だけは平気な様子だった。彼女にすれば、これぐらいの重さは行動の妨げにならないらしい。

「テツ、緊張しないように」緊張する大友を見かねたのか、敦美が軽い調子で言った。

「大丈夫だ」

しかし指摘されて、思わず肩を上下させてしまう。それを見て、敦美がくすりと笑う。少しむっとしたが、彼女の方が腹が据わっているのは間違いない。

「私たちはここで待っていればいいんだから。SATは失敗しないわよ」

「そうであることを祈る」

口をつぐむと、途端に沈黙が降りた。ちらりと左の方を見ると、団地の隣の棟がやけに近く見える。あちらの同じフロアの住人も同様に退避させられているが、それで十分だろうか、と心配になる。他のフロアには灯りが灯り、普通の生活が営まれているのだ。小学生は眠りにつき、受験生は必死で参考書に向かい、父親は一日の疲れを癒すためにアルコールを前にしている……そういう生活が乱されるのは、許されない。

敦美が、無言で腕時計を見下ろしていた。眉間に皺を寄せ、ひたすら時間の流れに集中している。

「あと五秒」

彼女が告げた後、大友も頭の中でカウントダウンを始めた。四、三、二、一……ゼロになる直前、ドアの前で待機していたＳＡＴの隊員がインタフォンを鳴らす。反応、なし。予定では、十秒待ってもう一度鳴らすことになっている。大友は隊員の指がインタフォンを離れた後、腕時計の秒針で十秒を測った。きっちり予定通りに、管理会社から受け取っていた鍵を使ってドアを解錠する。隊員が、無線に向かって一言だけ喋った。

中腰になっていた大友は、前後の足を入れ替えた。ずっと同じ姿勢でいると、体が固まってしまう。ドアの前にいる隊員が、手袋をはめた手をぱっと広げた。かなり分厚い手袋だが、一本ずつ指を折っていく。五秒前……五秒後に突入、だ。盾を持った機動隊員たちの動きがぴたりと止まる。まさに人間の壁になり、被害を最小限に抑えようとしている。

大友は、隊員の指の動きを凝視した。彼が突入したからといって、自分がすべきことはないのだが……隊員が完全に拳を握り締めた。同時に右手でドアハンドルを押し下げ、一気に室内へ突入していく。二人のＳＡＴ隊員が後に続いた。それと同時に、遠くで窓ガラスの割れる音が響く。屋上から懸垂降下で降りて来たＳＡＴ隊員が、ベランダ側からも突入したのだ。表と裏から挟みこみ。すぐに、機動隊員たちが一歩ずつ前に詰める。左右から隊員たちが押し寄せ、ドアの前の空間は一回り狭くなったはずだ。

大友は、一緒にいた敦美と柴の顔を見た。二人ともひどく緊張し、顔色が悪い。特に柴の緊張は激しく、今にも吐きそうに見えた。右手は既に、拳銃を握り締めている。先日の銃撃戦を思い出しているのだろう。少しでも危ない感じがあれば撃つかもしれない、と大友は危惧した。

「焦るなよ」ほとんど口を動かさず、柴に告げる。

「お前こそ、な」

柴が言い返す。いつもと同じ口調だったので、大友は少しだけほっとした。敦美は緊張しているものの冷静なようだったし、彼女に関しては心配ないだろう。

機動隊員たちが微妙に動くのが邪魔になり、部屋の中の様子が窺えない。大友は、寒さにもかかわらず滲み出てくる額の汗を指先で拭った。しかし、汗は簡単には引っこみそうにない。ちらりと腕時計を見ると、SAT隊員が部屋に飛びこんでから、既に三十秒が経っている。開いたままのドアからは、灯りが漏れ出ていた。この部屋が2LDKだということは、既に分かっている。リビングは十畳。他の二部屋は六畳という、団地としては平均的な作りである。三十秒あれば、とっくに全室を検め終えているだろう。何かあったのか……しかし部屋の中からは、トラブルを予兆させるような音は聞こえてこない。

「一人、外だ！」

突然、室内から声が聞こえた。大友は緊張しながら立ち上がり、背中を伸ばした。

見えた——大柄な男が、ドアの隙間から転がるように飛び出して来る。狭い空間に出て、取り囲まれているのに気づき、絶望したようだった。いきなり銃を上げて発砲する。銃弾が盾を直撃し、乾いた甲高い音が響いた。しかし機動隊員たちはまったく怯むことなく、さらに詰めていく。今や男の足下には、立つことがやっとのほどの空間しかないはずだ。

さらに発砲音。撃ちつくすまで勝手に撃たせるつもりか……危険だ。盾で壁ができているとはいえ、完全な防御というわけではない。大友は、わずかな隙間を通り抜けた銃弾が、自分を直撃する様を想像した。頭から血の気が引いたが、動き回るスペースも他に身を隠す場所もない。

どうするか——判断しかねているうちに、一人の機動隊員が立ち上がった。危ない、と思った次の瞬間には、狭いスペースで盾を上手く動かし、銃を構える男に向かって投げつける。水平に飛んだ盾が、男の胸を直撃した。盾は決して軽い物ではなく、男は思わずよろめいて銃を手放してしまう。その瞬間、近くにいた機動隊員たちが盾を放棄し、一斉に飛びかかった。

「やりやがったぜ！」柴が嬉しそうに叫んで、機動隊員たちの「山」に飛びこんで行く。

大友は敦美と顔を見合わせた。敦美の表情からは緊張が抜け、笑みさえ浮かんでいる。

「私たちは、ああいう乱暴なことには加わらないわけね」

「もちろん」

大友は、盾を投げた隊員に歩み寄り、肩に手をかけた。隊員がびくりと体を震わせて振り返る。顔は真っ青だった。

「いい判断だったよ」そうは言ったものの、あれはこういう場だからよかった、ということに過ぎない。デモの警備などで、参加者に向かってあんな風に盾を突きつけるのが問題になったことがあるはずだ。重みがあって硬い盾は、頭に直撃すれば命にかかわる怪我を引き起こすこともある。

「すみません、何とかしようと思って……」まだ高校生のような顔つきの隊員が、唇を震わせる。

「大丈夫だ、問題ない。何かあったら味方になるから」

「ありがとうございます」

「確保！　確保！」

柴の声が突然聞こえてきて、大友の意識は密集の方に引き戻された。柴の叫びを機に、隊員たちが一人ずつ離れていく。大友は人の輪をかき分けながら、柴の方へ近づいた。

柴は、自分より身長で十センチ、体重で三十キロほど上回る相手の右腕を極《き》め、手首に手錠をかけていた。密集の中でぼこぼこにされたのか、右目の端から血が流れていたが、顔には満面の笑みが浮かんでいた。大友はすぐに柴に手を貸し、ロシア人の左腕にも手錠をかけた。後ろ手で拘束される格好になったロシア人の背中を、立ち上がった柴が踏みつける。

「それぐらいにしておけよ、柴」

「分かってるよ」柴の目は、興奮で爛々と輝いていた。

機動隊員たちが、ロシア人の体を引っ張り上げて起こした。柴が腕を極めた時にかなりダメージを受けたようで、右腕を触ると野太い声で悪態をつく。大友は、少し屈みこんで男の顔を正面から見た。髭面、凶暴な目つき、太ってはいるが、筋肉量も多そうな体つき……ロシアンマフィアの話はいろいろ聞いているが、この男もそういう悪党の一味なのだろうか。いや、もっと別のタイプかもしれない。ＮＳシステムという、一種の知的財産を巡る争いに参入してくるぐらいなのだから……情報を糧に生きている、日本の経済ヤクザのようなものかもしれない。

室内からも、二人が引っ立てられてくる。その二人には見覚えがあった。防犯カメラに映った映像……その後に続いて、窓から突入したらしいＳＡＴ隊員たちが、ぞろぞろと出て来る。作戦は無事成功、怪我人も出なかった――柴の怪我は怪我とも言えないだろう――のに、表情は一様に暗い。というか、表情がなかった。この程度で喜ぶわけにはいかない、きちんと成功させるのが普通なのだ、とでも言いたげだった。

プロの矜持。

それを見せてもらった以上、今度は自分もプロらしさを見せるしかない。取調室という、狭い空間で。

大友はイヤフォンを耳に突っこんだ。すぐに指示の声が飛びこんでくる。

『作戦終了。SAT並びに機動隊は撤収。捜査一課所属の者は、全員団地の外の指揮車へ移動。繰り返す、作戦終了――』

「軽いもんだな」柴が吐き捨てるように言って、イヤフォンを耳から外した。

「血、出てるわよ」敦美が、自分の右目を指差した。

「ああ、クソ」柴が吐き捨てる。「道理でひりひりすると思った。公傷だ、公傷。休暇を要求するからな、俺は」

「それぐらいじゃ、怪我のうちに入らないわよ。唾でもつけておけば治るわ」

「昭和の母親みたいなこと、言うなよ」

柴が唇を尖らせる。大友は思わず噴き出してしまった。そうそう、自分たちが子どもの頃はこうだった。せいぜい消毒するぐらいで――今は大変だ。優斗はサッカーをやっているので、しょっちゅう小さな怪我をして帰って来る。家の救急箱には小さな病院を開けそうなほどの薬が入っているぐらいだ。

「引き上げようか」大友は二人に声をかけた。

「私たちは、これからが本番ね」敦美がうなずく。

「でも、大筋は分かっている。連中が吐くかどうかは分からないけど、少なくとも銃刀法や殺人未遂では立件できると思うよ」

「まさか、それだけで満足しないでしょうね」敦美が念押しする。

「ああ。今回は徹底的に、最後までつき合わせてもらう」

「大友鉄、復活だな」

柴がぽつりと言った。本当に？　これが、捜査一課の刑事としての自分の復帰戦になるのか？

自分のことなのに、自分で分からなかった。

ロシア人と直接対峙するのは初めてだった。街中で時々見かけることもあるのだが、何となく近寄り難い――声をかけにくい雰囲気を発している。

今回は通訳つきの取り調べということで、いつもとは勝手が違った。通訳の方では慣れているようだが、大友としてはどうしても、薄皮一枚挟んで相手と接している感じがしてならない。

まず、人定で躓《つまず》く。室内で確保された男が持っていたパスポートの名前は「ニコライ・ボロトフ」。しかし目の前の金髪碧眼の大男は、「自分はボロトフではない」と否定した。パスポートの写真は明らかに本人なのだが……敢えて言えば髪の長さが違うが、髪型は人体で一番簡単に変えられる。

本名は、と突っこむと、途端に黙秘に切り替えた。その間もずっと、表情一つ変えない。大友は嫌な圧迫感を覚えていた。今は分厚い脂肪に包まれているが、格闘技の経験を感じさせる筋肉の厚みもある。

三人のロシア人が潜んでいた部屋からは、様々な慰留物が見つかっていた。実は、目の前の「ボロトフ」に関しても、写真は同じだが別人名義のパスポートが三つ、発見されている。順番に名前を出して確認していく手もあったが、後回しにすることにした。この段階で堂々巡りが始まると、話が進まなくなる。

大友は、押収品の一覧に視線を落とした。拳銃、四丁。いずれもトカレフだった。これだけでも十分、銃刀法違反で起訴まで持っていける。既に弾道検査に回されており、葛西の乱射現場で見つかった銃弾と線条痕が一致すれば、この男たちが三浦を撃ったことも証明できるだろう。

「あなたのいた部屋から銃が見つかっている」

——それについては何も知らない。私はあの部屋を借りていただけだ。

「では、銃は誰が用意したのか」

——銃があったことは知らない。

「日本で何をしていたのか」

——ビジネス。

「どんなビジネス?」

——言えない。秘密もある。

「何故あなたの写真を張ってある別名義のパスポートが何枚もあるのか」

——それは分からない。自分のパスポートはなくした。

「それを大使館に届け出たのか」

——二日前なのでまだ届けていない。

ドアが開き、メモが差し入れられた。一瞬で読み取ってから、話に戻る。

「葛西の銃撃事件現場で、あなたの指紋が出ている」

——そういう場所へ行ったことはない。葛西という場所は知らない。

「指紋は嘘をつかない」

——どういうことか分からない。

「多摩ニュータウンの部屋は何のために借りたのか」

——ホテルを借りるより安いから。

「どういう知り合いから借りた？」

——友人だ。

そこでまたドアが開き、メモが差し入れられる。大友は、微笑みが漏れないように、必死で顔を引き締めた。両手を組み合わせ、ボロトフの——あるいはアンドレーエフ、もしくはヴァレーエフ、それとも未知の本名の——顔を見た。向こうは相変わらず無表情。狭く不快な取調室にいることも、まったく苦痛ではないようだった。

「あなたの部屋から見つかったＵＳＢメモリ……それを解析した結果、あるはずがない物が見つかりました」

通訳が早口で訳していく。男の眉が、一瞬だけぴくりと動いたのを大友は見逃さなかった。

「その情報は、既にどこかに送ったんですか」

無言。

「違法に手に入れた物だと認識しています」

無言。

「どこへ送ったかは解析できます。パソコンも携帯電話も押収していますからね」

その「情報」は、NSシステムとは関係ない。結局、中原との商談は破談し、劉に対する脅迫も失敗して、彼らは必要な情報を手に入れられなかったのだから。だが目の前の男は、NSシステムに関する情報と勘違いしたようだ。勘違いするのは、聞いた方の勝手である。

「送り先が分かったら、いろいろ面倒なことになるでしょう。表沙汰になると、都合の悪いことも起きるんじゃないですか」

通訳の言葉を聞いて、男がまた黙りこんだ。過剰なアルコール摂取のせいだろうか、鼻に走る毛細血管が目立っていたのだが、今は顔面蒼白で見えなくなっている。どうもこの男は、NSシステムを奪う以上に重大な犯罪に手を染めているようだ、と大友は察した。刑事部の自分たちが突っこんでいい話かどうか分からないが。

少なくとも一つ、手がかり——というかきっかけを摑んだ、と大友は確信した。この男が周りに張り巡らした障壁も無敵ではない。小さなひび割れから、必ず全面的に崩壊させられるはずだ。

大友は足元に置いた段ボール箱から、ビニール袋に入れた刃物を取り出した。真っ黒で、ずしりと重い。柄部分にロシア語の文字――調べたところ、ロシア軍の特殊部隊が使うマチェットナイフと分かった。刃渡り二十五センチ、重量七百五十グラム。元々草を薙ぎ払うために使われるものなので、軽さではなく丈夫さが重要なようだ。まるで小型の鉈。人の頭を叩き割るのに十分な重さと強度がある。中原に打ち下ろされたのは、間違いなくこれだろう。

「これで、中原さんを殺したんじゃないですか」

通訳が低い声で言葉を伝える。男の表情に変化はない。しかし、こめかみを一筋、汗が伝った。

「どうだ?」取調室を出ると、柴がすっと寄って来た。

彼が手にしたミネラルウォーターのペットボトルを奪い、一気に飲み下す。喉が凍りつき、呼吸がわずかに苦しくなるようだった。

「簡単にはいかないね」

「通訳を介してだと、どうしてもな……しかも奴ら、相当の強者だろう。他の取り調べ担当者も難儀しているみたいだぜ」

「でも、何の容疑かはともかく、起訴までは持っていける。銃が出てるから、最低でも銃刀法違反でいけるよ」

「そうだな」柴がうなずく。

多数の物証、指紋などの証拠、それに雨野や三浦の証言がある。もちろん、ロシア人たちの本当の狙いが何だったかは、今のところは分からない。しかし様々な情報を突きつけていくうちに、喋らせることができるのでは、と大友は楽観視していた。言葉の通じない相手と意思を疎通させるのは難しいが、やってできないことはないだろう。

「お疲れ」敦美がぶらぶらと近づいて来た。「打ち上げ、どうする?」

「まだ早いよ」大友は苦笑した。「始まったばかりじゃないか。それに、一勾留で済むとは思えない」

最初に二回勾留、それで二十日間は身柄を拘束できる。だがそこで捜査が終了することはなく、当然再逮捕になるだろう。捜査は一か月以上に及ぶはずで、まだまだ先の長い戦いだ。

「ま、時間は作るものよ」敦美の顔には余裕があった。

それはそうだろう、と大友は思う。彼女の事件——新エネルギー研究開発の社員が二人殺された事件の捜査の方が、今はずっと先を行っているのだ。しかも当面、障壁は見当たらないと言ってもいい。裏の状況を調べるのは大変かもしれないが、二件の殺人事件そのものに関しては、案外早く事実関係を確認できそうである。

「それで、どう?」敦美が、大友の顔を覗きこむようにして言った。

「何が?」

「この雰囲気」敦美が、右腕をさっと右から左へ払った。

大友は彼女の手先の動きに従って、視線を右から左へ動かした。

ざわついている。取調室は、所轄の刑事課の奥に並んでいるので、そこから出て来るとすぐに、刑事課に足を踏み入れることになる。普段のこの時間なら、誰もいないか、一人二人が残業しているぐらいだろう。だが今日は満室だった。本来の定員よりも多い人数が詰めかけ、ほぼ満員電車の様相を呈している。切れ目なく鳴る電話の呼び出し音、遠慮なく大きな声で交わされる会話、時に罵声、あるいはかすかな笑い声。

捜査が順調に走り始めている時に特有の、熱を持った疾走感。

自分は、決して熱くなるタイプだとは思っていない。特にここ数年は、事件に入れこんでも、一定の距離を保つように意識していた。仕事の後には必ず、優斗のことを心配しなくてはならなかったから。上手く切り替えるためには、仕事にのめりこまないのが肝心なのだ。

だが、その前はどうだっただろう。何となく照れもあり、こういう時にも仲間たちの輪に積極的に入っていくことは少なかったと思う。遠巻きにしながら、その熱を一人楽しむ……という感じだった。

だが、嫌いではなかったのだ。刑事なら誰でも、捜査が上手く波に乗り始めた時の高揚感を愛している。それがなければ、刑事などやっていられない。そうなんだよな……ここが僕のいる場所——いるべき場所なのではないだろうか。妻が亡くなって、長い間

もしれない。優斗のことは気になるが、今まで自分は自分なりに一生懸命やってきたと思う。ただ、「仕事」が人の人生に占める割合は小さくない。というより、人は仕事がなければ生きていけない。金儲けには関係なく、自分を確立させるための一番手軽で効果的な方法が、仕事なのだ。

やはりここが、自分の居場所なのかもしれない。そろそろ戻ってくるべきなのではないだろうか。もしかしたら、今が戻れるぎりぎりのタイミングかもしれないし……ただ、まだ優斗を一人きりにはできないわけで、またしても再婚問題が浮上する。

この問題からずっと逃げてきたのは、自分でも十分意識している。一つだけプラス材料なのは、自分が再婚することに、優斗がさほど抵抗感を持っていないらしいことだ。それほど真面目に話したことはないが、急に再婚すると言い出しても、本気で反対はしないような気がする。新しい母親ができても、案外早く馴染むのではないだろうか。だいたい優斗には、自分なりの人生ができつつあるのだ。初恋と言っていいかどうかは分からないが、気になる女の子がいるのも間違いないのだし。

息子が恋して、父親が再婚していけないという法はないよな……相手は……そこはまだ、考えてはいけないところかもしれない。どんな方法を使えばいいのか、まったく見当もつかなかった。

気づくと、柴も敦美もにやにや笑っている。同期ならではの、遠慮のない感じ。

何もなければ、からかわれているのではないかと思っただろう。だが今の大友は「お帰り」と歓迎されている気がしてならなかった。

8

「そうですか……」後山が深く溜息をつく。「今回の件は、裏が多過ぎましたね」

この男はまだ何かを隠しているな、と大友は読んだ。最初から何となく態度がおかしかったのだ。全ての状況を知っていて、敢えて大友には隠しているような……。

真冬の日比谷公園は、人出が多いのに寒々としている。公園の中央付近にある池も、凍りついているわけではないが、それに近い状態だろう。一月——捜査が一段落し、大友はようやく刑事総務課での通常勤務に戻った。

それにしても、大きな事件になった。逮捕者は計十六人。内訳は極亜貿易公司の社員全員十人、劉に雇われた中国人の殺し屋二人、ロシア人は後に共犯と割れた一人を含めて四人だった。

劉は依然として、のらりくらりを続けている。実際、警察も苦戦していた。最初の逮捕容疑である窃盗の共犯に関しては、宝石店を襲った窃盗団の行方が知れず、処分保留。次に、殺人教唆の容疑で逮捕されたが、これに関しても基本的に黙秘を貫いた結果、処分保留となった。焦った特捜本部は、劉が極亜貿易公司の中国人社員が不法滞在していたケースに加担していたとして、三度目の逮捕をしたばかりだった。苦しい。このままでは、肝心の容疑について、劉の責任を追及することはできない。また、敦美を襲ったのが誰か分かっていないのが不気味だった。

一方ロシア人グループに関しては、動きがあった。NSシステムを入手するために中原に接触していたことは認め、殺したことも供述し始めている。弁護士が何度か接見した後に、急に認め始めたのだった。後山の推測では、男たちの背後にいるロシアマフィアの関連である。組織の存在を白状すれば、家族の身も危ないと脅されたのだろう。責任は自分たちで負って、潔く罰を受ける、ということらしい。

大友にとっては、ひどい年末年始だった。ロシア人たちの取り調べに集中していたのだが、結局クリスマスも正月も飛ばしてしまったのだから。一年前——二年前までの優斗なら、物分かりがいい態度を見せながらも、陰でぐずっていただろう。だが今年は、何も言わなかった。特にクリスマスは、大友がいなくてもまったく平気な様子だった。内輪でクリスマスパーティがあって……問題の「憧れの君」の家へお出かけだった。プレゼント交換をするので、それぐらい用意してやろうと言ったのだが、優斗の答えは「お金ちょうだい」。それぐらい自分で選ぶから、と言って何故か自慢気に胸を張った。子どもというのは、ここまで簡単に父親から離れていくものか。聖子に愚痴を零すと、「あなたの場合、センスがないのが問題なのよ」とからかわれた。子どものセンスに負けるとは、と啞然としたものである。

というわけで、クリスマスイブ、優斗は友だちの家で楽しく過ごし、大友は遅くまで取り調べを続けた後で一人牛丼の晩餐になった。何故か敦美も柴もつき合ってくれず、十二月二十四日の夜に一人で牛丼……近年にない、ひどいクリスマスイブだった。こんなことなら佐緒里を誘えばよかった、という考えが頭の片隅を過ったが、午後十時から牛丼を食べるのでつき合ってくれ、とは頼めない。

どうも僕は、適切な男女交際のあり方を忘れてしまったようだ。

正月もひどかった。毎年、元旦には聖子に挨拶してから大友の実家に里帰りするのがここ数年のパターンになっていたのだが、今年は田舎へも帰れなかった。大晦日まで仕事を続け、年明けは四日から即座に再開、というスケジュールになっていたから。二泊三日では、大友の実家への里帰りは難しい。というか、あまりにも慌ただしい。両親にすれば、小学校高学年とはいっても、孫はまだまだ「ちびっ子」である。ゆっくりと相手をしながら成長の過程を確かめたいのだ。それができないなら、行かない方がいい。

もっとも、久しぶりの寝正月が、疲れを拭い去ってくれたのは間違いない。優斗は三が日も外で遊び回っていたが、その間大友は家事を放棄し、ソファで惰眠を貪りながら、夢と現実の狭間で考えていた。

捜査一課への復帰を。

それを口にする時がきた。

「参事官、何を摑んでいたんですか」

「どういうことですか」眼鏡の奥で、後山の目がかすかに光った。

「最初から、何か警戒しているような様子でしたけど」

「私も、あちこちにコネはあります」

それはそうだろう。しかも普通の警察官である自分とはまったく違う類のコネだ。キャリア官僚の持つ人脈は、複雑かつ広い。もっともその基本は、大学時代のゼミであったりするのだが。「〇〇ゼミの先輩がいる官庁」というだけで、本人とはまったく関係ない部署とのコネができてしまったりする。そして概して、キャリアの連中は「庁外外交」が好きだ。大学の同窓、先輩や後輩たちとしょっちゅう会っては、腹の探り合いをしている。アルコールの入った夜の会合で、来年度予算の骨格が決まってしまう、などという嘘とも本当ともつかないような話を、大友も聞いたことがあった。

「この件については、多くの人が警戒していました。裏に何があるか分かっていた人はいませんでしたけど、いろいろな人から圧力をかけられましたよ」

「ええ」

打ち明け始めたものの、後山は何となく喋りにくそうだった。傍らのベンチに目をやり、「座りませんか？」と誘った。大友は、後山が腰を下ろしてから座った。少しだけ間隔を空ける。かすかな不信感が自分たちの間に漂っているのを意識した。

後山が、両手を丸めて口元に持っていく。息を吐きかけると、漏れた吐息が白く漂い出した。それから両手を膝に置き、前屈みになる。

「メタンハイドレートは、今後の日本の資源戦略の上で、大きな武器になります」

「その話は私も聞きました」同じような話を何度も聞かされるのが面倒で、大友は釘を刺すように言った。

「中東に対するアドバンスになりますね」大友の意思を無視して、後山が説明を続ける。

「要するに、日本は高い天然資源を買わされている。自国で資源が出ることが分かれば、『そちらを切りますよ』という言い分でディスカウントの交渉ができます。本音では、安く買い続けたいでしょうね」

「自前のシステムを新しく作るよりは、既存の輸送システムを利用する方が、金銭的なメリットは大きいですからね」

「その通りです」後山がうなずく。しかし視線は依然として前を向いたままで、大友とは目を合わせようとしない。

「まさか、中原さんが殺された時点で、裏側の状況が全て読めていたわけじゃないでしょうね」そうだったら、自分は単なる操り人形だ。

「とんでもない」後山が即座に否定した。「それが分かっていたら、とっくに言ってますよ……何となく、背景が想像できていただけです。あなたにもそこに気づいて欲しかった」

「それで私にいろいろと警告したんですか」あの思わせぶりな態度はそういうことだったのか、と大友は合点がいった。

「海外の人が何を考えているかは分かりません。特に謀略絡みになると、危険なことも多いですからね」

「確かに、危険な仕事でした」少しずつショックは薄れているが、命のやり取りをした恐怖は確実に記憶に残っている。

「そこまでは、私も予知できませんでしたよ」

「分かっていて黙っていたなら、とんでもない話です」

「私は、あなたの能力に賭けました。自分で全てを探り出すことで、あなたはまた一つ成長するんです。まあ……今回はいろいろと、ご迷惑をおかけしましたね。でも、事件はこれで落着という感じではないですか」

微妙な謎は残っているが……だいたい、自分を尾行し、敦美に怪我を負わせたのは誰なのだろう。逮捕した人間の中に、彼女が撮影した人物はいなかった。ということは、まだ危険な人間が街中を泳いでいるわけで……要注意だが、今はそちらに捜査を向ける余力はない。全体の動きの中では小さな話だし、特捜の仕事も完全に終わったわけではないのだ。

「まだまだでしょう」大友はすっと顔を上げた。埃っぽい都会の寒風が顔を撫でていく。

「しかし、あなたの仕事はほぼ終わっていますよ」

「あくまで今回の件については、です」

「というと？」

ちらりと横を見ると、後山がこちらを凝視している。

「そろそろ潮時かもしれない、と思うんです。潮時というのは言葉としては間違っているかもしれませんが」

「それはつまり、捜査一課に復帰するつもり、ということですか」後山の顔に血の気が戻る。

「ええ……」自分の言葉が空気に溶ける。認めてしまった。これが実現すれば、僕の人生はまた大きな曲がり角を迎えることになる。

「息子さんの方は大丈夫なんですか」

「もう大きいですよ。最近は自分の意志も育ってきてますから……だいたい、子どもの世話を焼き過ぎるのはよくないんじゃないでしょうか。最近の親は、子どもを甘やかし過ぎだと思います」

「そうかもしれません」

「参事官もそうなんですか？」

「私のことは、どうでもいいです」

後山の声が急に硬くなった。どういうわけか、後山は私生活について触れられるのを嫌がる。何か問題があるのだろうか……いつか調べてみようと思っているのだが、暇もないし、他人のプライバシーに首を突っこむのは悪い趣味である。一つ咳払いをして、話題を変えた。

「とにかく、だんだん手がかからなくなっているのは事実です」

「子どもはいずれ、独立するものですからね……あなたの場合、あと数年でしょう。それぐらいの間、多少の不便を感じるのも、将来のためには役立つかもしれません」

「ええ」

「それとも、息子さんの面倒を見てくれる人でも見つけたんですか？」

「いや、そういうわけでは……」佐緒里の顔が脳裏に浮かんだが、彼女に対して何らかの働きかけをしたわけではない。実際、この一か月は一度も会ってもいなかった。電話では何回か話したが、それはあくまで捜査の補足として、である。そして彼女はごたごたにうんざりした結果、新エネルギー研究開発に見切りをつけて、密かに次の職場を探し始めている。あの会社自体がトラブルを抱えていたわけではないが、問題社員が三人もいたわけで、世間から白い目で見られているのは間違いない。取材攻勢をさばくのにも、うんざりしている様子だった。とはいえ、決して後ろ向きな感じではなく、むしろキャリアアップになる、と捉えているようだったが。この不況のご時世に、どうしてあんな風に前向きになれるのか、大友には謎だった。

「まあ、そういうことならそういうことで、お祝いさせてもらいましょう」後山の表情がわずかに緩んだようだった。

「まだ何も決まってませんよ」

「そうですか……あなたが結婚することになったら、弊社の女子社員たちは、血の涙を流すでしょうけどねえ。あまり刺激しないように、穏便にやって下さい」

苦笑するしかなかった。よく言われるのだが、自分ではまったく実感がないので、答えようがない。

「どうしますか？　この春の異動にはまだ間に合います。私にも、あなたを捜査一課に押しこむぐらいの力はありますよ」

「そうですか」三月、か。そうなると、あと二か月ほどでいろいろなことを整理しなければならない。優斗の塾通いは決まって、手続きも済んだからいいとして、三月以降の生活をどのように維持していくか……それに刑事総務課の仕事の引き継ぎもある。何だかんだで、あそこには結構長くいたのだ。

「よければ、これで話を進めます。福原さんも喜んでくれますよ」

「本部長のために異動するわけじゃありませんけどね」

「結果的にはそうなるでしょう。ウィン＝ウィンということです」

そう……自分は、福原にも恩を返さなければならない。難しい、面倒な事件の捜査に引っ張り出すのを鬱陶しく思ったこともあったが、あれはやはり、最高のリハビリだったのだろう。ただ自分は、それを生かし切れていなかったとも思う。

「一つ、念頭に置いておいていただきたいことがあります」

「何でしょう」

「多少、腕は鈍っていると思います」大友は左手で右の二の腕を叩いた。「やはり、スポット参戦では勘は戻りませんからね。元の自分——元がどの程度だったのか分かりませんが、それを取り戻すには、それなりの時間がかかると思います」

「あなたらしくない……謙虚なのと自信がないのとは、全然違いますよ」

「今回の事件で、思うようにいかなかったことがたくさんありました。腕が落ちているせいだと思います。だから、捜査一課に戻るにしても、一から修行のやり直しですね」

「結構です。人生は死ぬまで修行ですから」後山が微笑んだ。


大友を捜査一課に戻す——福原の究極の願いは、本人の申し出によって実現しようとしている。これで自分も、彼に恩を返せるというものだ。もちろん、現段階で全てクリアできたとは思っていないが。福原には、実に多くを負っているのだ。

大友が一課に復帰しても、最初は無理をさせず、徐々に慣らしていくように、裏から手を回そう。人はそれを「過保護」というかもしれないが、大友のような刑事は希少な存在なのだ。大事に育て、やがてはその能力を後輩に伝える人間になって欲しい。

日比谷公園の中はひどく寒い。だが今日は、風の冷たさが心地好かった。先に戻ると言った大友を見送り、後山はもう少しだけこの寒さを味わうことにした。元々北海道の生まれなので、この程度の寒さはむしろ快適なぐらいである。

大友が歩み去る方に目を向ける。彼の背中は次第に小さくなりつつあった。今までと違う自信と強さが、その背中に宿っているように見えた。

その時、一発の銃声が響いた。

普通の人なら、車のバックファイアだと勘違いするかもしれないが、警察官である自分は聞き間違えようもない。

慌てて立ち上がり、周囲を見回す。

最初に後山の目に入ったのは、倒れている大友の姿だった。

参考文献

石井彰『エネルギー論争の盲点　天然ガスと分散化が日本を救う』（NHK出版新書）
石井彰『天然ガスが日本を救う　知られざる資源の政治経済学』（日経BP社）
松本良、奥田義久、青木豊『メタンハイドレート　21世紀の巨大天然ガス資源』（日経サイエンス社）
石川憲二『海底資源　海洋国日本の大きな隠し財産』（オーム社）

取材協力

成田英夫（産業技術総合研究所　メタンハイドレート研究センター長）

本作品は文春文庫のための書き下ろしです。

文春文庫

凍《こお》る炎《ほのお》

定価はカバーに表示してあります

アナザーフェイス5

2013年12月10日　第1刷

著　者　堂《どう》場《ば》瞬一《しゅんいち》

発行者　羽鳥好之

発行所　株式会社 文藝春秋

東京都千代田区紀尾井町 3-23　〒102-8008
TEL 03・3265・1211
文藝春秋ホームページ　http://www.bunshun.co.jp

落丁、乱丁本は、お手数ですが小社製作部宛お送り下さい。送料小社負担でお取替致します。

印刷・凸版印刷　製本・加藤製本

Printed in Japan
ISBN978-4-16-778706-6

（　）内は解説者。品切の節はご容赦下さい。

高嶋哲夫
フライ・トラップ
JWAT・小松原雪野巡査部長の捜査日記
O県警生安部に設けられた特別チームJWAT。その一員、小松原雪野は、保護した少年の証言に不信感を抱く。それが脱法ハーブや親父狩り、さらなる深い闇へとつながる入り口だった。
た-50-9

堂場瞬一
アナザーフェイス
家庭の事情で、捜査一課から閑職へ移り二年が経過した大友だが、誘拐事件が発生。元上司の福原は強引に捜査本部に彼を投入する……。最も刑事らしくない男の活躍を描く警察小説。
と-24-1

堂場瞬一
敗者の嘘
アナザーフェイス2
神保町で強盗放火殺人の容疑者が、任意同行後に自殺、その後真犯人と名乗る容疑者と幼馴染の女性弁護士が現れ、捜査は大混乱。合コン中の大友は、福原の命令でやむなく捜査に加わる。
と-24-2

堂場瞬一
第四の壁
アナザーフェイス3
大友がかつて所属していた劇団「アノニマス」の記念公演で、ワンマンな主宰の笹倉が、上演中に舞台の上で絶命する。その手口は、上演予定のシナリオそのものだった。　（仲村トオル）
と-24-3

堂場瞬一
消失者
アナザーフェイス4
町田の駅前、大友鉄は想定外の自殺騒ぎで現行犯の老スリを取り逃がしてしまう。その晩、死体が発見され……警察小説の面白さがすべて詰まった大人気シリーズ第四弾！
と-24-5

濱　嘉之
警視庁公安部・青山望
完全黙秘
財務大臣が刺殺された。犯人は完黙し身元不明のまま。捜査する青山望は政治家と暴力団・芸能界の闇に突き当たる。元公安マンが圧倒的なリアリティで描くインテリジェンス警察小説。
は-41-1

濱　嘉之
警視庁公安部・青山望
政界汚染
次点から繰上当選した参議院議員の周辺で、次々と人が死んでいく。警視庁公安部・青山望の前に現れた、謎の選挙ブローカー、刀匠らが、大きな権力の一点に結び付く。シリーズ第二弾。
は-41-2

赤川次郎
マリオネットの罠
私はガラスの人形と呼ばれていた——。森の館に幽閉された美少女、都会の空白に起こる連続殺人。複雑に絡み合った人間の欲望を鮮やかに描いた、赤川次郎の処女長篇。（権田萬治）
あ-1-27

赤川次郎
窓からの眺め
何も見えない、誰からも見られない不思議な窓にまつわる悲しい秘密が明らかになる時、隠された残酷な〝罪〟が暴かれる！　哀しみに彩られた異色サスペンス。（山前　譲）
あ-1-35

赤川次郎
幽霊晩餐会
殺人予告を受けたシェフが催す豪華晩餐会の招待を受けた宇野警部と夕子。フルコースに隠された味な仕掛けから犯人を暴く表題作他、ユーモアあふれる全七編。シリーズ第二十二弾。
あ-1-36

阿刀田　高
ストーリーの迷宮
小泉八雲の「雪おんな」、志賀直哉の「城の崎にて」など、古今の名作を振り返るうち、いつしか自分が同じような状況に陥り、夢と現実が混ざりゆく。不思議な味わいの十の短篇。（森　絵都）
あ-2-25

阿刀田　高
佐保姫伝説
数年ぶりに神社の境内で出くわした古い親友は、塗りつぶした絵馬に何を託したのか。歳を重ねた大人たちの、日常の裂けめから静かに覗く夢幻。名手による芳醇な短篇集。（鴨下信一）
あ-2-26

明野照葉
海鳴（ｕｍｉｎａｒｉ）
十五年前、自ら棄てたはずの世界に、娘の類まれな才能を世に出すべく、再び足を踏み入れた女。人間の暗部を鋭く抉る著者が、華やかな芸能界を舞台に描く衝撃の問題作。（酒井政利）
あ-42-4

明野照葉
愛しいひと
一流企業勤務の夫が失踪した。事件に巻き込まれたのか？　他に女がいるのか？　苦悩する妻は家庭を守るために立ち上がる。心理サスペンスの気鋭が〝家族の病魔〟を抉る。（大矢博子）
あ-42-5

（　）内は解説者。品切の節はご容赦下さい。

芦辺　拓
紅楼夢の殺人
ところは中国、贅を尽くした人工庭園「大観園」。類稀なる貴公子と美しき少女たちが遊ぶ理想郷で、謎の連続殺人が……。『紅楼夢』を舞台にした絢爛たる傑作ミステリー。（井波律子）
あ-45-1

芦辺　拓
裁判員法廷
芒洋とした弁護士、森江春策と敏腕女性検事、菊園綾子が火花を散らす法廷で、裁判員に選ばれたあなたは無事評決を下すことができるのか。ドラマ化もされた本邦初の裁判員ミステリー。
あ-45-2

我孫子武丸
弥勒《みろく》の掌《て》
妻を殺され汚職の疑いをかけられた刑事と、失踪した妻を捜し宗教団体に接触する高校教師。二つの事件は錯綜し、やがて驚愕の真相が明らかになる！　これぞ新本格の進化型。（巽　昌章）
あ-46-1

我孫子武丸
狩人は都を駆ける
「私」の探偵事務所に持ち込まれる事件は、なぜか苦手な動物がらみのものばかり。京都を舞台に繰り広げられる「ペット探偵」の活躍と困惑！　傑作ユーモア・ハードボイルド五篇を収録。
あ-46-3

愛川　晶《あきら》
六月六日生まれの天使
記憶喪失の女と前向性健忘の男が、ベッドの中で出会った。二人の奇妙な同居生活の行方は？　究極の恋愛と究極のミステリが合体。あなたはこの仕掛けを見抜けますか？（大矢博子）
あ-47-1

愛川　晶
七週間の闇
臨死体験者・磯村澄子が歓喜仏の絵画《タンカ》に抱かれて縊死した。奇妙な衣裳に極彩色の化粧、そして額には第三の目が！　チベット「死者の書」をテーマにした出色のホラー本格。（濤岡寿子）
あ-47-2

有栖川有栖
火村英生に捧げる犯罪
臨床犯罪学者・火村英生のもとに送られてきた犯罪予告めいたファックス。術策の小さな綻びから犯罪が露呈する表題作他、哀切でエレガントな珠玉の作品が並ぶ人気シリーズ。（柄刀　一）
あ-59-1

石田衣良

うつくしい子ども

九歳の少女が殺された。犯人は僕の弟！　なぜ、殺したんだろう。十三歳の弟の心の深部と真実を求め、兄は調査を始める。少年の孤独な闘いと成長を描く感動のミステリー。（村上貴史）

い-47-2

石田衣良

ブルータワー

悪性脳腫瘍で死を宣告された男が二百年後の世界に意識だけスリップ。そこは殺人ウイルスが蔓延し、人々はタワーに閉じ込められた世界。明日をつかむため男の闘いが始まる。（香山二三郎）

い-47-16

池井戸　潤

株価暴落

連続爆破事件に襲われた巨大スーパーの緊急追加支援要請を巡って白水銀行審査部の板東は企画部の二戸と対立する。日本経済の闇と向き合うバンカー達を描く傑作金融ミステリー。

い-64-1

乾《いぬい》　くるみ

イニシエーション・ラブ

甘美で、ときにほろ苦い青春のひとときを瑞々しい筆致で描いた青春小説——と思いきや、最後の二行で全く違った物語に！「必ず二回読みたくなる」と絶賛の傑作ミステリ。（大矢博子）

い-66-1

乾　くるみ

嫉妬事件

ある日、大学の部室にきたら、本の上に○○が！　ミステリ研で起きた実話を元にした問題作が、いきなりの文庫化。作中作となる書き下ろし短編「三つの質疑」も収録。（我孫子武丸）

い-66-4

乾　くるみ

セカンド・ラブ

1983年元旦、春香と出会った。僕たちは幸せだった。春香とそっくりな美奈子が現れるまでは。『イニシエーション・ラブ』の衝撃、ふたたび。恋愛ミステリ第二弾。（円堂都司昭）

い-66-5

乾　ルカ

プロメテウスの涙

激しい発作に襲われる少女と不死の死刑囚。時空を超えて二人をつなぐものとは？　巧みなストーリーテリングと独特のグロテスクな美意識で異彩を放つ乾ルカの話題作。（大槻ケンヂ）

い-78-2

（　）内は解説者。品切の節はご容赦下さい。

内田康夫
棄霊島《きれいじま》（上下）
三十年前、長崎・軍艦島で起きた連続変死事件。その背景には、悲しき過去が隠されていた――。はたして島では何が起きたのか？　浅見光彦、百番目の事件は手ごわすぎる。（自作解説）
う-14-12

内田康夫
しまなみ幻想
しまなみ海道の橋から飛び降りたという母の死に疑問を持つ少女と、偶然知り合った光彦。真相を探るべく二人は、小さな探偵団を結成して母の死因の調査を始めるが……。（自作解説）
う-14-14

内田康夫
神苦楽島《かぐらじま》（上下）
秋葉原からの帰路、若い女性が浅見光彦の腕の中に倒れ込み、絶命してしまう。そして彼女の故郷・淡路島へ赴いた光彦は、事件の背後に巨大な闇が存在することに気づく。（自作解説）
う-14-15

歌野晶午
葉桜の季節に君を想うということ
元私立探偵・成瀬将虎は、同じフィットネスクラブに通う愛子から霊感商法の調査を依頼された。その意外な顛末とは？　あらゆる賞を総なめにした現代ミステリーの最高傑作。
う-20-1

逢坂　剛
禿鷹狩り　禿鷹Ⅳ（上下）
悪徳刑事・禿富鷹秋の前に最強の刺客現わる！　同僚にして屈強でしたたかな女警部・岩動寿満子に追い回されるハゲタカを衝撃のラストが待つ。息飲む展開のシリーズ白眉。（大矢博子）
お-13-11

逢坂　剛
兇弾　禿鷹Ⅴ
悪徳警部・禿富鷹秋が、死を賭して持ち出した神宮署裏帳簿。その隠蔽を企む警察中枢、蠢動するマフィアの残党。暗闘につぐ暗闘の、暗黒警察小説。（池上冬樹）
お-13-15

奥泉　光
モーダルな事象
桑潟幸一助教授のスタイリッシュな生活
しがない短大助教授・桑潟のもとに童話作家の遺稿が持ち込まれた。出版されるや瞬く間にベストセラーとなるが関わった編集者が次々と殺される。渾身のミステリー大作。（高橋源一郎）
お-23-2

折原　一
放火魔
人気シリーズ「――者」のスピンオフ短篇集。続出する出火事件、犯人はひきこもりの少年か。そのほか振り込め詐欺、交換殺人など日常に潜む事件をモチーフにしたミステリ。（羽住典子）
お-26-10

折原　一
漂流者
荒れ狂う洋上のヨットという密室。航海日誌、口述テープ、新聞記事などに仕組まれた恐るべき騙しのプロットをあなたは見抜くことができるか。海洋サバイバルミステリの傑作。（吉野　仁）
お-26-11

折原　一
逃亡者
殺人を犯し、DVの夫と警察に追われる友竹智恵子。彼女は顔を造り変え、身分を偽り、東へ西へ逃亡を続ける。時効の壁は十五年――。サスペンスの末に驚愕の結末が待つ！（江上　剛）
お-26-12

大沢在昌
心では重すぎる（上下）
失踪した人気漫画家の行方を追う探偵・佐久間公の前に立ちはだかる謎の女子高生。背後には新興宗教や暴力団の影が……。渋谷を舞台に現代の闇を描き切った渾身の長篇。（福井晴敏）
お-32-1

大沢在昌
闇先案内人（上下）
「逃がし屋」葛原に下った指令は、「日本に潜入した隣国の重要人物を生きて故国へ帰せ」。工作員、公安が入り乱れ、陰謀と裏切りが渦巻く中、壮絶な死闘が始まった。（吉田伸子）
お-32-3

恩田　陸
夏の名残りの薔薇
沢渡三姉妹が山奥のホテルで毎秋、開催する豪華なパーティ。不穏な雰囲気の中、関係者の変死事件が起きる。犯人は誰なのか、そもそもこの事件は真実なのか幻なのか――。（杉江松恋）
お-42-2

恩田　陸
木洩れ日に泳ぐ魚
アパートの一室で語り合う男女。過去を懐かしむ二人の言葉に、意外な真実が混じり始める。初夏の風、大きな柱時計、あの男の背中。心理戦が冴える舞台型ミステリー。（鴻上尚史）
お-42-3

（　）内は解説者。品切の節はご容赦下さい。

月読《つくよみ》
太田忠司
「月読」――それは死者の最期の思いを読みとる能力者。異能の青年が自らの過去を求めて地方都市を訪れたとき、次々と不可解な事件が……。慟哭の青春ミステリー長篇。（真中耕平）
お-45-1

落下する花　―月読《つくよみ》―
太田忠司
校舎の屋上から飛び降りた憧れの女性。彼女が残した月導には殺人の告白が!? 人が亡くなると現れる〝月導〟の意味を読み解く異能者「月読」が活躍する青春ミステリー。（大矢博子）
お-45-2

ギャングスター・レッスン　ヒート アイランドII
垣根涼介
渋谷のチーム「雅」の頭、アキは、チーム解散後、海外放浪を経て、裏金強奪のプロ、柿沢と桃井に誘われその一員に加わる。『ヒートアイランド』の続篇となる痛快クライムノベル。
か-30-4

ボーダー　ヒート アイランドIV
垣根涼介
〈雅〉を解散して三年。東大生となったカオルは自分たちの名を騙ってファイトパーティを主催する偽者の存在を知る。過去の発覚を恐れたカオルは、裏の世界で生きるアキに接触するが。
か-30-5

螺旋《らせん》階段のアリス
加納朋子
脱サラして憧れの私立探偵へ転身した筈が、事務所で暇を持て余していた仁木の前に現れた美少女・安梨沙《ありさ》。人々の心模様を「アリス」のキャラクターに託して描く七つの物語。（柄刀　一）
か-33-1

虹の家のアリス
加納朋子
育児サークルに続く嫌がらせ、猫好き掲示板サイトに相次ぐ猫殺しの書きこみ、花泥棒……脱サラ探偵・仁木と助手の美少女・安梨沙が挑む、ささやかだけど不思議な六つの謎。（倉知　淳）
か-33-2

贄《にえ》の夜会（上下）
香納諒一
《犯罪被害者家族の集い》に参加した女性二人が惨殺された。容疑者は少年時代に同級生を殺害した弁護士！　サイコサスペンス＋警察小説＋犯人探しの傑作ミステリー。（吉野　仁）
か-41-1

（　）内は解説者。品切の節はご容赦下さい

天才たちの値段
門井慶喜
美術探偵・神永美有

美術講師の主人公と、真贋を見分ける天才の美術コンサルタント・神永美有のコンビが難題に取り組む五つの短篇。ボッティチェッリ、フェルメールなどの幻の作品も登場。（大津波悦子）
か-48-1

天才までの距離
門井慶喜
美術探偵・神永美有

黎明期の日本美術界に君臨した岡倉天心が、自ら描いたという仏像画は果たして本物なのか？　神永美有と佐々木昭友のコンビが東西の逸品と対峙する、人気シリーズ第二弾。（福井健太）
か-48-2

古本屋探偵登場
紀田順一郎

世界最大の古書店街・神田に登場した探偵は古本屋の主人。蔵書家、愛書家、収集家の過去、愛憎綾なす古書界に展開する推理とペダントリー。「殺意の収集」「書鬼」も収録。（瀬戸川猛資）
き-5-1

冬の眠り
北方謙三

人を殺して出所した画家仲木のもとに女子大生暁子が訪れる。仲木の心に命への情動が甦りその裸を描き、抱く。そこに奇妙な青年が……。人間の悲しみと狂気を抉《えぐ》り出す長篇。（池上冬樹）
き-7-6

擬態
北方謙三

四年前、平凡な会社員立原の躰に生じたある感覚……。今や彼にとって人間性など無意味なものでしかなく、鍛え上げた肉体は凶器と化していく。異色のハードボイルド長篇。（池上冬樹）
き-7-7

街の灯
北村　薫

昭和七年、士族出身の上流家庭・花村家にやってきた若い女性運転手〈ベッキーさん〉。令嬢・英子は、武道をたしなみ博識な彼女に魅かれてゆく。そして不思議な事件が……。（貫井徳郎）
き-17-4

玻璃《はり》の天
北村　薫

ステンドグラスの天窓から墜落した思想家の死は、事故か殺人か——表題作「玻璃の天」ほか、ベッキーさんの知られざる過去が明かされる、『街の灯』に続くシリーズ第二弾。（岸本葉子）
き-17-5

（　）内は解説者。品切の節はご容赦下さい。

北村　薫
鷺《さぎ》と雪《ゆき》
日本にいないはずの婚約者がなぜか写真に映っていた。英子が解き明かしたそのからくりとは——。そして昭和十一年二月、物語は結末を迎える。第百四十一回直木賞受賞作。（佳多山大地）
き-17-7

桐野夏生
水の眠り 灰の夢
昭和三十八年、連続爆弾魔草加次郎を追う記者・村野に女子高生殺しの嫌疑が。高度成長期を駆け抜ける激動の東京を舞台に、トップ屋の執念が追いつめたおぞましい真実。（井家上隆幸）
き-19-2

桐野夏生
柔らかな頬（上下）
旅先で五歳の娘が突然失踪。家族を裏切っていたカスミは、必死に娘を探し続ける。四年後、死期の迫った元刑事が、事件の再調査を……。話題騒然の直木賞受賞作、ついに文庫化。（福田和也）
き-19-6

北森　鴻
深淵のガランス
画壇の大家の孫娘の依頼で、いわくつきの傑作を修復することになった佐月恭壱。描かれたパリの街並の下に隠されていたのは!?　裏の裏をかく北森ワールドを堪能できる一冊。（ピーコ）
き-21-6

北森　鴻
虚栄の肖像
銀座の花師にして絵画修復師の佐月恭壱が、絵画修復に纏わる謎を解く極上の美術ミステリー。肖像画、藤田嗣治、女体の緊縛画……絵に秘められた思いが切なく迫る傑作三篇。（愛川　晶）
き-21-7

北川歩実
猿の証言
類人猿は人間の言葉を理解できると主張する井手元助教授が失踪。井手元は神の領域を侵す禁断の実験に手を染めたのか？　先端科学に材をとった傑作ミステリー。（金子邦彦、笠井　潔）
き-32-1

貴志祐介
悪の教典（上下）
人気教師の蓮実聖司は裏で巧妙な細工と犯罪を重ねていたが、綻びから狂気の殺戮へ。クラスを襲う戦慄の一夜。ミステリー界の話題を攫った超弩級エンターテインメント。（三池崇史）
き-35-1

黒川博行
蒼煌
芸術院会員の座を狙う日本画家の室生は、選挙の投票権を持つ現会員らへの接待攻勢に出る。弟子、画商、政治家まで巻き込み、手段を選ばぬ彼に周囲は翻弄されていく。（篠田節子）
く-9-8

黒川博行
煙霞《えんか》
学校理事長を誘拐した美術講師と音楽教諭。馘首の噂に踊らされ、正教員の資格を得るための賭けに出たが、なぜか百キロの金塊が現れて事件は一転。ノンストップミステリー。（辻　喜代治）
く-9-9

今野　敏《びん》
曙光の街
元KGBの日露混血の殺し屋が日本に潜入した。彼を迎え撃つのはヤクザと警視庁外事課員。やがて物語は単なる暗殺事件から警視庁上層部のスキャンダルへと繋がっていく！（細谷正充）
こ-32-1

今野　敏
凍土の密約
公安部でロシア事案を担当する倉島警部補は、なぜか殺人事件の捜査本部に呼ばれる。だがそこで、日本人ではありえないプロの殺し屋の存在を感じる。やがて第2、第3の事件が……。

こ-32-3

近藤史恵
ふたつめの月
契約から社員本採用となった途端の解雇。家族の手前、出社のフリで街をさまよう久里子に元同僚が不審な一言を告げる。まさか自分から辞めたことになっているとは。（松尾たいこ）
こ-34-4

近藤史恵
モップの精は深夜に現れる
大介と結婚したキリコは短期派遣の清掃の仕事を始めた。ミニスカートにニーハイブーツの掃除のプロは、オフィスの事件を引き起こす日常の綻びをけっして見逃さない。（辻村深月）
こ-34-5

小森健太朗
大相撲殺人事件
相撲部屋に入門したマークを待っていたのは角界に吹き荒れる殺戮の嵐だった。立ち合いの瞬間、爆死する力士、頭のない前頭。本格ミステリと相撲、伝統と格式が融合した傑作。（奥泉　光）
こ-35-2